요사노 아키코,
'낳는 성'을 말하다

요사노 아키코, '낳는 성'을 말하다

© 조아라, 2024

1판 1쇄 인쇄__2024년 08월 06일
1판 1쇄 발행__2024년 08월 16일

지은이__요사노 아키코
편역자__조아라
펴낸이__양정섭

펴낸곳__경진출판
　　　　등록__제2010-000004호
　　　　이메일__mykyungjin@daum.net
　　　　사업장주소__서울특별시 금천구 시흥대로 57길(시흥동) 영광빌딩 203호
　　　　전화__070-7550-7776　팩스__02-806-7282

값 17,000원
ISBN 979-11-93985-30-4 03830

요사노 아키코,
'낳는 성'을 말하다

요사노 아키코 지음/ 조아라 편역

시인이자 여성운동가 요사노 아키코

몇 년 전부터 꼭 해보고 싶은 작업이 바로 요사노 아키코(与謝野 晶子, 1878~1942)의 평론을 번역하는 것이었다(이하 아키코). 아키코는 우리나라에서 주로 『헝클어진 머리칼(みだれ髪)』(1901)이라는 시집으로 알려져 있다. 일본 문학을 연구하거나 일본 시에 관심 있는 사람이라면 『헝클어진 머리칼』이나 「님이여 죽지 말지어다(君死にたまふことなかれ)」(1904)를 한 번쯤은 들어보았을 수도 있겠다. 이 시집은 자유분방하고 관능적인 시어로 여성의 성적 해방을 노래하고 있다. 제목부터가 '헝클어진 머리칼'이니 베드신을 연상하게 한

〈그림 1〉 후지시마 다케지가 그린 『헝클어진 머리칼』의 표지.

다. 대표적인 시로는 다음과 같은 것들이 있다.

　　부드러운 살결
　　뜨거운 피를 만져보지도 않고
　　쓸쓸하지 않은지요 도리를 말씀하시는 님이여

　위의 시도 부드러운 살결, 뜨거운 피 등의 강렬한 단어를 사용해 도리는 잊어버리고 직접 아름다운 나를 만져보라고 유혹하는 듯하다. 평단에서는 '매춘부의 시'라는 비난까지 받았지만 새로운 여성에 대한 이미지를 갈구하던 시대에 대중들은 이 세련되고 대담한 시집에 열광했다. 게다가 이 시집은 표지나 구성면에서도 현대적이어서 당시 센세이셔널한 인기를 불러일으켰고 『헝클어진 머리칼』에는 스승이자 남편인 요사노 뎃칸(与謝野鉄幹, 1873~1935)과의 연애 경험이 담겨 있다. 당시 뎃칸은 이미 아내가 있었지만 결국 이혼하고 아키코와 정식 부부가 된다. 뎃칸은 아키코의 재능을 한 눈에 알아보았고 『헝클어진 머리칼』을 프로듀스해 아키코를 성공으로 이끌었다. 이 관능적이고 세련된 시집으로 아키코는 일약 스타가 되었다. 아키코가 훗날 많은 시를 발표하고 평론, 번역, 강의 등 다양한 활동을 할 수 있었던 원동력도 이 시집의 인기에 있음이 틀림없다. 보통 여기까지가 흔히 우리나라에서 알려진 요사노 아키코의 이미지일 것이다.
　하지만 내가 매료된 것은 아키코의 사회 평론들과 '모성보호논쟁'

에 관해서였다. 아키코가 왕성하게 활동했던 시절은 고등여학교가 급속하게 보급되던 때이다. 대학이 여성 입학을 허가하지 않자 도쿄 여의학교(1900), 도쿄여자대학교(1901) 등이 개교했으며 여자 교원이 산후휴가를 획득하는(1908) 등 여성 억압에 반대하는 목소리가 높아지고 있었다. 게다가 유럽과 미국에서는 1910년 무렵 여성해방 운동이 무서운 기세로 퍼졌다. 일본의 신문들은 곧바로 '페미니즘' 이라는 용어를 사용해 계몽적으로 보도했다. 이런 사회의 변화 속에서 아키코는 그저 여성의 성적 해방만을 부르짖지 않았다. 자유연애, 여성의 고등교육과 경제적 자립, 여성 참정권 획득 등 굵직한 여성문제에 관심을 가지고 많은 사회 평론들을 써냈다.

아키코는 항상 냉철하게 사회 문제를 관찰하고 비판하며 논쟁하기를 두려워하지 않았으며 여성문제뿐 아니라, 인간 평등, 인간성의 개조, 개성 존중, 문화 활동의 중요성 등 글쓰는 사람으로서 사명감을 가지고 여러 사회문제에 관해 겁 없이 발언했다. 아키코의 평론 활동은 메이지 말기부터 쇼와 초기까지 20년간이나 이어지며 평생 15권에 이르는 평론집을 출판했다. 이 평론들 중 절반 이상이 이른바 '여성문제'였는데 같은 여성들의 반발을 살 만큼 논조가 투철하고 냉정한 면이 있다. 이 책에서 담고 있는 「모성 편중을 배

〈그림 2〉 사색에 잠긴 요사노 아키코

척한다」, 「여성 개조와 고등교육」, 「여자의 직업적 독립을 원칙으로
하자」, 「여자의 독립과 자립」 등의 평론의 제목만 봐도 알 수 있다.
아키코는 아직 교육이 부족했던 여성들이 자각하기를 바라며 정조,
연애, 결혼, 교육, 출산, 육아, 직업, 남녀평등 등 다양한 각도에서
여성이 스스로의 삶을 개조하길 바랐다.

　이렇듯 아키코의 업적 중 큰 비중을 차지하는 것이 사회평론인데,
아쉽게도 우리나라에서는 『헝클어진 머리칼』이나 「님이여 죽지 말
지어다」 이외의 다른 작품들은 거의 소개되지 않았다. 다만 반갑게
도 2019년 『일본 근현대 여성문학 선집』에 『사랑과 이성과 용기(愛
理性及び勇気)』(1917), 『어린 벗들에게(若い友へ)』(1918) 등의 평론집이
번역되어 소개되었다.

　아키코의 평론들은 당연히 100여 년 전의 것들이기에 당연히 지
금의 여성 의제들과 비교하면 고루하기도 하고 어떤 것들은 쓸모없
어 보이기까지 한다. 하지만 읽을수록 현재의 고민들과 맞물려 생각
해 볼 만한 주제들이 많다. 좋으나 싫으나 최근 몇 년간 페미니즘은
뜨거운 화두다. 100년 전 여성들이 어떤 주제를 놓고 싸웠는지 살펴
보는 것이 호기심을 자극한다.

　1장에서 이런 아키코가 일관되게 주장했던 여성의 자립, 이혼,
연애, 교육, 결혼관, 정조관 등을 알아볼 수 있는 다양한 글을 실었
다. 아키코가 어떤 사람인지, 어떤 것을 주장했는지 알 수 있는 글을
선택했다.

　그리고 이 책은 아키코가 중요시했던 여러 여성문제 중에서도

'모성'과 '출산'에 초점을 맞췄다. 요사노 아키코에 대해 조사, 연구하면 반드시 닿게 되는 주제가 바로 1918~1919년에 이루어진 '국가에 의한 모성보호 논쟁'이다. 이는 일본 여성사에 중요한 위치를 차지하고 있는 하나의 사건이었다. 하지만 이 사건에 대한 글이 아직 번역되어 있지 않다는 것이 바로 이 책을 기획하게 된 계기이기도 하다. 그래서 2장에서는 요사노 아키코 하면 꼭 따라오는 '모성보호논쟁'과 관련된 평론을 모았다. 아키코는 극렬하게 국가에 의한 모성보호를 거부했는데 이는 여성의 온전한 자립을 방해한다고 믿었기 때문이다. 당시 내로라하는 여성운동가, 히라쓰카 라이초(平塚らいてう, 1886~1971), 야마카와 기쿠에(山川菊栄, 1890~1980) 등과 이 문제에 대해 논쟁을 벌였는데 이것을 살펴보면 당시 일본사회가 겪었던 여성문제를 촘촘히 짚어볼 수 있다. 저작권 문제로 이 논쟁에 관한 평론을 전부 수록할 수 없어 아쉽지만 아키코의 반박만 읽어도 어떠한 논쟁이 있었는지 잘 이해할 수 있다.

　2장의 평론들을 보면 알 수 있듯이 아키코는 당시 가장 급진적이고 강경한 주장을 했다. 11명의 아이를 키우고 있었음에도 아무리 힘들어도 모성에 대해 국가의 보호를 받아서는 안 된다고 주장한다. 그것은 사회에 대한 부담을 가중할 뿐만 아니라 여성의 자립을 늦추고 방해하기 때문이라는 것이다. 현재의 시점에서 생각하면 개인의 노력과 국가의 복지는 함께 가야 하는 것이고 그 비율이나 방법에 대한 개선이 있을 뿐 양립이 당연시 되고 있으므로, 아키코의 주장이 고집이나 억지처럼 느껴지기도 한다. 하지만 당시는 여성의 경제적 자립 자체가 상상하기 어려운 일이었기 때문에 아키코의 주장은 파격적인 것이었고 많은 논란을 불러일으켰다. 당시에 어떤 논쟁이 오고갔는지 살피는 것은 의미가 있으리라고 생각한다.

1장과 2장에서 아키코의 강경한 주장, 신념 등을 살펴보았다면, 3장에서는 아키코의 부드러운 이면을 살짝 엿볼 수 있는, 당시는 숙명으로 여겨졌던 여성의 '낳는 성'이 얼마나 고통스러운지 토로하는 작품들을 수록했다. 아키코는 11번 출산해서 13명의 아이를 낳았는데 한 아이는 사산되었고 한 아이는 태어난 지 이틀 만에 세상을 떠났다. 그래도 11명이나 되는 아이들을 훌륭하게 키워냈는데 아키코는 출산의 고통에 대한 솔직한 심정을 일기, 수필, 소설 등 다양한 형식으로 기록하고 있다. 당시 일본에서는 출산에 관련된 이야기를 쓰는 것이 흔치 않은 일이었지만 아키코는 출산이 얼마나 두렵고 괴로운 일인지 솔직하게 썼으며, 아무리 사랑해도 남자는 출산 때에는 정작 도움이 되지 않는다고 대담하게 고백한다. 사산되어 태어난 태어난 아이에게 놀라울 정도로 냉정한 모습을 보이는 것도 눈여겨볼 만한 부분이다.

이는 우리나라 1세대 페미니스트인 나혜석이 임신과 출산 육아에 대한 감정을 고스란히 담아 쓴 「母된 감상기」(1923)를 떠올리게 한다. 여담이지만 실제로 나혜석은 「이상적 부인」(1914)과 「母된 감상기」(1923) 등을 통해 직접적으로 요사노 아키코에게 영향을 받았다고 쓰기도 했다. 특히 「母된 감상기」에서 "십여 인의 아이를 낳아 기르면서도 논문과 시를 창작하고 엄청난 독서를 했다."라고 평했는데 임신으로 인해 인간적 주체성을 상실할지도 모른다는 불안감을 느끼던 나혜석이 아키코의 예를 보면서 불안을 달래고 희망을 품은 듯하다. 당시 나혜석이 아키코의 글을 보면서 공감과 연대, 희망을 느꼈듯이 나도 100년 전의 글을 읽으며 공감과 연대, 연속성, 저항감 등 다양한 감정을 느꼈다.

이제까지 잘 알려지지 않았던 여성운동가, 평론가로서의 아키코의 일면과 근대 여성들의 실질적 고민과 투쟁을 재조명함으로써 현대 여성들의 삶을 돌아보고 사유할 기회를 마련하기를 바란다.

일러두기

1. 일본의 전통시 와카, 단카를 시로 통칭했다. 마찬가지로 가인 또한 시인으로 통칭했다.
2. 단카의 경우 3줄로 번역했다.
3. 직급이나 직명이 한국과 일치하지 않은 명칭이 있어도 가독성을 높이기 위해 가장 가까운 단어를 사용했다.
   예: 의학사=의사 등
4. 인명과 지명 등 고유명사는 모두 일본음으로 표기했으며 지명의 경우 일본의 고유 행정지역 명칭인 県, 町 등은 한국음으로 표기했다. 또 강, 산, 신사 등 한국에서도 사용하는 한자가 끝에 들어가는 고유명사는 앞부분만 일본음으로 표기하고 강, 산 등은 한국음으로 표기했다. 그 외 한글 표기는 원칙적으로 현행 '한글 맞춤법'의 「외래어의 한글표기법」에 따랐다.
5. 저자는 여성을 가리킬 때 女, 女子, 女性, 婦人 등을 혼용해서 쓰고 있는데 특히 부인의 경우 성인여성을 높여 부르는 말로 아내를 뜻하는 부인과 혼동될 염려가 있기 때문에 '여성'으로 번역했다.
6. 일부 현재는 사용되지 않거나 부적절하게 여겨지는 어휘, 표현이 있지만 작품이 쓰여진 시대 배경, 저자의 의도 등을 고려하여 원문 그대로 사용한 경우가 있다.
7. 본문의 각주는 모두 역자주이다.
8. 이 책에서 사용한 부호는 다음과 같이 표기했다.
   『 』: 단행본으로 간행된 서명, 잡지명, 신문명
   「 」: 논문, 시 제목
   " ": 인용문이나 대화문
   ' ': 강조문

차례

3장 요사노 아키코, '낳는' 고통을 고하다

1장 요사노 아키코, 여성의 자립을 부르짖다

두서없는 말

○ **산이 움직이는 날**

산이 움직이는 날이 온다
그리 말해도 아무도 우리를 믿지 않는다
산은 잠시 잠들어 있었을 뿐
아득히 먼 옛날
산은 모두 불을 뿜듯 바삐 움직였건만
하지만 믿지 않아도 좋다
사람들이여, 아아, 오직 이것만을 믿어라
잠들어 있던 모든 여자들이 바로 지금 잠에서 깨어나 움직인다

○ 일인칭

일인칭으로만 글을 쓰자
나는 여자다
일인칭으로만 글을 쓰자
나는, 나는.

○ 헝클어진 머리칼

<그림 3> 「두서없는 말」이 실린 최초의 여성 주도 문예지 『세이토(青鞜)』의 창간호 표지.

이마에도 어깨에도
내 머리카락이 헝클어진다
흠뻑 젖은 온천물을 뒤집어 쓴 내 마음
내뿜는 숨결은 불꽃 같고 광기로 가득 찼다
이런 것을 모르는 남자는
나를 칭찬하다가 다시 나를 조롱하리라

○ 얇은 유리그릇

나는 사랑한다, 얇은 새 유리그릇을
물도 여기에 채우면 눈물 되어 흐르고
꽃도 여기에 꽂으면 불 되어 타오른다
슬픈 것은, 만약 부주의한 남자의 손에 의해 깨진다면——

유약을 바르지 않은 도자기보다 더 약하고 가냘프다

○ 면도칼

푸르게, 새하얗게
면도칼 칼날 같은 시원시원함일까
무더운 풀숲 열기 속에 여치가 울고
근처 하숙집에서 들려오는 하모니카 연주는 울적하기만 하다
내 기름기 밴 빗 상자 바닥을 뒤적여보았더니
쭈글쭈글한 종이에 싸인 가는 면도칼이 나왔다

○ 담배

쌉쏠할까 매울까 담배의 맛은
담배의 맛은 말로 형언할 수 없다
달콤하다고 하면 어느 경솔한 자
설탕처럼 달콤하다고 생각하리라
나는 요새 담배 피우는 법을 배우고 있지만
다른 이에게는 비밀로 하고 있다
뒤에서 남자 같다 욕해도 좋다
다만 두렵다, 그런 경솔한 자들이 많기에

○ 여자

"채찍을 잊지 마라"
자라투스트라는 이렇게 말했다
"여자는 소다, 또 양이다"
내가 덧붙여 말했다
"그렇다면 들판에 풀어놓아라"

○ 증조모의 염주

내 할머니의 어머니를 나는 모르지만
무엇이든 화려한 것을 좋아하셨나 보다
수정 염주도 싫증 나고 산호 염주도 싫증이 난다
그래서 사파이어 염주알을 손끝으로 굴린다
나는 이 사파이어 염주를 풀었다
가난한 자에게 줄 장난감이 없어
한 알 한 알 어린아이들의 손에 쥐여 주었다

○ 나의 시

내 시가 짧으면
남들은 내가 할 말을 줄였다고 생각하겠지

내 시에는 생략할 부분이 없다
또 무엇을 덧붙이겠는가
내 마음은 물고기가 아니니 아가미가 없다
그저 단숨에 시를 읊을 뿐

○ 베짱이

베짱이야, 베짱이야
초가을 작은 피리 부는 베짱이야
모기장에 앉은 베짱이야
네 울음소리에 푸른 모기장이 더욱 푸르르다
배짱이야 어찌하여 울기를 멈추느냐
초가을 밤 모기장은 수은처럼 차갑건만
베짱이야, 베짱이야

○ 유지매미

유지매미가 맴맴 우는 것은
알보스 비누 거품이고
탐욕스러운 남자의 네모난 큰 입이고
손에 쥔 2전짜리 동전이고
요새 예술에 대한 비평이며

자랑스러운 듯 늘어놓는 저 젊은이들의 사랑이다

○ 비 내리는 밤

여름밤에 억수같이 쏟아지는 비
우리 집은 논바닥 꼴이 되겠지
기둥마다 풀처럼 휘어지고
그것을 흐르는 빗물은 뱀과 같구나
자면서 흘리는 땀의 향기, 슬픔이여. 약한 아이의 이가는 소리
푸른 모기장은 개구리 울음주머니처럼 부풀어 오르고
어깨에 걸친 머리카락은 가래풀처럼 흔들린다
이 안에 창백한 내 얼굴
먼지에 흘러들어 온 달맞이꽃이여

1911년 9월

여성과 사상

무언가를 하거나 일하는 행위는 기계적이고 종속적이다. 그 자체로는 가치가 없다. 신경중추계가 움직이면 그만이다. 나는 사람에게 가장 중요한 행위는 생각하고 사유(思惟)하는 것이라고 믿는다. 사유는 가장 자유롭고 즐거운 활동이며 가장 현명하고 뛰어난 일이다. 사유하는 능력에 따라 사람은 이해하고, 설계하고, 창조하고, 비판하며, 반성하고, 통합한다. 깊게 생각해서 무언가를 할 때 비로소 그 행위와 일에 의의와 가치가 생긴다. 사람이 동물이나 기계와 다른 점은 이 생각하는 능력이 있기 때문이다. 문명인과 야민인의 구별도 생각하는 능력이 발달했는지 아닌지에 달렸다.

왜 내가 이런 뻔한 소리를 하는가 하면, 일본인은 아직 생각한다는 행위가 매우 부족하기 때문이다. 특히 일본의 여성들에게 이러한 결점이 현저히 나타난다. 나는 그것을 경고하고 타인뿐 아니라 스스로 반성하는 근거로 삼고자 한다. 예를 들어 현재 남자들은 모두 금전을 원하고 물질적인 이득을 취하려 노력하고 있다. 또 이를 위해 많은 영리사업을 일으켜 수많은 자본가가 부유해지고 다수의 노동자가 일하고 있다. 하지만 도대체 왜 금전이 필요한가 하는 근본 문제를 고민해보는 사람은 극히 적다. 그저 맹목적으로 금전을 위해 손발을 움직이고 있는 것에 지나지 않는다. 따라서 지금은 부와 경제가 인생의 가장 유용한 목적을 위해 운용되고 있지 않다. 그저 피상적이고 허식적이고 해로운 방면에 부가 축적되고 교환되는 결과를 낳았다. 게다가 부를 축적하고 교환하는 수단과 방법으로 범죄와 불량한 행위를 택하면서도 전혀 부끄러워하지 않는다. 이른바 경제학이나 사회학이나 상도덕 같은 것들도 강단에서나 하는 헛소리라고 치부하며 실제 생활에서 조금도 유용되고 있지 않다.

예를 들어 러일 전쟁[1]에서 적과 아군 모두 많은 생명과 재력을 잃었는데 이렇듯 눈앞에 닥친 큰 사건에 대해서도 일본 남자들은 그저 그 승리만을 보고 이 전쟁에 어떠한 의의가 있는지, 이 전쟁의

---

[1] 1904~1905년에 만주와 한국의 지배권을 두고 러시아와 일본이 벌인 전쟁이다. 아키코의 동생 호 주사부로(鳳壽三郎)가 러일전쟁에 징집되어 전투에 파견되었다는 소식을 듣고 아키코는 동생의 무사귀환을 바라며 시 「님이여 죽지 말지어다」를 발표한다. 이 시는 큰 파장을 일으켰는데 "폐하께서도 이 싸움에 그분 스스로는 나가지 않으셨다(すめらみことは、戰ひにおほみづからは出でまさね)"라는 구절이 문제가 되었다. 가족을 걱정하는 마음은 공감을 샀지만 천황을 직접적으로 언급했고 국가의 방침에 반대했다는 비난을 받았다. 이 시는 반전시로 알려져 있지만 아키코는 여러 번 평론 등을 통해 천황에 대한 충성심을 공언하고 있으므로 국가나 천황에 대한 반발이기보다는 당시 단순히 동생을 걱정하고 전쟁을 싫어하는 마음을 읊은 것으로 보인다. 전쟁을 비판하는 평론도 다수 썼지만 태평양전쟁 때 전승을 기원하는 시를 쓰기도 하는 등 복잡한 면모를 보이고 있다.

희생으로 어떠한 효과를 가져 왔는지만 생각한다. 전쟁이 아무리 칭송받았다고 한들 사실은 세계 문명의 중심적인 이상과는 먼 야만성의 발휘에 지나지 않는다고 하는 세심한 반성과 비판을 사유하는 사람은 거의 없다. 전제주의 시대와 신의 권능이 만능이었던 시대라면 소수의 선각자와 권력자에 굴종하고 그 명령에 따라 기계처럼 일하기만 하면 되었으리라. 하지만 사상언론의 자유를 허락받은 현재, 각자 개인이 자신의 권리를 정당하게 사용하지 않는다면 문명인의 마음가짐에 역행하는 것이라고 생각한다.

생각하는 행위를 몸을 움직이는 행위보다 비천하다고 취급하거나 또는 협력하기 어렵고 유해하다고 여겨 배척하려는 풍조는 오늘날의 관헌과 교육자, 학부형을 가리지 않고 퍼져있다. '지식을 널리 세계에서 구하여'[2]라는 유신의 조약문을 본 이후의 국민이라면 무엇보다도 사상을 가장 귀중히 여겨야 할 텐데 현재도 여전히 그러한 야만적인 풍습이 남아 있으니 정말 곤란한 일이다. 근자에 듣자니 사회주의자 중에 어떤 대역죄인을 발견하자 정부의 고관들은 서둘러 유럽의 서적을 연구하여 그제야 사회주의와 무정부주의를 구별하게 됐다고 한다. 또 한 권의 신간 소설도 읽지 않고 현대문학을 배척하는 관헌과 교육가도 현실에서 흔히 목격한다. 또 야마가타현

---

2) 에도 막부에 의한 대정봉환을 받아들여, 왕정복고에 의해 발족된 메이지 유신 신정부의 방침인 5개조의 서약문 중 일부 내용. 1868년 4월 6일에 메이지 천황에 의해 제정되었다. "지식을 세계에 구하여 크게 황기를 진기할 것. 一、智識ヲ世界ニ求メ、大ニ皇基ヲ振起□スヘシ"

(山形県) 사카타(酒田)의 부호 혼마(本間)라는 사람이 자식들의 교육을 초등학교 수준에 머무르게 하고 더 배우지 못하게 할 뿐만 아니라, 이 일가의 반대 때문에 아직도 사카타에서 중학교를 설치할 수 없게 되었다고 한다. 이처럼 비문명적인 학부모가 여전히 각지에 많다. 나는 그러한 강경한 보수 계급에 대해서는 그저 곤란하기 짝이 없다고 생각할 뿐 뭘 해야 할지 예측하지도 않고 무언가를 할 생각도 없다. 하지만 바라건대 새로운 사상을 존중해 새로운 활동을 실현하려고 하는 진보주의 사람들의 뒤를 따르고 그러한 사람들과 심장의 고동을 하나로 모아 의미 있는 활동을 계속해 나가고 싶다.

나는 많은 생각을 한다. 그 생각을 문학으로 적기도 하고 손발을 움직여 노동으로 실현하기도 한다. 또 단순한 감상으로 남에게 들려주기도 한다. 물론 생각에 그칠 뿐 당장은 물론, 영원히 실현할 수 없는 감상도 있어 남들은 모르고 끝나는 일도 많다. 하지만 그런 생각이 오히려 내게는 가까운 시일 내에 실현될 수 있는 생각보다 흥미로울 때도 있다. 어쨌든 생각하고 사유하는 행위는 그 자체로 만족할 수 있는 기쁨이 있다. 다른 사람에게 전하지 않아도 충분히 목적을 달성할 수 있는 행위이다. 명상이나 사유의 즐거움을 아는 사람의 일생은 매우 행복할 것이다. 또 사소한 일이라도 성실하게 생각하는 습관을 들이면 감정적으로만 행동하는 경향이 없어지고 이지(理智)의 눈이 열려, 반성하고, 비판하고, 이해하는 힘이 예리해진다. 그것이 확대되면 자신의 사상, 감정, 행위가 통일되어, 파탄에 이르는 일이 줄게 된다. 자신을 이해하면 타인의 사상도 이해하게 되고 서로 올바른 양보를 함으로써 서로의 나쁜 점을 던져버릴 수 있게 된다. 그렇게 자신을 내세우는 동시에 사회에 순응하고 활동하는 데 필요한 자연의 규율이 완성되어 간다. 즉 생각하는 행위는 보수주의자들의 걱정과는 반대되는 결과를 가져와 매우 윤리적인 인격을 만들어준다.

나는 자신만만하게 일반 대중 여성에게 '사상'을 권장하고 싶다. 여성들은 오랫동안 생각하는 능력을 포기해 왔다. 우리 여성들은 머리 없이 팔다리와 입만 달고 사는 생물이었다. 도시 여성 일부를 제외하면, 손발로 하는 노동을 하는 여자들은 예도 지금도 여전히 남자를 능가하는 괴로운 부담을 지고 있다. 산으로 가도 바다로 가도 도시의 공장을 들여다봐도 가장 낮은 보수를 받으면서 가장 고통스러운 노역을 하는 사람은 여성이다. 그러나 남자보다 무시당하고 종속자로 푸대접받는 이유는 오직 손발만 기계적으로 놀리며 두뇌를 쓰지 않기 때문이다. 하층 노역에 종사하는 여자는 그렇다고 쳐도 메이지의 교육을 받았다는 다수의 중류층 여성 역시 두뇌가 없는 존재나 다름없다. 어떠한 사상도 없는 것이다.

몸치장, 조림을 졸이는 정도, 바느질과 수예, 좋은 남편 선택, 이것들은 시골뜨기 하녀도 생각하는 일이며, 또 능히 해내는 일이다. 남편의 비위를 맞추는 능력은 화류계의 교태를 배우지 않아도 될 정도이다. 남자가 교육받은 부인을 보고도 마음속으로 고급 하녀 정도로 생각하는 것은 딱히 부당한 평가도 아니다. 일반 남자가 가진 사상에 비하면 여성은 아무런 생각도 하지 않는 것이나 마찬가지이다. 감히 말하자면 어떠한 훌륭한 감상도 가지고 있지 않다.

최근 여성해방운동이 종종 문제시되고 있다. 그러나 그것은 여자들 스스로 주장하기 시작한 것이 아니다. 호기심 많은 일부 남자들, 심지어 말로만 할 뿐 실제로 여자를 해방할 것 같지도 않은 남자들이 말하기 시작한 문제이다. 여자들도 조금은 남자들처럼 사리분별을 갖추게 해도 좋다는, 자비나 아첨이나 다름없이 꺼내든 문제이다. 그리고 이 문제는 그다지 여성들의 관심을 끌지 못했다. 최근에는 이 문제의 반동으로서 다수의 남자가 여자 실용 문제를 주장하기 시작했다. 다시 말해 여자에게 고등교육은 불필요하고 수예 교육이 필요하며 여자는 유순하게 교육해야 한다는 것이다. 여자 고등교육의 폐해로 때마침 영국에서 기세를 올리고 있는 여자 참정권 운동을 예로 들고 있다. 여자가 영원히 남자에게 예속되어야 한다고, 해방 따위는 당치도 않다고 분노하는 것이리라. 예의 보수적 사상을 가진 이들이 마침 잘 되었다는 듯이 날뛰며 늘어놓는 논의는 조금도 놀랄 것이 없다. 하지만 그런 남자들이 마치 자신들은 여자들과 달리 원래부터 자유를 향유해 왔다는 태도를 보이는 것이 우스꽝스럽다.

일본 남자들 또한 유신 서약문과 헌법 발표 후에야 비로소 해방되지 않았는가. 자신들이 해방되었을 때 누렸던 기쁨을 잊고 여자들의 해방을 억누른다. 그뿐인가? 고릿적의 여인오장(女人五障),[3] 삼종지

---

3) 불교 용어이다. 불교에서는 여성에게는 태어나면서부터 다섯 가지의 장해가 있다고 한다. 『법화경』에 여성은 범천왕, 제석천, 마왕, 전륜성왕, 불(佛)이 될 수 없다고 하였으며 여성 차별로 연결되는 견해이다.

도(三從之道),[4] 칠거지악(七去之惡)[5]의 구속보다도 더 가혹한, 그저 아무것도 하지 말고 평온하게 있으라는 말로 단속하는 것은 우스운 일이다. 그러나 이런 눈앞에 닥친 심각한 문제에도 일본의 중류층 여성들은 아무 일도 모른다는 태도이다.

남자들이 아무리 많은 여성문제를 논해도 여자들이 스스로 관심을 가지고 자각하지 않으면 이 문제를 올바르게 해결할 방법은 찾을 수 없다. 적어도 과거와 같은 고급 하녀의 지위에 만족할 수 없다면 중류층 여성들이 앞장서서 스스로 자각하고 개조해 여성문제의 해결자로서 새 자격을 만들어 가야 한다. 그러기 위해서는 제일 먼저 사유하는 여성, 고찰하는 여성, 두뇌가 있는 여성이 되어야 하며 또한 일하는 여성, 실행하는 여성, 손과 발을 움직이는 여성이 되는 것이 급선무이다.

'우리는 누구인가.' '우리는 사람이다. 남녀 성별 구별은 있어도 사람으로서의 가치는 대등하다.' '우리는 인간 중심으로 만물을 보는 동시에 만물이자 생물의 하나인 우리를 객관적으로 볼 수 있다.' '우리는 한 사람의 세계인인 동시에 한 사람의 일본인이다.' '우리는 무슨 목적으로 태어났는지 모른다. 우주의 목적을 알 수 없듯이.' '우리에게는 살고자 하는 욕심이 있다.' '가급적 완벽하고 풍족하게

---

4) 여자는 결혼하기 전 어릴 때는 아버지의 뜻을 따라야 하고, 성장해서 결혼하면 남편에게 순종해야 하며 남편이 죽은 뒤에는 아들의 뜻을 따라야 한다는 말이다.

5) 아내를 내쫓을 수 있는 권리가 부여되는 7가지 나쁜 행동을 말한다. 7가지는 각각 시어머니에게 순종하지 않는 것, 아들을 낳지 못하는 것, 바람피우는 것, 질투하는 것, 좋지 않은 병이 있는 경우, 말을 함부로 하는 것, 도둑질하는 것이다.

살려는 욕구가 있다.' '사람은 고독하게 살 수 없다.' '협동 생활이 필요하다.' '남녀는 협동 생활의 시작점이다. 거기서 부부가 성립되고 다음으로 부모 자식과 사회가 성립된다.' '사회가 성립되면 당연히 사회에서 협동 생활을 원활히 하기 위해 통치자와 피치자 조직이 생긴다. 또 사회의 시작점인 개인은 타고난 특성과 분수 그리고 교육에 따라 지식, 감정, 의지의 차이가 생기고 직업의 구별도 생긴다.' '개인으로서도 사회인으로서도 사람은 모든 행복을 누려야 한다. 최상의 행복은 개성을 살려 자신의 가능성을 온전히 발휘하면서 서로 다른 개성을 이해하고 감상하는 것이다.' 이러한 문제들은 예부터 지금까지 계속된 주요 문제로 쉬이 해결하기는 어렵다. 하지만 오늘날 세계의 문명인들은 모두 이 문제를 접한 후, 어떤 이는 회의에 빠지고 어떤 이는 해결의 실마리를 인지했다고 한다. 이는 차가운 학구적 철학 문제가 아니라 우리 모두에게 절실한 근본적 문제이다.

이런 문제는 갑자기 해결하지 않아도 괜찮다. 여자의 두뇌가 이러한 근본 문제를 염두에 두고 때로는 지식인들에게 묻고, 부모, 남편, 형제, 친구와 함께 서로 연구하는 경지에 이르게 된다면 자연히 독서의 습관도 생기고, 지식도 얻고 총명해지고, 감정도 윤기를 더하게 될 것이다. 그러면 이제까지 여성의 악습이었던 시기, 질투 같은 사사로운 감정이나, 저급한 물욕, 허식에 떠밀려 번민하는 마음도 씻을 수 있어 남편의 비위를 맞추는 일이나 부엌일에 얽매여 귀중한 일생을 허비하지 않게 되어 비로소 문명 남자의 반려자로서 대등한 문명 여자의 자격을 갖출 수 있다. 그래서 남자에게 얕보이지 않고 서로 존경하는 위치에 오르게 된다면 다양한 여성문제는 자연스럽게 해결될 것이다.

남자 보수주의자들은 영국 부인들의 참정권 문제 운동을 전해 듣고 여성의 각성을 두려워하는 것 같지만 우리나라 여성들에게는 아직 쉬이 그러한 뜻밖의 운동은 일어나지 않을 것이다. 왜냐하면 우리나라의 청년 중에는 남자조차 정치에 대한 열정이 전무한 사람이 허다하기 때문이다. 모든 학예문제 모든 사회문제에 냉담한 일본 여자들이 갑자기 그러한 극단적이고 새로운 운동을 시도하리라고는 생각되지 않는다. 또 그러한 여자 천하장사 같은 살풍경한 정치 운동은 고 나카지마 도시코(中島俊子, 1863~1901) 여사[6]의 처녀 시절이나 작고한 오쿠무라 이오코(奧村五百子, 1845~1907) 부인[7]의 실례로 보아 그다지 반가운 성질의 것이 아님은 명료하다. 그러니 앞으로 몇 년 후에 일본의 여성들이 각성한다고 해도, 정치가 아닌, 학문, 예술, 교육 등의 방면에서 남자와 경쟁할 것이다. 특히 일본 여성은 역사적으로 종종 문학 분야에서 만만치 않은 기량을 선보였기에 상당한 자신감을 가져도 좋다고 생각한다.

---

6) 나카지마 쇼엔(中島湘煙)이라고도 하며 결혼 전 성은 기시다(岸田)이다. 메이지시대의 여권운동가이자 작가이다. 남녀 동권을 주장했다. 1883년 시가현에서의 「규중처녀」라는 연설이 불온하다는 이유로 투옥된다. 1885년 자유당 부총리 나카지마 노부유키(中島信行, 1846~1899)와 결혼했다. 1887년 패리스 세미너리(현 패리스 여학원)의 학감이 된다. 『여학잡지(女学雑誌)』를 중심으로 논문을 발표했다.

7) 일본 에도시대의 사회운동가로, 전라남도 광주에서 오쿠무라 실업학교를 창설하기도 했다. 일본군 위문과 구호활동 등을 위한 애국부인회(愛國婦人会)를 결성하였다. 이후 일본 각지에서 활발히 강연 활동을 했으며, 러일전쟁 때에는 헌금운동을 벌이는 등 사회운동에 나섰다.

내가 지면을 빌려 생각과 사유를 추천한 의도는 결코 실천과 노동을 그만두라는 뜻이 아니다. 그저 손발만 사용하지 말고 두뇌를 사용하여 정돈된 사상에 따라 손을 사용한다면 무의미한 노동을 생략하여 더욱 효율적으로 노동할 수 있고 이제껏 해 왔던 손발의 노동에만 사용한 시간을 할애하여 더 행복한 생활, 즉 정신생활도 영위할 수 있다는 것이다. 톨스토이(Lev Nikolaevich Tolstoi, 1828~ 1910)[8]는 "자신을 개선하는 것이 인생의 가장 뛰어난 행위"라고 했다. 우리 일본 여성들은 서둘러 자신을 현명하고 예민하게 연마하여 스스로를 발랄한 '개인'으로 만들 필요가 있다.

처음부터 꼭 앞에서 언급한 우주 인생의 근본 문제를 생각하지 않아도 좋다. 어쨌든 이것저것 따져 보고 의문을 제기하고 이성과 지식을 갈고닦는 습관을 만들면 된다. 불교에서는 '지혜의 광명'을 설파한다. 여성들에게는 빛이 없는 자신의 어둠을 비추는 지혜의 광명이 꼭 필요하다. 이성과 지식을 연마하기 위해서는 수학이나 진화론이나 동식물학이나 심리학이나 법률학, 경제학 같은 책을 읽는 습관을 만들어도 좋다. 독서를 하면 자연히 마음의 지평이 넓어져 푸념이 없어지고 정념이 고상해진다. 그러면 넘쳐나는 물욕 때문에 번뇌로 괴로워하는 일도 줄고 일상의 대화나 견해에도 기품이

---

8) 러시아의 작가이자 사상가, 문예 비평가이다. 전쟁터에서 글을 쓰기 시작해 『전쟁과 평화』, 『안나 카레니나』 등 사실주의 소설을 쓰며 19세기 러시아 문학을 대표하는 세계적인 작가가 되었다. 귀족 출신에도 불구하고 고통받는 농민과 사회적 약자의 편에 서서 사회를 개혁하고자 노력했다. 요사노 아키코는 십대 후반부터 톨스토이를 읽었고 크게 영향 받았다고 언급하고 있다.

생겨서 아름답지 않은 부인도 자연스럽게 그 자태가 아름다워지기 마련이다.

아마테라스(天照大神) 신9)을 경애하는 일본의 여성은 모두 비굴한 구습에서 벗어나 문명 여성으로서 모범을 보일 정도의 자부심을 품었으면 한다.

1911년 1월

---

9) 일본 신화에 등장하는 태양신으로, 일본 천황의 조상신으로 여겨지는 여신이다.

여자의 독립과 자립

　사람의 성품과 체질에는 만인의 공통분모 다시 말해 유사성과 개인만이 가지는 독특한 점, 즉 개성이 있습니다. 과거에 사회의 심리적 표준은 유사성이 사람의 전부라고 오해하는 경향이 있었습니다. 비슷한 점만을 모아 허상의 틀을 하나 만들고 본말이 전도되어 그 틀을 표준으로 하여 사람들을 다스리려고 하며 타인의 개성을 안중에도 두지 않았습니다. 예를 들면 처음부터 '남자란 존재는 이렇다, 여자란 존재는 저렇다'라고 결정짓고 그 고정된 개념을 토대로 남자란 이렇게 해야 한다, 여자란 이렇게 해야 한다는 규범을 세워 일률적으로 만인을 통제하고 그 규범에 조금만 맞지 않아도 인간이 아닌 것처럼 경멸하는 습관을 만들기에 이르렀습니다. 예부터 중국 같은 나라는 관습을 너무 중시해서 조금만 새로운 사람이 나와 개성을 발휘하려고 하면 바로 불충하다든가 대역무도하다든가 하는 악명을 떨쳐 사형에 처하거나 합니다. 사람이 존귀한지 관습이 존귀한지 알 수 없게 된 것이지요. 일본에도 예전에는 그런 말도 안 되는 일이 꽤 많이 일어났고 그 때문에 천황도 오랫동안 왕정을 복고하지 못하시고 사쿠마 쇼잔(佐久間象山, 1811~1864),[10] 요시다 쇼인(吉田松陰, 1830~1859)[11] 같은 위인도 인습을 벗어나 새로운 깨달음을 닦으려 했기 때문에 살해당했습니다. 그래서 그 시대에 안전히 생활하고자 하는 사람들은 도리를 따지지 않고 옛 관습과 옛 개념에 맹종하여, 도쿠가와(德川) 장군은 영원히 일본의 정권을 쥐고 있는 것, 무사는 언제라도 주인을 위해 할복하는 것, 유학은 영구히 주자학만을 표준으로 삼아야 하는 것, 종교는 불교 이외에 믿을 수 없는 것, 백성들은 만대에 걸쳐 무인의 지배를 받아 생과 사를 관리의 자유에 맡겨야 하는 것, 여자는 삼계에 집도 없이 부모와 남편과 자식에게 굴종해야 하는 것, 이런 생각만을 했던 것입니다.

그것을 생각하면 우리는 모두 어둠 속을 지나 밝은 곳으로 나온 행복한 시대에 태어났습니다. 메이지 유신(明治維新)[12]의 왕정복고

---

10) 일본 에도시대의 사상가이다. 본디 한학과 유학에 치중 아편전쟁에서 청나라가 패했다는 소식을 접하고 충격을 받아 서양 문물을 연구하기 시작했다. 더 나아가 쇄국양이를 비판하고 일본의 적극적인 세계 진출을 주장했다.

11) 일본 막부 말기의 병학자이자 사상가이며 교육자이다. 사회변혁을 통한 독립국가의 일본을 구상하고 천황 중심의 체제변혁과 부국강병의 국가건설을 주장했으며 그는 주군인 쵸슈(長州) 번주에게 변혁의 주체가 될 것을 건의하고 학문적 동지들에게도 동참을 호소하였다.

12) 1868부터 개시된, 막번 체제를 해체하고 왕정복고를 통한 중앙 통일 권력의 확립에

와 함께 천황께서는 문무정치를 비롯한 모든 유해하고 쓸모없는 구습을 타파하고 아울러 널리 세계의 새로운 지식을 추구하기를 장려하고 학문, 기술, 언론, 종교, 출판 등 모든 사상 행동의 자유를 허락했으며, 생명, 재산 등의 인권을 보장했습니다. 5개조 서약문, 헌법, 교육 칙어, 이것들을 읽으면 새로운 시대의 일본 국민은 불합리한 전대의 인습과 도덕에서 완전히 해방되어 태평성세의 자유로운 공기 속에 자기의 특성을 발휘하면서 사회를 영위해 나갈 수 있는 새로운 도덕을 제시받았습니다. 이런 전례가 없는 성세를 만났으면서도 여전히 세상에는 옛꿈을 꾸며 그리워하는 사람들이 많이 있습니다. 그런 이들이 세상이 변해 도덕이 부패했다느니, 인정이 메마르고 도의가 땅에 떨어졌다느니 하며 탄식하고 있습니다. 이는 실로 괘씸한 일입니다. 지금은 메이지시대의 새로운 도덕이 어디까지 실행되고 있는가를 관찰, 확인하고 이를 각자에게 서로 장려하는 것이 가장 중요합니다. 이미 옛 도덕이 퇴폐했다고 개탄할 때가 아닙니다. 하물며 공자나 니노미야 손토쿠(二宮尊徳, 1787~1856)[13]의 가르침을 부흥시키거나, 『여대학(女大學)』[14] 종류의 훈육을 여자에

이르는 광범위한 변혁 과정을 총칭한다. 메이지 유신은 학문상 명칭이며 당시에는 고잇신(御一新) 등으로 불렸다. 종료 시기는 1871년 폐번치현 때, 1873년 지조개정(地租改正), 1877년 세이난 전쟁(西南戰爭), 1889년 헌법 발표 등 여러 설이 있다.

13) 일본 에도시대 말기의 농정가이다. 1822년 이래 오다와라번의 영내 농촌경영에 수완을 발휘하였으며, 다시 막부에 초빙되어 닛코(日光) 등 각지의 황무지 개척과 농촌 재건에 성공하였다.

14) 에도시대 중기 이후 널리 보급된 유교 사상에 입각한 여자 교훈서. '대학'은 사서오경의 『대학』을 말한다. 부모, 남편, 시부모를 잘 섬길 것을 권장하는 책이다.

게 베풀려는 행동은 천황의 뜻을 어기고 국민의 생활을 갑갑하기 짝이 없는 봉건시대로 역행시키려는 시도이겠지요.

이전 세대의 도덕과 모든 사상의 토대가 인간의 유사성에 중점을 맞춘 데 반하여, 5개조 서약문, 헌법, 교육 칙어 등에 제시된 현대의 새로운 규범은 각 사람의 개성과 권리와 자유를 존중하는 것이 근본 정신입니다. 그러니 우리 일본의 국민은 만사에 이 정신을 생활의 표준으로 의지해야 합니다. 오늘날 세력을 가지고 있는 정치가나 큰 상인, 또는 그 계급에 아부하는 다수의 학자와 교육자 중에는 연배로 보아 구시대에 속하는 사람들이 많습니다. 그러므로 그러한 사람들이 설령 헌법의 정신을 저버리고 5개조 서약문의 취지에 어긋나는 행위를 하고 있더라도 메이지시대에 태어난 우리 젊은 남녀 는 구시대 사람들과 반대로 의연하게 현대의 새로운 정신을 관철하는 데 노력해야 합니다. 저는 이러한 견지에서 저 자신을 수련할 때도, 가정의 아이들을 기를 때도, 또 다른 사람과 교제하며 사회적으로 미력이나마 힘을 보태고자 할 때도 모든 방침은 5개조 서약문, 헌법, 교육 칙어 등을 참조하고 있습니다. 저는 이것들 외에 어떤 도덕이나 종교도 필요 없습니다.

현대의 여성이 '여자도 남자와 똑같은 사람이다'라는 자각을 얻은 것은 사상의 자유를 알맞게 활용하여 세계 공통된 지식의 끄트머리 라도 접한 덕분입니다. 사람 취급도 받지 못하던, 인습의 가죽 주머 니를 뒤집어썼던 모습에서 본성을 갖춘 인간이 되어 뛰쳐나온 것은 훌륭한 일입니다. 그러나 나체 상태로는 문명의 여성이라고는 할 수 없습니다. 그저 금수와 섞여 살던 무지몽매한 태고의 원시인으로 되돌아간 것일 뿐이므로 어떻게든 그 나체를 꾸며 문명인 간에 교제할 수 있을 만큼의 준비가 필요합니다. 그러기 위해서는 우선 첫 번째로 현대의 근본정신을 알아야 합니다. 저는 일반 여성들에게 5개조 서약문과 헌법을 읽으실 것을 권하고 싶습니다. 이러한 근본정신을 알지 못하고 현대의 신여성이라고 자부하는 것은 우스꽝스러운 일입니다. 교육 칙어만 읽었다면 도덕적인 면만 알 수 있으므로 만사에 걸친 근본정신을 이해하기란 어려울 듯합니다. 이런 것들을 읽으라고 추천하면 남자 쪽에서 반대가 나오고, 여자에게 권리자유의 사상을 고취시키는 것은 여자를 건방지게 하는 짓이라고 비난하겠지요. 하지만 그렇게 비난하는 남자가 있는 것은 남자들조차 여전히 일반적으로 헌법에 나타난 새로운 시대의 근본정신을 이해하지 못했다는 증거입니다. 여자를 자신과 대등한 위치에 두는 것을 긍정하지 못하는 것 자체가 그만큼 무식하기 때문이라고 생각하니 그런 생각을 하시는 남자분들 때문에 부끄럽습니다.

요즘 여자의 직능을 제한해 여자의 직능은 결혼과 출산과 양육에만 있다고 역설하는 사람이 있습니다. 하지만 현대의 근본정신 중 하나인 '자유토구(自由討究)'를 중시하는 우리의 심정으로는 "도대체 왜!"라고 외치고 싶습니다. 그런 사람들은 서양 여성들 중 일부가 여러 가지 사정 때문에 결혼을 마다하는 풍조를 보고 일본 여성을 훈계할 생각이겠지만 그것은 대낮에 유령이 나오기를 두려워하는 것과 같은 완전히 불필요한 걱정입니다. 왜냐하면 일본 여성들은

모두 결혼을 희망합니다. 결혼을 싫어하는 풍조는 조금도 발생하지
않았습니다.

그런데도 혼기에 이른 여성의 3분의 2가 아직 미혼인 것은 남자
쪽에 재산이 없어서 아내를 맞이하기 어렵기 때문이 아니겠습니까?
결혼의 감소는 추호도 여자의 죄가 아니며 그 책임은 남자 측에
있습니다. 이것을 '여성문제'로 논의하기 전에 남자들의 패기가 부
족해서 생긴 '남성문제'라고 나무라야 할 것입니다. 여자에게는 남
편을 부양할 만한 재산이 없고 남자만큼의 보수를 받을 수 있는
직업도 부여받지 못했습니다. 게다가 자유로운 배우자 선택도 허용
되지 않으니 결혼 감소는 당연히 그 이유를 남자들의 경제 문제로
돌려야 합니다. 여자들에게 교육을 받게 했기 때문에 결혼이 감소했
다니 크게 어긋난 해석입니다.

정당하게 구혼하는 남자가 없는 이상 여자가 아이를 낳지 않는
것은 이상하게 여길 만한 일이 아닙니다. 오늘날 여자의 다수는 어
머니로서의 직능을 다하고 싶어도 다할 수 없는 처지에 있습니다.
그렇다고 국민 인구수가 현저히 줄었느냐 하면 오히려 배로 늘고
있습니다. 30년이 채 지나기 전에 일본인은 현재의 2배를 넘기겠지
요. 국민의 번식력으로 따지면 우려할 필요도 없지만 미혼 남녀 간
에 행해지는 불륜적인 성교와 사생아의 증가는 현재의 생활을 암흑
으로 만들고 장래의 일본 인종을 열악하게 합니다. 따라서 그 점에
대해서는 남자들의 반성을 촉구하는 동시에 여자도 스스로 반성해
야 합니다. 정당히 결혼해 부부가 되고 정당한 부모 사이에 자녀를

교육해야만 문명인의 근본정신에 부합합니다. 그렇지만 그 정도의 사리 분별은 새삼 지식인들에게 주의를 받지 않아도 현재의 여자들 이라면 이미 충분히 숙지하고 있습니다. 하지만 결혼하고 싶어도 남자 쪽의 가난 때문에 불가능한 것이 사실이라면 여자는 어쩔 수 없이 독신 상태에 머무르게 되고, 자립의 방법을 강구하여 자연스 럽게 남자와 직업을 경쟁하게 됩니다. 예전에는 남자에게 매달려 남자의 재산이나 수입을 마냥 소비하는 존재로 의식주의 보장을 받았습니다. 그에 반해 현재는 사회 사정이 바뀌어 어쩔 수 없이 여자가 자기 힘으로 생활하고 부모 형제도 부양하는 형세가 되었습 니다.

이것은 현재의 사회 조직과 경제 사정에 수반되는 자연스러운 대세입니다. 비참하다고 하면 비참하기 짝이 없는 일이지만, 우리 여성들은 이 대세에 따라 다행스럽게도 교육 덕분에 천 년 이래로 잃었던 지혜와 용기를 회복하고, '나도 사람이다'라는 자각하에 여 자의 직능이 단지 아내로서 어머니로서뿐만이 아니라 정신 육체 양쪽의 모든 노동을 함으로써 남자와의 협동 생활을 풍부하게 할 수 있다는 것을 알게 되었습니다. 그래서 설령 결혼할 수 없을지언 정 그 외의 문명 사업에서 스스로 유의미한 삶을 영위하고 인류를 위해 공헌하고 전화위복하려는 노력을 발휘할 수 있게 되었습니다.

결혼이 어려운 현대를 살아가는 여성의 각오로서 이것은 매우 훌륭한 태도이자 씩씩한 대처입니다. 그러므로 오늘날 독신으로 자 립하려는 여자가 있다면 어쩔 수 없는 사정 때문이지 결코 결혼이 싫어서는 아닐 겁니다. 여자의 마음을 이해하지 못하고 세태의 대세를 모르는 부모들은 그저 이 현상을 제멋대로라고만 해석합니다. 그래서 어쩌다 며느리로 받아주겠다는 곳이 있으면 배우자가 될 남자의 인격도 알아보지 않고 귀찮은 사람을 쫓아내는 것처럼 자기 딸을 그 남자에게 억지로 떠맡기려는 풍조가 있습니다. 하지만 그런 불안과 불행이 예측되는 결혼을 맹목적으로 따르기에는 오늘날의 여자들이 너무 총명합니다. 현재의 우리 여성들은 부모님이 사랑해주시는 것보다 몇 배나 자신을 사랑하는 법을 알고 있습니다.

세차게 흐르는 물은 아무리 막아도 어디론가 빠져나갈 구멍을 발견할 수 있듯이 아내로서 어머니로서의 행복을 얻기 어려운 현재의 여자가 오히려 그 결혼생활 밖에서 자신의 삶을 구하고자 노력하는 것은 전혀 이상하지 않습니다. 저 같은 사람도 적당한 배우자를 만나기 전까지는 이러한 각오로 제 운명을 개척하려고 했습니다. 이미 이런 각오가 미혼 여자들에게 필요해진 이상, 여자의 직능은 당연히 다방면으로 확대되어 갈 것입니다. 현모양처뿐 아니라 학자, 관리, 예술가, 교육자, 각종 노동자로서도 타고난 재능을 발휘할 수 있다는 것을 보여줄 수 있게 되겠지요. 이는 여자의 진보이며 이 때문에 인류가 누리는 행복은 단지 여자가 엄마, 아내에 머무를 때보다 훨씬 증폭될 것입니다. 여자의 결혼난은 물론 불행입니다만 세계적인 대세가 그렇다면 이 불행한 시기를 잘 이용하여 여성과 인류의 행복으로 전환하기 위해 고민하는 것이 현명한 방법일 것입니다. 근면하고 총명한 독신 여성이 생기는 것은 그만큼 일본의 문명이 세계화되었다는 징조입니다. 만약 지식인이 친절이라는 이름으로 독신 여성을 없애기를 원한다면 사회 조직을 개선하고 남자의 경제를 풍요롭게 하는 방법을 강구하는 것이 우선이며 그 문제는 그리 쉽게 개선하기 어려울 것입니다. 어쨌든 결혼하지 않는다고 여자를 비난해 봤자 요점을 크게 빗나간 것입니다.

독신이면서 다른 직능으로 자신의 삶을 영위하는 여성이 있는 현상이 반드시 불합리하지는 않다는 하나의 증거로, 옛 여제 중에도 독신인 분이 많고 여성 문학자 중에도 과부가 되어 나중에 이름을 날리거나 미혼으로 끝난 사람들이 적지 않습니다. 독신주의는 결코 오늘날 새로운 여성들의 발명이 아닙니다. 실제로 우리와 다른 전 시대의 교육을 받은 지금의 노년 여류 교육가 중에도 독신이나 과부로 살아내신 분이 많습니다. 논자들은 '그런 예는 특별하다, 그런 독신 여성은 괴짜다'라고 하겠지요. 그것이야말로 앞서 말한, 현대의 근본정신은 각 사람의 개성에 적응해 자유롭게 발달하는 것을 존중해서 '여자는 이렇게 해야 한다'라고 일률적으로 정해 버리지 않는다는 것입니다. 바로 거기에 묘미가 있습니다. 그러니 오히려 특이한 사례가 많아지고 좋은 의미의 괴짜가 많이 나오는 것이 더할 나위 없이 좋은 일입니다. 일원론이 아니라 다원론인 것이지요. 만약 가에쓰 다카코(嘉悦孝子, 1867~1949) 선생15)이나 고다 노부(幸田延,

---

15) 일본의 교육자이다. 일본의 첫 여자 상업교육학교인 사립 일본여자상업학교 가에쓰 학원(嘉悦学園)을 창립했다.

1870~1946) 여사16)가 결혼하고, 시모다 우타코(下田歌子, 1854~1936) 선생17)이 재혼하셨다면 그렇게 많은 사회적 업적을 남길 수 없었을 것입니다. 초등학교나 여학교에 독신을 지키는 여성이 다수 있어야 교육계는 실적이 오릅니다. 이 모든 여성들은 결혼하지 않는 쓰라린 불행을 참고 견디면서 그 불행을 다른 행복으로 바꾸는 훌륭한 노력을 하고 있습니다. 교육계뿐만 아닙니다. 실제로 모든 계급의 여성 중에는 자기 뜻대로 결혼할 수 없자 다른 직능으로 독립 자립을 꾀하고 부모 형제를 부양하고자 하는 사람들이 많습니다. 이는 동정이 가기도 하지만 시대에 임하는 각오와 용기와 씩씩함을 생각하면 마음이 든든하기도 합니다.

모두가 결혼으로 행복을 얻지 못하는 현재입니다. 여자가 꼭 결혼해야 한다는 식의 쓸모없는 구식 개론에 흔들리지 말고, '결혼하자, 그러나 그것이 불가능하다면 그밖에 얼마든지 여자의 재능을 발휘해야 할 문명의 직능이 있으며 결혼만이 자신의 전부가 아니다'라고 생각하며 자신의 처지와 개성에 따라 각자의 진로를 개척해 다양한 분야에서 훌륭한 괴짜 여성이 많이 나오기를 기대합니다. 남자들을 위해서도 그런 의지가 강하고 도움이 되는 독립적이고 스스로 개척

---

16) 일본의 피아니스트, 바이올리니스트, 음악교육가, 작곡가이다. 뉴잉글랜드 음악원에서 음악을 공부했다. 해외에서 음악을 배운 일본의 최초의 여성 중 한 명이며, 클래식 분야에서 일본 최초의 작곡가로 여겨지며 일본의 본격적인 음악가의 시초로 여겨진다.

17) 일본 메이지시대부터 다이쇼시대에 걸쳐 활약한 교육자이자 시인. 여자교육의 선구자로 여자교육 진흥에 생애를 바쳤으며 실천여자학원(実践女子学園)과 여자기예학교(女子技芸学校)를 창립했다.

하는 여성이 나오면 부담이 적어져서 좋지 않을까요.

1911년 4월

이혼에 대해서

육군 군의관 후지이 씨와 도쿄음악학교 조교수 다마키(三浦環, 1884~1946) 여사[18]의 이혼에 대해 신문에서, 취미 차이로 인한 이혼이라느니 육군과 예술의 충돌이라느니 하며 과장된 보도를 하고 있습니다. 이 일에 대해 여러 선생님들의 비평도 보입니다. 만약 육군과 예술의 충돌이라면 지금 우리나라의 형편으로는 붓이나 악기는 총을 이길 수 없으니 순순히 총에 굴복해서 이혼소동이 되지 못하고 끝났을 것 같은데 어떨까요?

그리고 취미의 차이가 원인이라고 단정 짓기 전에 그 취미가 무엇

---

18) 본명은 시바타 다마키, 일본에서 처음으로 국제적인 명성을 떨친 오페라 가수이다. 특히 푸치니의 「나비부인」으로 유명해 '마담 버터플라이' 등으로 불렸다. 후지이 요시카즈(藤井善一)와 1909년 이혼했고 1913년 미우라 마사타로(三浦政太郞)와 재혼했다.

인지부터 따져 볼 필요가 있을 것 같습니다. 요즘 우리가 흔히 쓰는 '취미'라는 말과 같은 의미의 취미라면 목욕탕 때밀이나 이발소 점원에게도 과분하지 않은 말이 되었습니다. 음악학교 선생님이라고 해서 예술에 대한 진정한 취미를 알고 있다고 단정 지을 수도 없습니다. 신문기자의 눈에는 물에 빠져 죽은 여자가 반드시 미녀로 보인다는 우스갯소리도 있듯이, 음악학교 선생님이라고 하니 무조건 예술가로 보일 수도 있겠지요.

또 취미의 차이라고 하면 양쪽 모두 어떠한 취미가 있어서 그것이 충돌한 것처럼 들리기도 합니다. 그런데 지금 육군의 높은 지위에 있는 많은 분들께 과연 원만한 교육을 받은 문명인이 이해할 수 있는 취미라 할 만한 것이 있을까요? 저는 먼저 이 점을 관찰력이 예민한 신문기자 분들께 말씀드리고자 합니다. 후지이 씨는 육군 군의관, 다마키 씨는 음악학교 조교수, 두 사람의 직업은 이렇게 알려졌지만 두 분의 취미가 분명하지 않은 이상 이 이혼이 취미의 충돌로 인한 것이라고는 단언할 수 없습니다.

저는 육군과 충돌할 정도로 우리나라의 예술이 강한 힘을 발휘하게 된다면 재미있을 것 같고 또 그렇게 예술이 번성하는 시대가 오기를 기도하고 있습니다. 또한 사회적으로 높은 지위의 남녀가 취미 차이로 이혼하는 일이 생긴다면, 그것은 문명국가에서나 볼 수 있는 일이며 오히려 일본의 가정이 진보했기 때문에 생기는 엇갈림이라고 생각하고 싶습니다. 그러나 오늘날 일본의 상황에서는 아직 육군 군의관인 후지이 씨의 취미가 그렇게까지 발전했다고는 쉽게 상상하기 어렵습니다. 이것은 신문기자라는 분의 좀 더 깊은 관찰이 필요합니다.

이혼을 무조건 죄악시하는 것은 또 어떤가요? 이혼을 하고 서로 행복하게 사는 사람도 적지 않으리라 생각합니다. 그런 경우에는 사회가 그분들의 이혼을 축하해 주어도 좋겠지요. 또한 부부는 결코 행복만을 타산적으로 계산해서 함께하는 것이 아니라 그런 계산이나 도덕이나 의리, 성인의 가르침, 심지어는 신의 말씀 등을 충분히 알고 있는데도 그것을 초월해, 어쩔 수 없이 서로의 마음이 어긋나서 좋지 않은 예도 있습니다. 그렇다면 합의하여 이혼하는 것이 정당한 처사라고 생각합니다.

제가 안타깝게 생각하는 것은 교육계의 여러 선생님들이 이런 사건을 접할 때마다 마음에도 없이 세상 사람들 듣기 좋은 말을 하시거나 또 자기도 모르는 사이에 정직하게 자신의 식견 부족을 고백하기도 한다는 것입니다. 『아사히신문(朝日新聞)』에 실린 여러 선생님들의 말씀을 보면 여자 음악학교 교장 야마다 겐이치로(山田源一郎, 1869~1927) 선생님19)은 "이미 하나의 가정을 가진 이상 부창부수해야 한다"라고 말씀하셨습니다. 그런데 지금 세상에 남자와 여자가 인형이 아닌 이상 이 부창부수라는 어린애 소꿉놀이처럼

---

19) 일본의 작곡가, 음악교육가이다. 1889년 도쿄음악학교 본과 졸업, 오사카부 심상사범학교 준교사, 도쿄부 심상사범학교 준교사, 도쿄고등사범학교 부속음악학교 준교사 등으로 근무했다. 1898년 국내 첫 민간현악단체인 '메이지음악회' 설립에 참가한다. 1903년에는 '여자음악학교'라고 교명을 변경하여 1927년에 세상을 떠나기까지 교장을 역임했다.

미지근하고 생기 없는 가정은 만들어서는 안 되지 않은가 싶습니다.

부창부수는 남자들이 자기 편한 대로 만든 가르침이며 그 뿌리는 여자를 동등하게 여기지 않는 미개하고 야만적인 사상에서 비롯된 것입니다. 우리는 한쪽의 편의를 위해 중간에 만들어진 도덕이 아니라 사람의 마음이 완벽하게 발전하면 반드시 거기에 도달하는 것이 보장된 도덕을 통해 안주하고자 합니다. 만약 부창부수가 인간의 본성에 근거한 것이라면 이자나기(イザナギ) 신과 이자나미(イザナミ) 신이 일본을 만들 때 여신인 이자나미가 먼저 기둥을 돌았다고 해서 다시 기둥을 돌아야만 하는 일도 없었을 것이고[20] 또한 황송하게도 교육칙어에 '부부가 서로 화합하고'라고 부부의 대등을 인정하는 말도 없었을 것입니다. 야마다(山田) 씨 등 교육가들의 주장이 옳다면 교육칙어에도 '부창부수하여'라고 되어 있어야 합니다.

옛날에는 부창부수해서 표면적으로는 가정이 잘 다스려진 시기도 있었으니 당시의 도덕으로서는 좋았을지 모릅니다. 하지만 여성의 눈이 뜨여 남자와 대등한 지위를 자각하려는 오늘날에 아직도

---

20) 이자나기와 이자나미는 일본의 국토를 창조한 신으로 『고사기(古事記)』와 『일본서기(日本書紀)』에 그 기록이 남아 있다. 두 신은 하늘의 기둥 주위를 돌다가 만나는 곳에서 결합하자고 약속했다. 이자나미가 먼저 "당신은 정말 멋진 남성이군요."라고 말하며 교합했다. 두 사람 사이에 아이가 태어나자 히루코('거머리 아이'라는 뜻)라고 이름 지었다. 두 사람은 아이가 못생긴 데다 거머리처럼 생겨 갈대배에 넣어 흘려보냈다. 그 뒤로도 번번이 자식을 생산하는 데에 실패하자 두 사람은 하늘의 신에게 조언을 구했다. 하늘의 신은 여자인 아자나미가 먼저 말을 거는 것이 좋지 않았으므로 바꾸어서 다시 시도하라고 가르쳐주었다.
이 에피소드는 이 신화가 기록되었을 때 이미 여성이 남성보다 사회적 지위가 낮아졌다는 것을 나타낸다.

그런 미개하고 야만적인 시대의 도덕으로 여성을 억압하려는 교육가들 선생님의 두뇌가 얼마나 고루한지 놀라지 않을 수 없습니다. 도덕은 교육자만의 전유물이 아니니 그 고루한 머리로만 판단하지 마시고 여러 석학들의 의견을 두루 참고하여 문명인이 안심하고 실행할 수 있는 보다 견고하고 보다 훌륭한 도덕을 교육자 자신이 먼저 체득하여, 물이 낮은 곳으로 흐르는 것처럼 자연스러운 교육을 하면 어떨까요? 제가 이런 말씀을 드리는 것은 교육자의 두뇌가 아직 18세기 이전에 고정되어 있기 때문입니다. 그러한 교육자분들 때문에 유감스러울 수밖에 없습니다.

여성이 이런 바른 도리를 교육가 분들께 말씀드리게 된 것은 지금의 여성이 건방져서도 아니고, 말세가 되었다고 탄식할 일도 아닙니다. 문명의 결과, 교육의 결과는 반드시 여성이 자각하여 이르러야하는 경지입니다. 만약 이것이 나쁘다고 한다면 교육을 보급한 여러 선생님들이 나쁘다는 말이 되겠지요.

평소에 항상 저는 지금의 여자교육이 아직 진정한 문명교육의 취지와는 거리가 멀다고 생각합니다. 훌륭한 여자대학교도 생겼지만 수많은 학생들이 무엇을 배우고 있느냐 하면, 현모양처주의 윤리와 가정과라는 명목의 요리 연습에 치중하고 있습니다. 교육자의 생각으로는 자신이 교육자가 되기 위해 학문을 하고 교육계 일 밖의 다른 사회는 아무것도 모르는 쓸모없는 인간이 되어 평생을 보내는 것처럼, 모든 여자를 좋은 아내와 현모양처 이외에 쓸모없는 사람으로 만들어낼 생각이시겠지요. 하지만 안타깝게도 여자는 아내가 되고 엄마가 되기 전에 소녀라는 화려하고 젊은 시기가 있습니다. 좋은 아내, 현모양처 교육에 앞서 '소녀교육'이라는 것을 왜 먼저 시행하지 않나요? 여자를 빨리 나이 먹게 하려는 교육은 세련되지 못하다기보다 참혹합니다. 소녀교육, 즉 어느 집안의 딸이 세상에 나갈 수 있는 중요한 시기가 되었을 때 꼭 필요한 교육을 주로 시키지 않고 남의 아내가 되고 어머니가 된 후의 교육을 한발 앞서서 가르치고 여학생의 품행 문제 등이 발생하면 그 책임을 여학생에게 돌리는 것은 매우 불합리한 일입니다. 최근 문제가 된 고바야시 씨 댁의 따님 일[21]을 보면 제가 보기에 소녀 시절의 교육이 불완전했기 때문입니다. 만약 지금의 교육자 입장에서 본다면 할아버지뻘의 다나카 백작에게 시집가서 노백작을 위해 기꺼이 현모양처가 되려고 하는 것은 오히려 칭찬받을 만한 일이겠지요.

가정에서, 사람을 사귐에 있어, 남녀 교제에서 한 사람의 여성으로서 부끄럽지 않은 소녀로 키워내는 것은 현모양처주의 교육에 비해 훨씬 뛰어나며 또한 시급한 과제라고 생각합니다. 남편이나 양가 시부모님에 대한 예의나 자신이 낳은 아이에 대한 마음가짐 등은 일단 맞닥뜨리게 되면 대부분의 여성들이 자연스럽게 터득할 수 있는 일들입니다. 또한 요리법이나 육아법 같은 것은 부엌에서 어머니나 하녀와 상의하거나 출입하는 의사에게 물어보거나 한두

---

21) 1909년 당시 67세였던 궁내대신 다나카 미쓰아키(田中光顯, 1843~1939) 백작이 21세의 서점집 딸 고바야시 교코(小林孝子)와 결혼하여 비난받았다.

권의 간단한 책만 읽어도 알 수 있습니다. 그런 것을 윤리니 학문이니 하면서 고등학교에서 가르치는 것은 어리석은 일이라고 저는 늘 생각하고 있습니다.

자각하기 시작한 지금의 어린 소녀들은 교육자들의 가르침에 순순히 굴종할 만큼 유순하지 않기 때문에 학교에서는 선생님들 앞에서 현모양처주의에 만족한 듯한 표정을 하고 있습니다. 하지만 선생님들이 학교 안에만 틀어박혀 있는 것과는 달리 소녀들은 학교 문을한 발짝만 나가면 바로 '소녀'로서 자유로운 천지에서 뛰어놀며 스스로 불완전하게나마 새로운 시대의 소녀교육을 시도하고 있습니다. 학교에서는 현모양처주의 교육만 받았음에도 오늘날 가정에 오히려 많은 소녀다운 소녀들이 있는 것은 학교 밖에서의 사교 경험이나 교과서 외에 고금의 문학 서적 등을 읽고 스스로 교육한 결과입니다. 교육자가 학교 안에만 갇혀 세상을 보지 않는다면 그 교육은 공허해집니다.

설령 부창부수가 옛 도덕을 보존하는 좋은 일이라 할지라도 지금의 수많은 남자들은 남편으로서 아내에게 무엇을 주장하고 있나요? 학창시절 선생님의 가르침에도 내심 충분히 복종하지 못하던 아가씨가 아내가 되었다고 해서 남편의 말을 고분고분 따를 정도로 현재의 교육이 여자를 어리석게 만들고 있지는 않을 것입니다. 그렇다면 남편되는 자가 주장해야 할 것은 아내가 자신을 존경하고 따르게 할 수 있을 만큼의 준비가 꼭 필요하다고 생각합니다. 지금 대다수의 남자들은 물론 여성에 비해 몇 배의 학문과 지혜가 있겠지요.

그러나 온전한 '사람'으로서의 교양은 어떨까요? 저는 남자들에게
도 현모양처주의 같은 현부양부주의 교육을 시켜야 하지 않겠느냐
고 야유하신 어떤 분의 주장이 일리가 있다고 생각됩니다. 그 정도
로 지금 대다수의 남자들은 아내에 대한 마음가짐이 야만적입니다.

   그렇다면 소수의 남자들 다시 말해 사회에서 인간으로서의 교양
을 가장 많이 쌓을 수 있는 남자들은 어떤가 하면, 예를 들면 여성
교육자이시고 여성문제에 대해 자주 발언하시는 미와다 모토미치
(三輪田元道, 1872~1965) 선생님22) 등을 예로 들면 좋을 듯합니다. 선
생님께서는 현재의 교육자로서 훌륭한 분이셨지만, 최근 부인이 돌
아가시고 얼마 지나지 않아 재혼하신 선생님의 이야기를 잡지에서
접했을 때 저는 씁쓸한 마음이 들었습니다. 선생님의 재혼 이유에
대해 "어린아이들의 교육을 맡길 수 있는 사람을 얻어 세상을 떠난
아내의 마음을 기쁘게 해주고 싶어 후처를 얻었다"라고 말씀하셨습
니다. 교육자라는 선생님이 이렇게까지 자신의 마음과 사회를 속이
고 거짓말을 할 수 있는 분이시라니요. 만약 이것이 거짓말이 아니
라면 교육자만큼 분별력이 없는 사람은 없겠지요. 이런 남자들의
상대로는 훨씬 더 순종적이고 착한 아내가 필요할지 모르지만, 그
위선과 불합리를 고분고분 받아들일 여성은 앞으로 더욱더 없어지

---

22) 일본의 교육가이다. 교육자인 미와다 마사코(三輪田眞佐子, 1843~1927)의 제자였다
가 양자가 되어 어머니를 도와 미와다 여학교(훗날의 미와다 고등학교) 설립에 힘
썼으며 1927년 교장이 되었고 1943년 미와다학원 이사장이 되었다. 전국고등여학
교 교장협회, 대일본 여자사회교육회 등에도 관여하며 여학생 교육 진흥을 위해
노력했다.

겠지요.

이 미와다 선생님은 다마키 여사의 이혼을 평하면서 "두 사람의 직업에서 오는 취미 차이 등은 부부로서의 애정에 조금도 영향을 끼칠 수 없어야 한다"고 말씀하셨는데, 부부의 애정이라는 것이 물위의 기름처럼 따로 떨어져서 '사람'이 하는 여러 방면의 일과는 아무런 관계도 없다고 생각하시는 것은 너무도 얕은 생각이 아닐까요? 남녀의 애정이 그렇게 단순하다면 예로부터 연애로 인한 비극이 그토록 많이 일어나지 않았을 것입니다. 선생님은 또 여자는 어느 정도 자기 직업 때문에 생긴 취미를 버려서라도 남편에 순응하고 동화되지 않으면 결코 순조로울 수 없다고 하셨는데, 이것은 역시 '부창부수'의 잘못된 생각이며, 남편의 비위를 맞추라고 강요하는 것은 교육칙어의 '부부가 서로 화합하라'는 취지가 철저히 지켜지고 있지 않다는 증거입니다. 이런 태도로 남자들이 아내를 대하기 때문에 오히려 가정이 원만하게 다스려지지 않는다고 생각합니다. 만약 아내가 대등한 위치에서 남편에게 이와 같은 일을 강요하고, 지금의 교육은 자신의 취미와 맞지 않으니 교육자로서의 일을 그만두라고 한다면 미와다 선생님은 즉시 기꺼이 아내에게 순종하여 교사 생활을 버릴 수 있을까요? 부부가 대등한 위치에서 서로 존중하고 자연스럽게 조화를 이루는 훌륭한 도덕을 기반으로 가정을 꾸리라고 가르치지 않는 것은 미개한 야만의 풍습입니다.

미와다 선생님은 또 취미를 버릴 수 있다고 생각하고 계시는 듯합니다. 취미가 무엇인지 잘 모르시기 때문이시겠지요. 취미란 윤리

선생님이 사표를 내고 당장 내일부터 카운터에 앉아 다른 일을 볼 수 있는, 그런 것이 아닙니다. 학문이든 예술이든 종교든 연애든, 그것이 인격과 동화되어 예술이 자신인지, 자신이 예술인지 모를 정도로 재미있어지면 그 각각의 취미가 가장 높은 경지에 도달한다고 저는 생각합니다. 이미 인격과 완전히 하나가 된 취미를 어떻게 버릴 수 있나요? 그리고 취미가 인격을 형성할 정도로 경지가 높아지면 갑과 을의 취미가 달라도 서로 존중하게 되고 그 사이에 조화가 생겨납니다. 그것이 부부의 경우라면 반드시 그 취미를 통해 서로 화합하게 됩니다. 제가 경험했기 때문에 굳게 믿고 있습니다. 만약 세간의 평처럼 다마키 여사와 후지이 씨의 이혼이 취미 차이로 인한 것이라면, 두 분의 취미가 그렇게 높은 경지에 이르지 못 했거나, 아니면 두 분 중 한 분의 취미가 부족했던 것이 아닌가 생각됩니다.

다시 말해 두 분의 인격 수양이 불완전했던 것이겠지요. 인격의 차이는 남편이 여자를 굴복시킬 수 있었던 시대라면 모를까, 어느 정도 교육을 받은 오늘날의 남녀 사이에서는 이혼의 결과로 이어지는 것이 당연하다고 생각됩니다. 즉 결혼 전의 선택이 소홀해서 서로의 인격을 존중하지 못한 것이 잘못입니다. 또한 현재의 교육이 단순히 학교를 졸업한 남자와 시대에 뒤떨어진 현모양처주의 여자를 만드는 일에만 급급하여 가장 중요한 '인격을 갖춘 남녀'를 만드는 것을 망각하여 서로 인격을 존중해야 한다는 것을 아들을 위해서도 딸을 위해서도 가르치지 못한 탓입니다.

이 문제에 대해 남자 교육자들은 한 명 빠짐없이 '부창부수주의'

로 다마키 여사를 비난하고 있는데, 동양부인회 회장인 기요후지 아키코(清藤秋子, 1866~?) 여사[23]는 꽤 흥미로운 말을 했습니다. "남자 쪽에 자유선택권이 있는 현 상태에서는 부부가 된 후 아내에게 불만을 품고 학대하는 것은 바꿔 말하자면 자기 자신을 모욕하는 것과 똑같지 않은가요." 이것은 지당하신 말씀이라고 생각합니다. 아무리 생각해도 여전히 일반 가정에서 남자의 권리가 훨씬 강한 오늘날, 남자가 약한 아내를 압박하는 것은 쉬운 일이지만, 아내가 도망가는 것은 남자의 패배로 부끄러운 일이라고 할 수 있습니다. 후지이 군의관의 경우는 육군과 음악의 충돌이 아니라 육군이 여자에게 졌다고 해야 하지 않을까요?

기요후지 여사는 또 "어떤 사업가는 항상 자식들에게 세상에 나가서 성공하려면 아내를 사랑해야 한다고 했다고 합니다. 정말 곱씹어볼만 한 말입니다. 마음에 들지 않는 점을 가능한 한 관대하게 보고 세상에 자기 아내 외에는 여자가 없는 듯 행동할 때 가정이 원만하게 돌아갈 것입니다."라고 했습니다. 이는 반대로 남자를 유순하게 만들어 아내에게 복종시키려는 의지가 엿보이고 기요후지 여사의 속마음을 가감 없이 이야기한 점이 기분 좋게 느껴집니다. 그러나 남자들의 무도한 행동에 반항하여 이런 역습의 태도를 취하는 것은 폭력으로 앙갚음하는 것이므로, 본래 서로 겸손하고 서로 존중하고

---

23) 일본의 교육자이다. 1904년 대일본동양부인회를 설립했다. 중국을 비롯한 동양의 여러 나라에 여성 교사를 파견하기 위해 1906년 대일본동양부인회에 교원양성소를 열었다. 중국 유학생을 받아들이는 데도 힘썼다.

화합하여 남녀 각자의 천성을 온전히 따라야 한다는 진리에 어긋난 것입니다. 그러니 어느 한쪽을 복종시키려는 것이 아니라 서로가 진리 앞에 복종할 수 있는 훌륭한 인격을 기른 다음 결혼하는 것이 중요하겠지요.

이혼은 슬픈 일이고 어떤 경우에는 죄악이라고 불러도 좋다고 생각합니다만, 또 어떤 경우에는 죄악에서 벗어날 정당한 수단으로 볼 수도 있습니다. 따라서 충분히 그 진상을 조사한 후가 아니면 찬반의 판단은 곤란합니다. 실제로 후지이 여사의 이혼은 신문의 보도나 교육자 선생님들의 의견만 듣고는 뭐라고 말할 수 없습니다. 이것은 요즘 전적으로 사실만을 존중하는 소설가가 섬세한 관찰로써 상세히 묘사해 주면 분명해질지도 모릅니다. 후지이 씨뿐만 아니라 이혼이라는 유쾌하지 않은 사건은 앞으로도 계속 증가할 것입니다. 학교교육과 가정이 온전한 인간을 만든다는 것을 잊고, 기형적인 현모양처주의나 부창부수설을 고집하는 동안은 어쩔 수 없는 현상이라고 생각합니다.

미와다 선생님은 또 "다마키 여사의 이혼은 다마키 여사 쪽에서 자발적으로 청구했다고 하는데 과연 그렇다면 말도 안 되고 도리에 어긋나는 일이다"라고 말했습니다. 이는 1845~1848년 무렵에 태어나 지금까지 살아계시는 노인의 말처럼 들립니다. 이혼은 강화 조약이 아니라 전쟁입니다. 선전포고는 양측의 자유이고 선전포고를 먼저 해서 전쟁에서 승리하는 경우도 적지 않듯이 이혼의 경우에도 먼저 하는 쪽이 유리할 수도 있습니다. 이혼은 웃으면서 할 수 있는 것이 아니라 서로가 거북해서 하는 것이기 때문에 이미 이혼을 해야 하는 상황이 된 이상 이럴 때까지 부창부수를 강요하는 것은 현실적으로 인정에 맞지 않는 경솔한 발상입니다. 옛 역사를 보더라도 후궁 쪽에서 먼저 이별을 고한 예는 종종 있습니다만, 그것이 역대 치세에 영향을 미쳤다고 생각되지는 않습니다. 이와노히메(石之姬, ?~347)²⁴⁾가 쓰쓰키노미야(筒木宮) 궁에 틀어박혀서 닌토쿠 천황(仁德, 290~399)²⁵⁾을 만나주지 않고 곤란하게 한 일화는 조금 도가 지나쳐 보입니다. 하지만 그 일화가 닌토쿠 천황의 덕을 깎아내리는 일은 없으며, 여전히 현재 교육자 윤리의 본보기이십니다. 이런 절차의 전후까지 눈에 쌍심지를 켜는 교육자의 고약한 심보야말로 더 괘씸하지 않나요. 사소한 일로 야단법석을 떨지 말고, 꺼림칙한 이혼 소동 등을 일으키지 않도록 지금의 교육을 근본적으로 다시 한번 되돌아보고, 자연스럽게 부부간에 화목하게 지낼 수 있는 온전한 인격을 만드는 것을 염두에 두고 교육자 자신의 우둔함과 게으름을 꾸짖어 주시기를 희망합니다.

지금의 가정과 학교 교육이 도움이 되지 않는다면, 어린 소녀들

---

24) 닌토쿠 천황(仁德, 290~399)의 황후 중 한 명으로, 황족 이외의 신분에서 처음으로 황후의 자리에 오른 인물로 알려져 있다. 고대 일본에서 가장 강력했던 천황으로 꼽히는 닌토쿠 천황의 아들 총 다섯 명 중 그가 낳은 아들 셋이 천황이 됐을 만큼 막강한 힘을 발휘했다. 하지만 닌토쿠 천황의 바람에 화를 내어 천황의 사과를 받아주지 않고 쓰쓰키노미야 궁에 틀어박혀 그곳에서 생을 마감했다고 기록되어 있다.

25) 16대 천황으로 백성들에게 어질고 덕이 있는 천황으로 칭송받았다고 전해진다. 일례로『고사기』에는 나라를 내려다보다가 밥 지을 때가 되었는데도 마을에서 연기가 피어오르지 않는 것을 보고 세금을 3년 면제해주었다고 하는 일화가 기록되어 있다. 또한 바람둥이로 유명하다.

스스로가 자신의 '소녀 시절'을 존중하고 자기 손으로 훌륭한 인격을 수양하는 것이 무엇보다도 중요합니다. 얄팍한 겉치레 장식이나 잘난 척이 아니라 인격 구석구석을 다듬어 훌륭하게 꾸미고 그것을 여자의 긍지로 삼을 수 있도록 힘써야 합니다. 아름다운 옷을 입든 독서를 하는 문학이나 미술을 즐기든 항상 훌륭한 소녀, 완전한 인간이

〈그림 4〉 도사 미쓰오키(土佐光起, 1617~1691)가 그린 겐지모노가타리 화첩(源氏物語画帖) 중 어린 무라사키(若紫)

되겠다는 마음가짐이 필요합니다. 이렇게 자존감이 있고 자부심이 있는 여자는 쉽게 다른 유혹에 빠지지 않고 이혼소동을 일으킬 만한 결혼을 하지 않으며, 사교와 처세술에 있어서도 문제를 일으키지 않고, 남편에게는 정숙한 아내, 자식에게는 현명한 어머니가 될 수 있습니다.

　『사라시나 일기(更級日記)』26)의 저자는 아즈마노쿠니(東国)의 시골에 살던 소녀 시절부터 문학책을 읽으며, 어차피 여자로 태어난 이상 『겐지 모노가타리(源氏物語)』27)의 유가오(夕顔)28)나 우키후네

---

26) 『사라시나 일기(更級日記)』의 작자는 스가와라노 다카스에(菅原孝標)의 딸이라는 설이 정설이다. 작자 13세의 가을, 아버지의 임지인 가즈사노 구니(上総国, 지금의 치바현 일부)를 출발하여 교토로 향하는 내용을 시작으로, 교토에서의 일상과 궁정 생활, 결혼 생활 등에 걸쳐 있으며, 남편과 사별할 때까지의 약 40년간의 생활을 회상하고 있다.

(浮舟)29) 같은 아름다운 여자가 되어 잠시라도 히카루 겐지(光源氏)처럼 정이 많은 남자의 사랑을 받기를 바라며, 오로지 그 마음가짐으로 자신을 갈고 닦아 마침내 상경하여 『사고로모 모노가타리(狹衣物語)』30)와 같은 소설을 쓰기에 이르렀습니다. 지금의 젊은 소녀들에게 이 정도 자부심도 없는 것이 몹시 유감스럽습니다. 히카루 겐지의 연인이 되겠다고 하는 것과, 서툰 그림과 음악에 속아 많은 여학생과 여성들이 쉽게 별거 아닌 남자의 정부가 되는 것과는 큰 차이가 있습니다.

1909년 4월

---

27) 11세기 초 일본의 장편소설이다. 작자는 궁인 무라사키 시키부이다. 주인공인 히카루 겐지(光源氏)를 통해 연애, 영광과 몰락, 정치적 욕망, 권력투쟁 등 헤이안시대의 귀족사회를 그렸다. 로쿠조노미야슨도코로(六条御息所), 무라사키노우에(紫の上), 우쓰세미(空蟬), 유가오(夕顔) 등 다양한 여성 캐릭터들의 매력이 특징적이다.

28) 유가오는 박꽃이라는 뜻으로 유가오의 저택에 흰 박꽃이 있다고 하여 그렇게 불리게 되었다. 히카루 겐지가 우연히 유모에게 가다가 연을 맺게 되며 신비하고 얌전한 중류계층의 여성이었다. 겐지와 관계를 맺은 후 원령에게 당해 목숨을 잃게 된다.

29) 우키후네는 『겐지 모노가타리』 51권의 여주인공이다. 가오루(薰)와 니오우미야(匂宮) 두 사람의 사랑을 받아 괴로워하다가 우지강에 몸을 던지지만 우연히 승려에게 도움을 받아 살아난 후 속세의 연을 끊고 비구니가 된다.

30) 『겐지 모노가타리』의 영향을 많이 받은 헤이안시대의 소설로 총 4권으로 구성되어 있다. 그런데 보통 작자는 본디 무라사키 시키부의 딸인 다이니노산미(大弐三位, 999?~1082?)로 추정되다가 최근에는 헤이안시대 후기의 시인이자 작가였던 로쿠조사이인노 센지(六条斎院宣旨, ?~1092)라는 설이 압도적이다. 『사라시나 일기』의 작자인 스가와라노 다카스에의 딸의 다른 작품으로 추정되는 것은 『하마마쓰 주나곤 모노가타리(浜松中納言物語)』나 『요루노 네자메(夜半の寝覚)』 등이다. 작자의 착각으로 보인다.

나의 정조관

이제까지는 정조라는 개념을 감정적으로만 다루었다. "여자가 왜 정조를 존중해야 하는가?" 이런 의문을 제기할 수밖에 없을 정도로 옛날 여자는 자신의 삶 전체에 대한 치밀한 성찰이 부족했다. 예부터 여자는 정해진 관습에 맹목적으로 순응하면 그것으로 충분하다고 포기하는 경향이 있다.

그러나 앞으로는 그럴 수 없다. 감정으로만 만사를 대해도 되는 시대가 아니게 되었다. 모든 일에 대해 '왜'라고 묻고, 반성하고, 이성적으로 비판하고, 과학적 합리성을 찾아내고, 스스로 사색하여 결과를 도출한 후에야 승인해야 하는 세상으로 바뀌어 갈 것이다.

감정을 무리하게 외면하라는 것이 아니다. 하지만 이제까지 여자가 유일하게 의지하던 감정은 한마디로 원시적 편협함과 구태의연한 경거망동으로 스펀지의 구멍처럼 무질서했다. 그 편협함은 때로는 가련한 작은 새처럼 보여 남자들에게 사랑받는 이유가 되기도 했다. 하지만 대개는 그 편협함과 분별없는 행동 때문에 여자와 아동은 기르기 어렵다며 남자들이 멸시하는 원인이 되기도 했다. 지금은 여자의 눈이 열리는 때이다. 편협함에서 벗어나 감정을 깊고 풍부하게 기르면서 그 분별없는 행동을 고쳐야 한다. 이를 위해 그 축이자 중심이 될 이성과 지식을 갖추고 이 이성과 지식을 통해 감정을 질서정연하고 정돈된 모양으로 뻗게 해 이 감정을 명료하게 행동하도록 할 때가 왔다. 이른바 여자의 자각이란 이를 기초로 출발하여 비굴했던 자아를 고상하게, 순종적이던 모습을 활동적으로, 노예에서 개인으로 해방되는 것이 목적이다.

남자는 예로부터 이런 의미의 감정 수련을 했고 일찍이 자아 해방의 깨달음을 얻었다. 인도 그리스의 고대 철학부터 유럽 근세의 과학에 이르기까지 이 모든 학문을 한마디로 하자면 남자들이 스스로 온전해지려는 노력의 표현이다. 여자들 대부분은 이러한 문명에 거의 참여하지 않았다고 해도 과언은 아닐 것이다.

순진한 여자라는 말은 더 이상 명예도 자랑거리도 아니다. 원시적인 감정의 영역에서 방황하는, 진보하지 않은 여자라는 뜻이고 저능한 여자라는 뜻이다.

어느새 남자들은 문명의 넓은 메인스트림을 성큼성큼 걷고 있다. 불쌍한 여자들이여, 남자와 대등하게 걸어가기에는 너무 늦었구나. 우리는 하루빨리 이 좁은 샛길에서 벗어나 쫓아가야 한다. 이제껏 무자각이었던 여자들이 정조에 어떤 합리적 근거가 있는지 생각해

본 적이 없는 것은 당연하다. 하지만 그토록 여자의 정조에 대해 엄격하게 말하는 우리나라 남자 중에 정조를 지켜야 하는 이유를 설명한 사람이 한명도 없는 것이 신기할 따름이다.

정조의 기원에 대해서도 우리는 아무것도 배운 적이 없다.

내 부족한 지식으로 생각해 보면 원시시대의 인간에게 정절과 같은 관념이 자연스럽게 갖추어져 있었을 리는 없다. 고대로 거슬러 올라가면 모든 민족이 일부다처제이거나 일부다처제였다. 족장의 권리도 남자보다 여자가 더 많이 소유했다. 지금도 티베트 등 미 개척국에서는 여전히 일처다부제와 여성의 가장권이 남아 있어 고대의 흔적을 엿볼 수 있다. 문명국에서도 창녀나 기녀 같은 존재는 일종의 공인된 일부다처제라고 할 수 있다. 일부다처제에 한해서는 어떤 문명국에서도 남자들의 이면에 실재하고 이를 인정하고 있다.

원시시대에는 남자들이 본능에 따라 여자를 선택했다. 원시시대 이후의 남자들이 제멋대로 장난감처럼 여자를 선택하는 것보다 몇 배나 더 심하게 강압적, 폭력적으로 여자를 약탈했기 때문에 당시 여자들은 분명 순결을 지킬 수 없었을 것이다.

당시 남녀는 식량을 모으는 일과 춤추고 노래하는 일로 하루를 보냈는데 남자들은 특히 여자를 빼앗기 위해 적의 남자들과 싸워야만 했다. 물론 당시 인간에게는 국적도 주소도 정해져 있지 않았다. 수초를 쫓아 떠다니는 것처럼 소규모의 사람들이 어수선하게 흩어져 살았을 것이다. 오늘날 같은 '집'이나 '사회'라는 개념은 당연히 없었다.

남자들이 여자의 사랑을 놓고 다른 남자들과 경쟁하고 일단 손에 넣은 여자를 독차지하려는 것은 자연스러운 인간의 본성이다. 거기서 격렬한 질투가 일어났으리라. 어쩌면 질투는 본래 남자의 본능이고 질투가 여자의 성정이 된 것은 후세의 일이 아닌가 하는 생각마저 든다.

여자가 스스로 순결을 지킬 수 없었던 시대였으므로 정조 관념이 여자들에게 자발적으로 생겨났을 리 만무하다. 그저 여자들은 우월한 남자를 사랑하고 그보다 못한 남자를 싫어하는 본능적인 호불호 감정만이 존재했을 것이다. 호불호의 감정은 있어도 그 선택의 권리가 여자에게 없었던 시대였기 때문에 호불호는 하나의 감정으로 존재할 뿐 그것을 사수하는 의지, 즉 '정조'라고 명명할 정도의 관념조차 성립되지 않았다.

이에 반해 남자에게는 자연스럽게 질투와 함께 여자를 자기에게 복종시키려는 사상 즉 여자에게 정조를 강요하는 사상이 생겨났을 것이다. 나는 직관적으로 깨달았다. 정조 관념의 기원은 남성의 위압에서 비롯된 것이다. 여자는 본래 수동적인 입장이었다. 남자 한 사람이 동시에 여러 여자를 독차지하는 것은 지금도 그 풍습이 남아있는 터키의 황제와 같다. 일부다처제는 가장 원시적인 제도이다. 일부다처제 체제에서는 필연적으로 많은 아내 사이에 질투가 생긴다. 그래서 여자들도 뒤늦게 질투를 느끼게 되었으리라.

그러나 떠돌아다니던 인간이 정착하여 살기 시작하면서 '종족 계급'과 '집'이 생겼고, 남녀관계는 정치, 경제적 관계에 따라 뒤바뀌게 되었다고 한다. 이 시대에 남자는 여자의 집으로 들어가 결혼하고, 결혼 후에도 남자는 여자의 집에 다니기만 할 뿐 따로 가정을 꾸려서 동거하지 않았다. 여자 집에 데릴사위로 들어가지도 않았다. 태어난 아이는 여자 집에서 키운다. 여자는 자녀에 대한 모권과 가장권을 함께 가지고 있었다. 남자는 아내와 자식에게 남편의 권리도 아버지로의 권리도 가질 수 없었다. 현재 일본어로 아버지를 뜻하는 '치치'[31]라는 단어가 고대에는 아버지가 아닌 어머니의 칭호였다. 여자가 가장이었을 뿐만 아니라 족장의 권리를 행사하는 경우도 적지 않았다. 실제로 신화집 『고사기(古事記)』[32] 속 신들의 역사에는 많은 여자 족장에 대한 기록이 남아 있다.

정착한 고대인들은 전투와 농경, 어업, 사냥, 상업을 한 사람이 다 했고 아직 분업이 일어나지 않았다. 그래서 여자들은 후대인들처럼 체질이 약하지 않고 강인했다. 여자는 남자와 함께 그 모든 일을 함께 했다. 여자 병사 또한 신들의 역사에 발자취를 남겼다.

어머니를 유일한 부모로 존경했으므로 모든 여자들 또한 존중받았다. 다른 한편으로는 순결을 선호하는 신도 같은 종교적 의식에 처녀가 신관이 되어 제사를 모시는 관습이 생겼다. 이후부터 여자를

---

31) 원문의 한자는 젖을 뜻하는 젖 유(乳)를 쓰고 있다. 乳와 父 모두 현재 치치로 읽는다.
32) 고대 일본의 신화, 전설 및 사적을 기술한 책이다. 712년 완성되었다. 일본에서 가장 오래된 문헌으로 알려져 있으며 덴무 천황(天武, 678~686)이 편찬을 기획하여 겐메이 천황(元明, 661~721)이 마무리 편찬을 지시하여 오노 야스마로(太安麻呂, ?~723)가 저술을 마쳤다.

존중하는 경향이 심해졌다. 이는 이전 세대의 남존여비 사상에 대한 반동으로 볼 수 있다.

이전 시대까지 여자들은 강한 남자에게 약탈당하고 그보다 못한 남자에게도 약탈당해 아버지가 다른 자녀를 많이 낳아 키웠다. 하지만 이 시대에는 여자가 '집'이라는 성벽에 의지하여 남자에게 대항할 수 있게 되었고, 남자의 이기적인 약탈을 피할 수 있게 되었을 뿐만 아니라, 반대로 남자가 애정을 위해 여자에게 환심을 사려고 구애하는 상황에 이르렀다. 여자가 남자를 선택하는 입장이 된 것이다. 상고시대, 시는 대체로 남성이 자신의 애틋한 마음을 여성에게 전달하는 도구였다.

여자가 마음을 허락한 한 남자에게만 정절을 지키려고 해도 남자의 마음은 잠시 그 여자에게 기울어질 뿐 시간이 지나면 변심해 새로운 여자를 좋아하게 돼 멀어진다. 그리고 그 빈자리에 그 남자를 대신할 다른 남자가 다가와 다시 마음을 얻으려고 애쓴다. 남자가 다처제인 동시에 여자도 필연적으로 다부제가 될 수밖에 없는 것이다.

따라서 여자는 여전히 아버지가 다른 남매를 한 집안에서 키우고 있었다. 그러나 집이 생기자 가장으로서 자식을 키우기 위해 재산의 중요성을 느끼게 되었고, 여자는 경제적인 사정으로 많은 자식을 낳는 것을 피하게 되었을 것이다. 또한 아버지가 다른 자식들 사이에 감정의 골이 깊어져 가정의 평화가 깨지는 것 또한 느꼈으리라.

한편으로는 종족의 계급 격차가 심화할수록 여자는 열등한 남자를 남편으로 맞이하는 것을 수치스러워했다. 자연스럽게 남자를 선택하는 풍조가 생겨 그 전처럼 남자들만의 의사로 혼인하는 일이 적어졌음이 틀림없다.

이상과 같이 종교적으로 처녀의 순결을 존중하는 관습과 가정 경제 및 기타 사정과 계급적 자중, 이 세 가지 이유 때문에 필연적으로 여자가 많은 남자와 접촉하는 것을 싫어하는 사상, 즉 정조 관념이 싹트기 시작한 것으로 보인다.

또한 다음 시대에 들어서면서 이전 시대의 반동과 사회적 상황으로 인해 남녀의 지위가 다시 예전으로 돌아갔다. 즉 종족 간 경쟁이 치열해짐에 따라 전사인 남자는 우월한 존재가 되었다. 여자는 출산과 자녀 양육으로 눈코 뜰 새 없이 바빠서 원시시대처럼 남자와 협력하여 전투에 참여할 수 없게 되었다.

또한 경제 사정 때문에 한 집에서 많은 가족을 부양할 수 없게 되자 신혼 남녀는 양가 부모로부터 물려받은 재산을 가지고 분가하게 되었고 이때 처음으로 부부 동거 제도가 생겨났다. 이와 동시에 전사로서 시대의 우월자가 된 남성이 여성을 대신해 가장이 되고, 부권이 모권을 대신해 자녀를 지배하게 되었다. 이는 자연의 섭리이다.

부권이 중시되고 계급이 점점 더 중요해지면서 처음으로 부계 혈통을 신성시하는 사상이 생겨났다. 여자를 독점하려는 남자는 혈통을 어지럽히지 않으려는 사상과 맞물려 더욱 엄격하게 여자의 정절을 요구하게 되었다.

그러나 정조는 여자들만의 도덕일 뿐 남자들은 조금도 자신의 정조를 반성하지 않았을 뿐만 아니라 여전히 일부다처제가 횡행하여 집 밖에 여러 명의 아내를 거느렸다. 한 집에 2~10명 이상의 아내를 거느리는 자도 적지 않았다. 여자의 권력은 다시 땅에 떨어졌고 건장한 남자들의 노예가 되었다. 아버지의 혈통을 중요시하는 풍토에서 '여자 배를 빌려 태어났을 뿐'이라고 경시되었고 '자식 없는 여자는 떠나라'며 여자를 거리낌 없이 버렸다.

여자들은 겨우 싹트기 시작한 자발적 정조를 유린당하고 다시 원시적인 외압적 정조에 맹종하게 된다. 이유도 모른 채 그저 필연적 운명이라는 미신을 믿으며 체념하여 하루하루를 보내었고 세상은 그런 여자를 정조를 잘 지킨다며 칭송했다.

남자는 자신의 편의를 위해 여자를 노예의 지위에 두고 대등하게 인격을 갈고닦지 못하게 했다. 어리석도록 길러진 여자는 절개가 굳다는 칭송에 만족하며 오늘에 이르렀다. 어쨌든 교육받아 이성의 눈을 뜬 현대의 여성들은 기존의 강제적 정조관에 회의감을 갖고 모든 사상적 사유와 각자의 실증을 통해 정조의 근원이 무엇인지 찾지 않으면 만족할 수 없게 되었다. 이는 그만큼 문명인의 마음가짐에 가까워졌다는 뜻이다. 여자는 진보했다.

이 문제는 각자 개인의 문제이므로 모든 여성을 공통적으로 지배할 수 있는 객관적 근거가 쉽게 발견될 것이라고는 생각하지 않는다. 당분간은 각자 가지고 있는 지성과 감정에 근거하여 연구한 결과와 각자가 얻은 독자적인 견해를 기초로 자신의 정조를 실행하는 것

외에는 방법이 없다.

체질의 우열과 환경의 좋고 나쁨과 교육의 깊고 얕음에 따라 각자의 마음 상태가 다르다. 오늘날의 여성들이 이미 이 사실을 의식하고 있는 이상, 객관적인 개론에 굴복해서는 각자의 정조관을 완성할 수 없다. 객관적인 학문적 기초를 배워 납득하고자 하는 내면의 욕구도 필요하지만, 더 나아가서 그 중심에 뿌리 깊은 각자의 실증을 거치지 않으면 만족할 수 없으리라.

다음으로 짧게 이야기해보고 싶은 것은 현재 내가 정조를 존중하고 있는 심정에 대해서이다. 어디까지나 다른 사람에게 강요하고자 하는 말이 아니며 자랑하려는 마음도 전혀 없다. 단지 소신을 밝히고 이 문제를 토론하는 자료로 삼고자 할 뿐이다.

먼저 '정조'라는 단어의 의미에 대한 내 생각을 말해 보겠다. 정조는 처녀로서의 정조와 아내로서의 정조 두 가지로 구분할 수 있다. 옛날에는 다른 남자를 보고 마음이 흔들리기만 해도 이미 간음한 것이나 다름없다는 사고방식도 존재했다. 하지만 나는 전혀 그렇게 생각하지 않는다. 성숙한 처녀가 이성을 보고 좋고 싫은 마음이 생기고 나아가 연애의 감정까지 생기는 것은 식욕, 수면욕처럼 자연스러운 욕구이다. 모든 욕망이 그것에만 치우치지 않는 한 부정하다고 몰아붙일 이유는 하나도 없다. 연애는 완전히 자유이다. 그런 호감과 혐오감 그리고 연애가 자연히 생겨나고 이에 처녀는 자극을 받아 예민하고도 신중한 마음의 눈을 뜨게 된다. 처녀들은 이 마음의 눈을 통해 협동 생활을 해나갈 동반자인 남편을 선택한다. 그러나 아무리 연애 관계가 성숙하더라도 평생 협동을 목적으로 하는 결혼 관계에 도달하지 않으면 자신의 육체를 남자에게 허락하지 않는 것이 바로 처녀의 정조이다. 처녀의 정조가 전적으로 육체적인 것과 달리 결혼 후 아내로서의 정조는 남편 외에는 정신적으로나 육체적으로 다른 남자와 서로 사랑하는 관계를 맺지 않는 것을 의미한다.

나는 이 글을 쓰기 시작하고서야 마침내 깨달았다. 그동안 내가 정조에 관해 완전히 무관심했다는 사실을. 나는 태어나서 단 한 번, 한 남자와 사랑에 빠졌고 그 남자와 결혼하여 현재까지 함께 살고 있는 것이 당연하고 행복감을 느끼며 그것에 대해 일말의 불안과 의심을 품어본 적이 없다. 여자와 남자의 정조를 개념적으로 생각해 본 적은 있어도 나 자신이 정조를 지키는 것은 밥 먹고 차를 마시는 일처럼 당연한 일이라고만 생각했다. 내가 정조를 가볍게 여겼느냐 하면 그렇지 않다. 가볍지도 무겁지도 않다. 그저 의식하지 않고 지나쳐 왔다. 그런 것을 문제로 삼을 필요가 없는 감정생활을 계속해 온 것이다.

처녀 시절에도 결혼 후에도 부정한 욕망을 가지지 않고 부정한 행위를 감히 하지 않았다는 것이 최고의 정절을 실천한 것이라면, 나는 자연스레 정절을 실천한 여자이다.

의학 전문가가 아닌 이상 건강한 사람이 특별히 병리를 연구하지 않듯이 정조를 깨뜨리려는 내면의 요구가 없었던 나는 오랜 시간 동안 정조에 대해 고민할 필요가 전혀 없었다. 분명 앞으로도 그럴 필요가 없을 것이다. 그러나 이렇듯 내 정조관에 대해 논하고자 하면 내 경험을 기초로 써내려 가는 것 말고는 달리 방법이 없다. 그래서 오늘날까지 내가 왜 자연스럽게 정조를 지켜 왔는지 생각해 보니 몇 가지 이유가 있다는 것을 겨우 깨닫게 되었다.

나는 '순결'을 소중히 여기는 성정을 가지고 있다. 쉽게 말하면 결벽, 더 자세히 말하면 옳은 것을 좋아하는 마음과 관련이 있다. 내 정절을 바르게 지킨 가장 큰 이유는 이 성정 때문인 듯하다. 단지 정절에 한정하지 않고 오늘에 이르기까지 내 모든 것에, 이 성정은 항상 중심이 되어 나를 지배하고 있었다. 내 고향은 역사와 자연이 아름답고 풍요로운 고장이다. 하지만 인정과 풍속은 상당히 타락한 오래된 도시이고, 내 집은 교육받지 못한 고용인들이 많은 상인 가문이었다. 그래서 어려서부터 귀와 눈에 들어오는 불결한 것들이 얼마나 많았는지 모른다. 나는 7~8살 때부터 혼자만 다른 세상 사람처럼 느껴져 주변의 불결한 일을 싫어했고 표면적인 겉치레가 어떻든지 속으로는 항상 바르고 정결한 길을 가고자 했다. 엄격한 할머니와 독서를 좋아하는 아버지에 감화되었기 때문이지만 역시 모든 것은 이 '순결'을 소중히 여기는 성품에서 비롯되었다.

나는 11~12세 때부터 역사와 문학 서적을 좋아해서 가족들 몰래 책을 탐닉했는데 여신 아마테라스 같은 처녀 천황의 청아한 기개와 고고한 일생이 부러웠다. 이세(伊勢)의 재궁(齋宮)과 가모(賀茂)의 재원(齋院)[33]도 매력적이었다. 지금 그때의 심정을 떠올려 보면 더러운 현실을 마주하면서도 그 현실에서 멀어져 미적이고 이상적인 자신의 앞날을 상상하며 평생을 천사나 순결한 처녀로 살고 싶었던 것 같다.

또한 내 마음가짐은 일찍부터 어른스러운 면이 있었다. 첫 번째는 물론 무책임한 아버지를 대신해 병든 어머니를 도와 가게 일을 혼자서 도맡아 해야 했기 때문이다. 하지만 무엇보다 역사와 문학을 가까이하다 보니 바쁘게 살았고, 일찍부터 사람의 마음이 무엇인지 이해했기 때문에 조금 쉽게 보는 마음도 있었던 것 같다. 그래서 조숙했던 나는 12세 때부터 연애에 대한 마음가짐도 문학책을 통해 상상할 수가 있었다. 『겐지 모노가타리』에 등장하는 여성 인물 몇 명과 나를 비교하며 미소 지은 적도 있었다. 그러나 이성에 대한 호감은 있었어도 진짜 연애라고 할 만한 감정은 23세가 될 때까지 알 기회가 없었다. 나는 항상 주변의 남녀 모두가 불결한 인간이라는 생각이 들었고 책 속의 남녀만을 좋아했다.

일반적으로 처녀의 연애는 이성에 대한 호감이나 비호감이 호기심으로 한 걸음 나아갈 때부터 시작된다고 한다. 그러나 나는 그런 호기심조차 조금도 느끼지 못했다. 내 경험으로 말하자면 성욕이라는 감정을 의식한 적이 처녀 시절에는 한 번도 없었다. 성욕에 관련된 기사를 읽어도 남자들처럼 육체적으로 자극 받는 부분이 조금도

---

33) 이세신궁 또는 교토의 가모 신사에서 봉사하는 천황의 미혼의 딸이나 손녀 등의 황족 여성을 재왕(齋王)이라고 부른다. 신에게 봉사하는 성스러운 존재로서 이세신궁은 재궁, 가모신사는 재인이라고 구별해서 부른다. 보통 새 천황이 즉위하면 교체된다. 이 기간 동안은 연애나 결혼을 할 수 없다.

없었다. 이것은 남자와 육체적인 차이가 크기 때문인 듯하다. 어떤 특별한 환경에서 자란 여자의 경우는 다를지 모르지만, 보통의 처녀는 나와 같을 거라 생각한다. 전문가들이 보기에 처녀의 연애나 남자에게 품는 호감, 비호감의 근저에는 성욕이 잠재되어 있을지도 모른다. 하지만 처녀들은 그것을 전혀 의식하지 못하는 것이 아닐까? 만약 처녀에게도 성욕이 있다면 그것은 성욕에 대한 호기심이 있을 뿐이다. 그조차도 분명 육체적 충동 때문에 자발적으로 나오는 것은 아니라고 생각된다. 나에게는 그런 호기심과 비슷한 것조차 없었다.

나는 '순결'을 소중히 여겼기 때문에 내 고향의 남녀 풍속을 보고 들으면서도 그것이 싫었다. 또 독서를 좋아했기 때문에 문학책 속의 객관적인 연애를 동경하며 스스로 감정을 만족시켰던 것이 처녀 시절 정조를 지킬 수 있었던 두 번째 이유였다. 가정이 엄격했기 때문에 현실의 남자와 교제할 기회가 없기도 했다.

나는 철이 들고 어른이 되어 남편34)의 품에 안기기 전까지, 학교 갈 때 외에 집 문턱을 넘은 적이 손에 꼽을 정도로 드물었다. 사카이(堺)의 오하마(大浜) 공원에도 3년에 한 번 정도밖에 가지 않았다.

---

34) 요사노 뎃칸(与謝野鉄幹, 1873~1935)을 말한다. 뎃칸은 일본의 시인이자, 게이오 대학의 교수이다. 일본 전통시인 단가(短歌)에 혁신운동을 일으킨 인물이기도 하다. 자신이 창간한 『명성(明星)』을 통해서 낭만주의적이고 탐미적인 성격이 강한 시풍을 발표했고 서양문학 소개에도 노력을 기울였다. 주요 작품으로는 시가집 『동서남북(東西南北)』과 번역시집 『리라의 꽃(リラの花)』, 시평론 『망국의 소리(亡国の音)』 등이 있다. 뎃칸은 요사노 아키코의 남편으로 아키코의 사랑과 일 모든 방면의 동반자였다.

〈그림 5〉 요사노 뎃칸

나는 종종 교토(京都)와 나라(奈良)와 오사카(大阪)의 풍경과 인물을 시로 쓰지만 실제로 교토나 오사카에는 채 열 번도 가지 않았다. 그래서 오히려 지금까지 더 깊은 인상이 남아 있는지도 모른다. 게다가 등하교 때는 여종업원이나 남자 고용인들이 데려다주고 데리러 왔었다. 그 외의 경우에는 아버지나 친척 할아버지나 고용인 할머니 등이 동행해 주었다. 혼자서 외출한 적은 한 번도 없었다.

사카이 여학교를 졸업한 후 점점 더 집 안에서만 일했다. 지나치게 엄격했던 부모님은 지붕 위 화재 감시용 망루에 올라가는 것조차 허락하지 않았다. 부모님은 딸이 남자 눈에 띄면 남자들이 나를 타락시키기 위해 접근할 거라고 굳게 믿었다. 심하게는 매일 밤 내 침실에 자물쇠를 걸어 잠가두었다. 고용인이 많은 집에서는—특히 풍속이 좋지 않은 사카이에서는—딸을 엄격하게 단속할 필요가 있었음은 이해한다. 그러나 나처럼 나 자신을 소중히 여기는 사람에게 그렇게까지 하지 않더라도 좋았을 텐데 내 심정을 이해해주지 않는 부모님의 태도가 비참해 마음속으로 울 때도 많았다.

나는 타고난 성격이 외출을 좋아하지 않는 데다 부모님이 엄격하셨기 때문에 조금은 오기가 생겨서 아예 남의 눈에 띄지 않는 여자가 되기로 결심했다. 어느 누가 권유해도, 어느 누가 부탁해도 가게의 어두운 그늘 바깥으로 한 발짝도 나가지 않기로 결심했다. 그렇지 않아도 오빠는 도쿄에서, 여동생은 교토에서 공부하고 있었다. 남동생은 아직 이쪽 중학교에 다니고 있다. 가게일과 집안 살림을 꾸려나가기 위해 나는 어쩔 수 없이 부모님을 도와 집에 있어야만

했다. 남들은 시집가서 집안 살림하느라 고생한다는데 나는 반대로 어린 시절부터 시부모님이나 다름없는 부모님을 모시고 온갖 고초를 겪고 일을 해야 했다. 그런 처지여서 이성과 사랑에 빠질 의지도 기회도 전혀 없었다. 따라서 정조를 더럽히는 남자의 유혹이라는 것도 전혀 몰랐다.

그리고 이것은 언젠가 『와세다문학(早稲田文学)』[35]에 게재한 잡다한 감상에도 잠깐 썼지만, 나는 어려서부터 자칫하면 죽을 지도 모른다는 불안에 시달렸다. 평소 아무 병도 없는 건강한 몸이었지만 젊은 나이에 죽지 않을까 하는 불안에 시달렸다. 그래서 남이 시집간다는 소식을 들어도 그저 남일일 뿐이고 나에게는 나만의 운명이 있다는 식으로 생각하며 결혼 같은 것은 하지 않으리라고 굳게 믿었다. 『겐지 모노가타리』 같은 고전문학책을 읽고 작품 속 사랑을 내 일처럼 희로애락을 느끼기도 했지만, 그것은 꿈의 세계, 환상의 세계 속 유희에 불과했다.

또한 17~18세 이후부터는 러시아의 작가 톨스토이의 번역본 따위를 읽으며 결혼은 죄악이며 인종을 없애고 무로 돌아가는 것이 인간의 이상이라는 미신이 꽤 오랫동안 나를 사로잡고 있었다. 그래서 나 자신은 물론이고 가끔 마주치는 같은 동네의 친구들에게도 비혼주의를 열심히 권유하기도 했다. 그런 이유로 나는 남자들의

---

35) 일본의 문예잡지이다. 1891년, 도쿄전문학교 문학과(현 와세다 대학 문학 학술원)의 쓰보우치 쇼요(坪内逍遙, 1859~1935)가 창간했다. 제10차 『와세다 문학』이 2007년부터 부정기로 간행되기 시작했지만 2022년 발행인 증간호 때부터 휴간되었다.

유혹으로부터 멀리 떨어진 곳에 살고 있었다.

친척들이 결혼을 권유하기도 했지만 내가 불결하다는 듯이 눈살을 찌푸리니 나중에는 내 앞에서 그런 이야기를 꺼내는 사람도 아예 없어졌다. 부모님들도 집에 없어서는 안 될 딸이기에 내가 결혼을 원하는 기색이 없자 오히려 좋게 여기고 딱히 권유하지도 않았다. 그렇게 나는 최대한 순종적으로 일하며 바쁜 가업에 마음을 쏟았다. 그 시절의 나는 상상의 별세계에 살면서도 현실의 상식적인 생활만큼은 한 점의 비판도 받지 않으려는 오기로 가득했다. 아버지가 주식 등에 손을 대면서 한때 위태로워진 가산을 다시 원래대로 되찾을 수 있었던 것도 내가 10대부터 20대 초반까지 고군분투한 결과였다. 그 덕에 당시 집에 닥쳤던 위기를 외부에서 공부하고 있는 오빠와 여동생에게 아직도 알리지 않고 지낼 수 있었다.

내 처녀 시절은 그렇게 끝났다. 그러나 뜻하지 않은 우연한 계기로 한 남자와 인연을 맺게 되면서 내 성정은 신기할 정도로 급변했다. 나는 처음으로 현실적인 연애 감정이 내 몸을 태우는 것을 느꼈다. 그리고 그 남자와 마침내 결혼했다. 내 나이 24세 때의 일이었다.

사랑을 하고 결혼을 한 이후 내가 바라보는 세상은 처녀 시절에 비해 매우 넓고 쾌활해졌다. 처녀 시절의 내 마음가짐은 편협하고 편파적이고 어두웠던 경우가 많았음을 깨달았다. 결혼하지 않으면 이해할 수 없는 일들이 많다는 것도 이제는 안다.

그 후 오늘까지 아내로서 흠잡을 데 없이 정조를 지키는 삶을 이어온 것은 우리 부부에게 동쪽에서 해가 뜨는 것과 마찬가지로 당연한 일이다. 일부일처제를 의식하고 실행하는 것도 아니고 『여대학』에서 가르치는 옛 도덕에 억눌려서 그런 것도 아니다. 다시 말해 연애를 시작했을 당시의 상태가 점점 뿌리를 내리고 가지를 뻗어 발전해 왔을 뿐이다. 남편과 나는 천성도 교육도 성품도 다르다. 그래서 여러 가지 색상을 섞어가며 어딘가 모르게 긴장감이 감돌면서도 한편으로는 조화로운 그림처럼 두 사람의 마음이 잘 맞아떨어진다. 그래서 내 감정은 환희와 행복을 얻고 있다. 물론 결핍과 불안은 우리 삶 위에 끊이지 않지만, 그 결핍과 불안으로 가득한 삶을 둘이 함께 한다는 것이 우리의 환희이자 행복이다. 동요가 없는 단조로운 삶이었다면 우리는 일찍이 지쳐버렸을지도 모른다.

같은 예술에 종사하며 삶의 사상과 형식에 비슷한 점이 많다는 것이 우리 두 사람이 마음의 균형을 유지하는 한 가지 이유이다. 자녀에 대한 애정을 똑같이 품고 있는 것도 또 하나의 원인이다. 또 남편을 스승으로 삼아 항상 가르침을 받고 친구 이상의 가장 친한 친구로서 불안과 동요의 삶 속에서 서로 신뢰하고 의지하며 살아가는 정감도 또 다른 중요한 이유이다.

그러나 내가 자연스럽게 정조를 지키게 한 가장 중요한 원인이 무엇일까 생각해 보면, 역시 처녀 시절부터 잃지 않고 있는 성정, 즉 '순결'을 소중히 여기는 마음 때문이리라. 남편과 나 사이에는 마음에 거짓이 없다. 모든 것을 숨기지 않고 털어놓지 않으면 내 순결을 좋아하는 마음이 만족하지 않는다. 그러므로 육체도 순결하게 자중하고 싶다. 부정한 행위는 결국 부정한 것이다. 거짓이다.

순결한 육체는 내 순결한 마음의 가장 소중한 상징으로 굳건히 간직하고 싶다.

반대로 처녀시절을 돌이켜 봐도 그렇다. 나는 꽤 특수한 환경에서 자라 특수한 성정을 가져서 처녀 시절의 정조를 지켜냈지만, 앞서 언급한 많은 이유 중에는 비뚤어지거나 틀린 마음으로 인한 것도 섞여 있다. 그중에서 지금 다시 생각해 봐도 가장 올바른 이유는 역시 '순결'을 귀중히 여기는 성정이었다.

내게는 오늘날까지 정조를 깨는 행위를 바라는 내면의 욕망이 조금도 없었고 앞으로도 그럴 일은 꿈에도 생각하지 않을 것 같다. 하지만 만일 그런 불순한 마음이 생기더라도 그것을 막는 것이 이 '순결'을 소중히 여기고 올바른 것을 원하는 성정의 위력이라고 믿는다. 꼭 정조뿐만 아니라 개인의 존엄성은 이 성정을 바탕으로 유지되고 발휘될 수 있다.

이렇게 의식적으로 내 정조의 토대를 되돌아 보았다. 나는 '순결'을 소중히 여기는 성정을 주축으로 다음과 같은 이유를 새롭게 덧붙이고자 한다. 그것은 만약 정조를 어지럽혔을 때 예상되는 소극적인 이유이기도 하다. 하지만 오늘날의 나는 이런 생각도 할 수밖에 없다. 즉 처녀 시절에 불륜 행위를 했다면 처녀의 순결은 파괴된 것이다. 그 여자는 스스로 부끄러움과 회한을 느낄 뿐만 아니라, 숙녀의 자격을 잃은 자로 사회로부터 냉대받아도 눈물을 삼키며 참을 수밖에 없다. 나아가 정숙한 사람의 아내가 될 자격이 없는 것은 당연하다. 이런 미래의 불행을 예견하는 명민한 마음이 있다면 처녀 스스로가 자신의 정조를 존중하는 것이 현명한 방법이다.

아내가 정절을 어기면 곧바로 가정에 불화가 생긴다. 자녀 교육도 마찬가지이다. 어머니로서 정의의 규범을 제시할 자격이 없어진다. 배우지 못한 여자라면 몰라도 이치를 자각한 여성이라면 이를 위해서라도 정조를 존중해야 한다. 가정의 평화와 순결을 어지럽히면 개인의 파멸은 물론이고 나아가 가정의 협동 생활을 위태롭게 하고 사회의 행복도 해치는 결과를 초래한다.

학자들은 종족 보존 측면에서도 여자의 정절은 매우 중요하다고 말한다. 학설로는 그럴지 몰라도 나에게는 아직 부부의 핏줄을 보존하기 위해 정절을 지키려는 의식은 없다. 그보다는 나처럼 순결을 소중히 여기는 성정이 근본에 있다면 자연스럽게 종족 보존의 의의와도 일치하는 결과가 될 것이다.

이제까지 오로지 내 경우에 대해서만 말했다. 이것은 나 혼자만의 경험에서 출발한 특수한 정조관이며 일반 여성들에게 적용하기 어렵다는 사실은 물론 알고 있다. 세상 대다수의 여성들은 굳건하게 정절을 지킨다. 나는 그 한 사람 한 사람의 특수한 정조관에 귀 기울이고 싶다.

또한 재혼하는 부인의 마음가짐, 남편을 정하지 않고 수많은 이성을 접하는 직업여성의 마음가짐 등은 어떻게 마음의 균형을 잡는 것인지, 어떻게 자기 자신을 안심시키고 수치심을 억제할 수 있는지, 그들에 경험도 꼭 듣고 싶다.

미망인이란 남편과 사별한 아내를 말한다. 그런 사람이 재혼을 한다는 것은 법적으로는 간통이 아니지만 본인의 마음은 가책을 느낄까? 미망인의 정조관도 적나라하게 이야기하는 사람이 있었으면 좋겠다.

또한 남자들의 정조관도 듣고 싶다. 하지만 이는 남자들의 솔직한 자기 고백을 기다리는 것 외에는 방법이 없다. 상상해 보자면 남자는 생리적으로 여자와는 다른 점이 많아서 처녀에게는 자발적인 성욕이 없지만 젊은 남자에게는 반대로 성욕이 왕성한 듯하다. 『미타 문학(三田文学)』36) 10월호에 실린 다니자키 준이치로(谷崎潤一郎, 1886~1965)의 소설37)이 그 한 예이다. 또한 여성은 빨리 늙는데 남성은 70살 노인에게도 호색적인 소문을 듣는 예가 많다. 특수한 남자를 제외한 일반 대다수의 남자들이 그러하다면 남자들의 정조는 상당히 색다를 수밖에 없으리라. 남자는 순결을 지키지 못한다고도 한다.

그렇지 않으면 앞으로는 교양 있는 남자들이 많아져 자기 순결을 소중히 여기고 가정의 평화를 위해 방탕한 성욕을 절제하여 여자들

---

36) 게이오(慶應) 대학교 문학부를 중심으로 간행되어 온 문예잡지로 1910년 이후로 휴간과 복간을 반복해 현재까지 출간되고 있다.

37) 다니자키 준이치로는 일본의 소설가이자 극작가이다. 1909년 『스바루(スバル)』에 희곡 『신서(信西)』를 발표하고, 1910년 제2차 『신사조(新思潮)』를 발행하고 이 잡지에 『시세이(刺青)』(1910), 『기린(麒麟)』(1910) 등을 발표하여 일약 문단의 총아가 되었다. 초반에는 탐미적인 경향을 보였으나 다이쇼시대 말부터 거처를 간사이 지방으로 옮기고 작품도 변했다. 대표작으로는 『치인의 사랑(痴人の愛)』(1924), 『세설(細雪)』(1943~48), 『슌킨쇼(春琴抄)』(1933) 등이 있다. 이 평론에서 요사노 아키코가 언급한 소설은 『표풍(颱風)』(1911)으로 고혹적인 여자에게 매혹당하는 남자의 고통을 그린 작품이다.

처럼 일부일처제를 존중하고 실천하게 될 것인가? 아니면 반대로 여자들도 자극을 동경하는 마음과 음식 등의 변화로 인해 기존의 체질이 점진적으로 변화되어 성욕을 발휘하게 되고 남자들과 똑같이 더디게 늙어갈까? 마지막으로 말하건대 나의 정조는 남자들, 즉 남편의 정조가 어떠하든 간에 동요하지 않는다. 자신의 육체를 깨끗하게 유지하는 일은 자기 마음의 상징이며 무엇보다도 자신을 위한 존중이다. 정조를 지키는 것은 자랑할 일도 아니고 스스로에게 당연한 일이라고 생각한다.

1911년 10월~11월

여성 개조와 고등교육

1. 여성 교육의 추이

일본 여성계는 사람들의 관심을 끄는 신선한 현상이 부족하고 매년 변함없이 평탄한 경과만 밟아가는 듯 하지만, 7, 8년 전의 여성계를 되돌아보고 비교해보면 그 변화의 폭이 매우 커서 놀라게 됩니다. 예를 들어 고마쓰바라 에이타로(小松原英太郞, 1852~1919)[38]가 문부대신으로 있을 때와 현재의 교육주의 정세는 어떻게 다를까요? 그 당시에는 세계의 흐름에 역행하고 젊은 여성들 당사자의 요구를 무시한 구식 현모양처주의가 일반 여성 교육가들의 지성을 위협했

---

[38] 일본의 관료, 정치가이다. 사이타마(埼玉), 시즈오카(静岡), 나가사키(長崎) 등의 지사를 맡았고 사법차관, 내무차관, 문부대신 등을 역임했다.

습니다. 훈장을 받은 여성 교육가들까지 가세하여 '여학생이 지켜야 할 10가지 교훈' 따위를 서둘러 제정할 정도였으니까요. 그런 보수적 역행에 미력하나마 거부의 뜻을 밝힌 저 같은 사람은 구(舊)세력으로부터 몹시 싫은 비난을 받았습니다. 그런데 지금은 어느 유력 교육가도 현모양처주의를 넘어선 고급 교육을 시켜야 한다고 주장하고, 문부 장관이 직접 학제 개편안으로 여자대학교의 필요성을 공공연히 인정하게 되었습니다. 또 길 가다 만난 남자에게 눈길도 마주치지 말라고 가르치던 구시대의 금기사항 제정자들이 젊은 여성들을 진두지휘해 길거리로 나가 지나가는 남자에게 꽃을 파는 모양새로 변해가고 있습니다.

또한 그 때에 비해 여성문제에 대해 발언하는 남성들이 많이 늘어났습니다. 단순히 여성을 위한 문제만이 아니라 남성 자신과 관련된, 사회와 교섭하고 국민의 흥망성쇠에 관한 중요한 문제로 논의되는 경우가 많아졌습니다. 인류의 절반 이상이 여성인데 남성만이 구시대 사상과 제도에서 해방되어 자유롭고 참된 인간의 삶을 영위하고, 여성만은 영원히 2순위로 두려고 하는 것은 역시 남성의 이기심을 관철하려는 구시대 사상의 유지입니다. 그러한 편파적인 생활은 결코 전 인류에 행복을 가져올 수 없으며 결국 남성 자신에게도 불행의 근원이 될 것이 예측됩니다. 그래서 이제까지 여성 독립 문제를 일종의 하이칼라 사상의 일종으로 보고 서구의 모방이라며 반감을 품고 있던 학자나 신문기자들마저도 어쨌든 여성 향상 운동의 정당성을 인정하고 기꺼이 여성계 개조를 장려하고 옹호하는 경향에 동참하고 있는 것은 감사할 만한 사실입니다. 동시에 젊은 여성들 사이에서도 몇 명의 자유사상가들이 등장했고, 이들의 언설이 남자들의 언설과 맞물려 직간접적으로 세상 사람들의 여성관을 뒤흔들고 있습니다. 이것은 분명 일본인의 진보라고 생각합니다.

2. 여성의 자유사상

우선 여성들이 자신을 개조하는 문제인 만큼 이에 대한 여성들의 논의가 활발해지고, 그 논의의 실질적 증거로 여성의 실제 생활이 개조되어야 합니다. 그런데 지금 여성계는 표면에 드러난 극소수의 자유사상가만 있을 뿐 이에 동조하거나 반대하는 압도적인 여성 사상가가 연달아 등장하는 모습은 볼 수 없습니다. 그 소수의 자유사상가라는 사람들도 소위 '신여성'이라는 이름으로 선전되어 그 언설이 비교적 세상 사람들의 관심을 끌고 있기는 합니다. 하지만 사상적인 면에서 가장 중요한 개인의 자발적인 힘이 부족하고 그렇다고 해서 사회적 및 과학적 지식체계를 갖추고 논리적으로 남성 측 사상가들과 겨룰 수 있는 레벨에 도달한 것도 아닙니다.

그러한 언설이 조금이라도 사람들의 관심을 끄는 것은 어쨌든 그 사람들의 반투명한 자각과 대담한 발언이 원인이고, 남성 지식인들이 서양에서 얻은 새로운 지식에 힘입어 여성운동에 호의적인 것과 대중의 젊은 남녀들이 구시대 사상에 대한 반동 때문에 무의식

적으로 새로운 것을 환영하는 심리가 맞물렸기 때문이 아니겠는지
요. 또 그 사람들의 언설에 나타난 사상이 그들의 실생활을 얼마나
개조하고 있는가 살펴보면 오히려 그 사상에 역행하는 경과를 밟고
있는 것처럼 보이기도 해서 유감스럽습니다.

3. 이른바 중산층 여성

저는 또 자유사상에 눈을 뜬 신여성들이 중산층 곳곳에 조용히
분포되어 있다는 것을 알고 있습니다. 세상 사람들이 '신여성'이라
고 부르는 여성들보다 더 교양 있고, 식견 있고, 덕망 있고, 사회
경험이 있는 사람들을 그들 중 발견합니다. 그런 여성들이 단체적인
세력을 만들어서 앞장서면 그 결과는 소위 '신여성'들의 운동에 몇
배는 될 것 같은데, 그런 사람들은 이미 가정을 꾸리고 있어 사회적
으로 활동할 용기가 없습니다. 의식주 생활에 걱정이 없으니 활동할
여력은 있지만 남편이나 친척들의 신상에 대한 염려 때문에 위축되
어 소극적이 됩니다. 그렇다면 가장 중요한 가정에서 그 사람들의
이상이 실현되고 있는가 하면 아무래도 애매모호합니다. 가정생활
역시 전통적인 관습에 타협하고 또 일반 주부들처럼 시류에 편승하
여 반성하지 않는 하루하루를 보내는 식입니다. 예를 들어 그 사람
들은 아이를 키울 때도 음식이나 옷차림 등에 대한 주의만 전달할
뿐 정신적인 교육에 대해서는 자신의 의견을 바탕으로 한 방침 같은

것이 정해져 있지 않습니다. 특히 여자아이를 가르치려면 나름의 식견이 필요한데 다른 집에서 가야금이 유행하면 가야금을 가르치고, 무용이 유행하면 무용을 가르치는 식입니다. 어린 시절부터 학교 교육 외에 유희와 예술을 배우게 하는 것이 좋은지 나쁜지, 그 미래 가치는 어떤지, 그런 여흥에 정력을 소비하게 하는 것이 예로부터 여자아이들을 지식으로부터 멀어지게 하는 한 요인이 되지 않았는지, 이런 점에 대해 깊은 반성이 없는 것을 보면, 전통적이고 전형적인 무지한 여성과 전혀 다르지 않습니다. 또 자녀의 교육을 진지하게 생각하는 가정주부라면 지금의 초등학교를 비롯한 중등교육에 대해 많은 불만이 있어야 당연하건만 그분들은 학교가 하는 대로 방치하고만 있습니다.

예를 들어 초등학교에서 작문을 가르치는 것을 보면, 교사 대부분이 어떤 주제를 두고 미리 이런 식으로 쓰라고 구태의연한 개념을 주고 글을 쓰게 합니다. 그래서 학생 모두가 쓴 글도 그 내용도 똑같고 단지 문장의 하찮은 부분만 조금 다를 뿐, 학생 스스로 머리를 써서 쓴 개성 넘치는 참신한 글은 보기 힘듭니다. 그런 교육법은 인간의 개성을 말살하는 것이니 어머니라면 학교에 항의하는 것이 당연하지만, 은근히 총명한 사람임을 자처하는 신여성 주부들은 이런 사실을 완전히 등한시합니다.

나는 개혁자의 언행이 꼭 돌발적이고 과격해야 한다고 생각하지는 않지만, 이런 평온한, 아니 나쁘게 말하면 미적지근하고 어중간한 여성계의 진보적 경향이 안타까울 따름입니다.

4. 살고자 하는 의욕

여기 제 바람을 말씀드리겠습니다. 뒤늦었지만 우리 일본 여성들은 지금이야말로 모두 정신을 차리고 스스로 반성해야 할 때입니다. 무엇을 위해 사는지 모르고 맹목적으로 하루하루를 보냈던 우리는 무엇보다도 우선 자신이 살아가고자 하는 의욕이 삶의 기초이며, 그 의욕을 실현하는 것이야말로 삶의 목적이라는 것을 철저히 알아야 합니다. 자아의 절대적 존엄성의 의미도 그것으로 이해할 수 있습니다. 언제 어디서나 자아가 주체이며, 가정생활도 사회생활도 자아의 행복을 위해 인간이 만들어내는 것임을 알아야 합니다. 자각한 인간의 의욕은 좁은 이기주의 자아에만 머물러 있지 않습니다. 그 기관들을 잘 이용하여 가정생활, 사회생활, 국가생활, 나아가 세계생활까지 자아에 포함시키고 처음에는 내 몸만한 정도가 최대였던 자아를 우주적인 자아로 확장하는 데 필요한 자유를 원하며 자아 이외의 권위에 억압받기를 원하지 않습니다.

저는 살고자 하는 의욕을 사랑 그 자체라고 생각합니다. 사랑은 철두철미하게 자기 생명에 집착하는 마음이지만 이기주의적인 사랑에서 출발하여 우주를 포용하는 사랑으로 확대되지 않으면 사랑 자체의 만족을 얻을 수 없습니다. 따라서 사랑은 자유를 요구합니다. 그 자유가 무엇으로부터 얻어지는가 하면 지식이 풍부해야 합니다.

여자들은 이 지식 부분이 가장 무력하다는 것을 깨달아야 하고 그 개발에 매우 부지런히 노력해야 합니다. 언제부턴가 여성이 남자에게 지배당하며 모멸당하는 단초를 제공한 가장 큰 원인은 지혜와 지식이 부족하기 때문이라고 생각합니다. 지식은 인생의 눈입니다. 이것이 없으면 사랑도 맹목적인 사랑이고 인생 또한 뱀을 무서워하는 눈먼 이의 분별없는 행동에 지나지 않을 것입니다.

5. 여성과 지력

야만 시대에는 인간의 힘을 주로 완력의 강약으로 측정했습니다. 또한 완력의 변형인 무력으로 측정했습니다. 그러나 지금은 강약의 의미가 정신적인 것으로 바뀌었고 주로 지력(智力)의 유무에 따라 인류를 강하게도 약하게도 만드는 세상이 되었습니다. 힘이나 무력으로 우월한 지위를 차지하려는 것은 야만적인 유산이며 그것이 오늘날에도 여전히 유효한 것은 문명의 모순입니다. 아무리 생각해도 제1차 세계대전은 일시적인 상태일 뿐입니다. 미래의 삶에 대해 시대착오적인 무력주의자를 제외하면 누구나 무력을 거부하고 있습니다. 또한 어쩔 수 없이 유지되고 있는 현재의 무력도 그 이면에는 지력이 지배하고 있으며 단독으로 도움이 되는 무력은 사라지고 있습니다. 그래서 앞으로 강약을 결정짓는 것은 남자든 여자든 지력의 유무가 최대 요소가 될 것입니다.

여자의 무지는 어제오늘 일이 아닙니다. 예로부터 여자는 무지 때문에 고통과 경멸을 당하고 남자 또한 큰 손해를 입었습니다. 여자가 수다스럽다고 하는 것도, 첫 번째로 모든 일을 직시하여 그 대략적인 형태와 핵심을 파악하지 못하고, 사소한 부분에 집착하여 앞뒤가 맞지 않는 감정적 발언을 늘어놓기 때문입니다. 또 조용히 성찰하고 사유할 곳이 없기 때문에 충실하고 정제된 언어로 간단명료하게 말할 수 있을 만큼의 심오한 사상과 정확한 의견이 없기 때문이며 한마디로 원인은 무지에 있습니다. 또한 여성이 감정에 치우쳐 기분에 좌우된다고 할 정도로 사소한 일에도 희로애락의 변화가 심하고, 남자들이 여자아이, 어린이를 기르기 힘들다고 한탄하는 것도 감정을 조절하기 위해 필요한 지력이 부족하기 때문입니다. 또한 여자가 전적으로 애정의 세계에 살려고 하는 것도 무지라는 약점을 무의식적으로 은폐하려는 것이지, 여자가 특별히 남자보다 더 깊게 사랑할 수 있는 선천적인 재능을 갖추고 있는 것은 아닌 듯 합니다. 그 사랑이라는 것도 지력이 개입되지 않은 맹목적인 사랑이기 때문에 대부분 이기주의적인 사랑에 머물러 있습니다. 오토 바이닝거(Otto Weininger, 1880~1903)[39]가 "여자는 자기 자식에게는 어머니이지만 남의 자식에게는 완전히 계모다"라는 말을 한 것처럼, 자신과 가까운 연인이나 자식에게는 절대 복종도 마다하지 않을 정도로 희생적인 애정을 바치지만, 자신에게 반대하고 조금이라도

---

39) 오스트리아의 사상가이다. 1902년 빈대학을 졸업하고, 다음 해에 졸업논문을 발전시킨 『성(性)과 성격』을 발표한 후 이탈리아를 여행하고 돌아와서 자살하였다. 그 책은 플라톤, 칸트, 기독교를 사상적 배경으로 한 철학적 심리학의 견지에서 주로 여성문제를 다루었다.

호의를 베풀지 않는 사람에게는 금세 냉혹한 태도로 대하며, 사랑하는 사람의 말에는 두말없이 맹종하면서 그렇지 않은 사람의 말과 행동은 모두 시기하고 의심합니다. 특히 같은 여성에게 의식적, 무의식적으로 적대시하는 감정이 깃들어 있어 상대방의 약점을 꼭 발견하려 하고 겉으로는 무턱대고 칭찬하면서도 등만 돌리면 바로 뒤에서 흉을 보니, 남자 동지가 거짓 없고, 꾸밈없이 마음을 주고받을 만한 절친한 여자 동지는 거의 없다고 해도 과언이 아닙니다. 이것도 공평한 지력의 판단력이 부족하여 남의 장점을 존중할 수 없기 때문이며, 자기 내면에 의지할 곳이 부족하여 자칫 약점을 이용당할까 봐 최대한 자기를 감추고 오히려 남의 약점을 들추어내어 무의식적으로 자기 위안으로 삼으려 하기 때문입니다.

또한 여자의 히스테리도 생리적 원인과 무지에서 비롯된 감정의 이기심이 반반씩 섞여 있는데, 만약 이성적으로 절제하는 데 힘쓴다면 히스테리로 인한 자타의 고통은 분명 반감될 것입니다. 여성이 자신의 통찰력과 계획으로 자신을 조율하고 외부 세계를 개조하는 정복성이 결여된 채 남의 계획과 지도를 쫓아 쉬운 길로 가려는 순응성에 길들여진 것도 요컨대 무지가 만든 두 번째 성품이라고 생각합니다.

6. 대등한 지력

그래서 우리는 무엇보다도 우월한 지력을 가져야 합니다. 우리가 남자와 대등한 위치로 나아가고자 하는 것은 단순히 무조건 남성과 같은 직업을 갖자, 능력도 없는데 남성과 정치적으로나 민법적으로 동등한 권리를 얻자는 뜻이 아니라 우선 지력에서 대등한 힘을 갖자는 것입니다. 이것은 여성이 물질적으로나 정신적으로 진보하여, 이제까지 의뢰주의로 남성의 발목을 잡던 사람이 한 사람 몫의 독립을 이루려고 하는 것입니다. 그러니 남자들의 입장에서도 진정한 동반자를 얻을 수 있어 당연히 환영해야 한다고 생각합니다.

우리는 남자들이 우리의 희망을 받아들여 높은 지력을 갖출 수 있는 교양을 허락해 주기를 원할 뿐 결코 남성에게 반항하는 불경스러운 태도를 취하고자 함이 아닙니다. 우리는 오늘날의 경우, 지력에서도 모든 일에 있어서도 남성의 우월성을 명백히 인정하고 우리 여성이 훨씬 열등한 위치에 있는 것을 부끄러워하며 경건한 마음으로 매사에 남성의 가르침에 귀를 기울이고 서둘러 남성과 대등한 지력의 충실을 꾀하고자 합니다. 남녀의 지력이 불균형하면 얼마나 삶의 기조를 망가뜨리는지 깨달은 똑똑하고 현명한 남자라면 분명 우리에게 후원을 아끼지 않을 것이라 믿습니다.

7. 여성과 대학 교육

이런 의미로 우리는 오쿠마(大隈)[40] 내각의 문부과학성이 여자대학교의 필요성을 인정해 준 것에 대해 감사하게 생각합니다. 또한 가급적 모든 남자 대학에서 여성 청강생을 허용하는 방향으로 나아가기를 희망합니다. 또한 세상의 부모들이 여자고등학교나 현재의 여자대학 수준의 수업을 듣게 했다고 해서 여자에게 고등교육을 시킨 것처럼 오해하지 않기를 바랍니다. 남자 대학이라고 해서 모두가 지금처럼 고등한 지력을 기르는 곳이라고 할 수는 없지만, 하물며 여자 고등학교는 남자 중학교에 훨씬 못 미치고, 여자대학은 남자 고등학교에 비할 바가 못 됩니다. 그곳을 졸업한 정도로 학부모들이 여학생의 고등교육을 중단하는 것도 성급하고 그 졸업생들의 사회 진출 후의 성적을 가지고 여학생의 고등교육의 시비를 가리고자 하는 것도 경솔한 일입니다. 그러나 아무리 고급 여자대학이 많이 설립되고 남자대학이 남녀공학을 허용한다고 해도 현재의 가정 경제 사정과 지식 상태로 대학교육까지 받을 수 있는 여성이 극히 소수인 것은 명백합니다. 또한 여자의 고등교육을 일반 대중에 인정 시킬 필요가 있기 때문에 대학 교육에 대해서 말하고 있지만, 지식

---

40) 오쿠마 시게노부(大隈重信, 1838~1922)를 가리킨다. 근대 일본의 토대를 마련하고, 와세다대학(早稻田大學)의 전신인 동경전문학교를 설립한 일본의 정치가이다. 입헌개진당(立憲改進黨)을 조직하여 민권운동을 추진하였고, 2차례에 걸쳐 내각총리대신을 역임했다.

을 충실하게 하는 것이 반드시 대학 교육일 필요는 없습니다. 일본인은 이 의미를 잘 이해하여 대학 과중의 폐해에 빠지지 않도록 하고, 부모와 여자아이들 스스로의 노력 여하에 따라 얼마든지 고도의 지력을 배양할 수 있다는 사실을 알아야 합니다. 여학생은 물론이고 이미 누군가의 아내나 어머니가 된 젊은 여성들도 독서와 사회적 접촉을 통해 가능한 한 각자의 지력을 폭넓고 심오하게 키우도록 노력해 주었으면 합니다.

제가 말하는 지력은 학식의 양이 아니라 사물에 대한 이해력을 의미합니다. 학식의 양을 말한다면 결코 전문학자에 미치지 못합니다. 하지만 학자적 태도까지는 아니더라도 실생활의 직접적인 경험과 책에 나타난 학자들의 논의 과정과 결론을 통해 항상 자신의 상식을 새롭게 보충하면서 매사를 부분에 치우치지 않으며 표면에 정체되지 않아야 합니다. 또 전체와 핵심을 바르게 꿰뚫는 이해력을 가지고자 노력하면 이해력은 자연스럽게 내면에서부터 만개하듯 피어날 수 있는 직관 작용입니다.

8. 여성과 독서

제가 누누이 말씀드리는데 '여자를 위한 읽을거리'라고 되어 있는 저급한 것들만 읽는 것은 어른들이 어린아이의 동화를 탐닉하는 것과 마찬가지이고, 스스로를 일부러 저능화시키고 있는 것이나 다름없습니다. 우리는 여성에 관한 어떤 특수한 필요한 서적 외에는 가급적 남자가 읽는 책을 읽는 습관을 길러 현대인으로서 알아야 할 것을 남자와 대등하게 배우려고 노력해야 합니다. 여자들 사이에서 환영받는 각종 여성잡지 등은 모두 여자의 감정에 아첨하여 편집된 달콤한 것이 많고, 남자의 세계에서는 이미 상식이 되어 버린 과학적 및 사회적 지식조차도 공급하지 않고 있습니다. 우리는 하루빨리 오락 삼아 책을 읽는 그런 한가로운 생활을 그만두고 가급적 자기 능력 이상의 책을 연구하며 읽을 각오가 필요합니다.

요새 교육을 받았다는 젊은 여자조차도 남자가 읽는 독서의 십분의 일도 읽지 않는 실정입니다. 요즘 신문이나 남자들이 읽는 잡지에는 상당히 유익한 학설이 실려 있고 또 현대인으로서 진지하게 생각해 보아야 할 개인문제와 사회 문제들이 많이 실려 있는데, 여성들은 그런 중요한 부분에 눈을 돌리지 않고, 단지 자신이 이해하기 쉬운 감정적이고 통속적인 기사만 애독합니다. 그러니 남자들 앞에서 이야기가 조금만 지식을 필요로 하는 문제로 넘어가면 뻔뻔하게 지리멸렬한 헛소리를 늘어놓거나 겸손하게 입을 꾹 다물어 버립니다. 가끔 사상론 등을 말하는 여성 유명인이 있더라도 대부분 그 발언이 여성의 것이라서 세간의 관심을 끌 뿐, 대부분 남자는 쉽게 할 수 있는 토론이고, 남자의 토론으로서는 생각해 볼 가치도 없는 수준에 불과한 것들입니다.

예를 들어 일본의 미래라든가 일본 정계의 근황에 대한 질문을 받았을 때 즉각적으로 논리와 실제적인 감각을 갖춘 명쾌한 해답을 내놓을 수 있는 여성이 몇 명이나 될까요. 이것만 보아도 여성이 국민으로서 또는 사회 구성원으로서의 삶에 대해 평소 아무런 성찰이 없다는 것이 분명합니다. 또한 그런 공적인 문제가 아니라 실제로 어머니로서 자식을 교육하는 사람에게 '교육의 목적'을 묻고, 아내 역할을 하는 사람에게 '결혼의 의미'를 묻는다면, 남 앞에 내놓을 수 있을 만큼의 인정과 도리를 일관성 있게 말할 수 있는 여성이 몇 명이나 될까요? 여성 자신에게 가장 절실한 문제에 대해서도 일정한 식견이 없고 그에 대해 꼭 해결해야 할 만큼 강렬한 의구심과 번뇌가 없는 것이 현재 우리 여성들의 실태입니다.

9. 독서와 살림

여성에게 독서를 권하는 것을 여성이 집안일에서 멀어지게 한다는 비난이 있을 수 있습니다. 하지만 최근 미국에서 여성의 참정권을 허용한 각 주의 성적을 남자 측에서 공식적으로 보고한 결과, 모든 주의 여성들이 일제히 예상보다 좋은 성적을 거두어 가정을 소홀히 한 여성들은 선거 때에도 물론 단 한 명도 없었다고 합니다. 지력이 뛰어난 미국 여성들의 행동을 우리가 단번에 따라잡기는 어렵겠지만 야외 활동을 수반하는 정치에 관련된 것이 아니라 가정 내에서 독서 시간을 얻으려는 것이므로 마음먹기에 따라 충분히 집안일과 병행할 수 있다고 확신합니다. 일본 여성들은 평생 집안일

외의 잡다한 일로 많은 시간을 허송세월하고 있습니다. 집안일도 조금만 노력하면 간단히 처리할 수 있는 여지가 얼마든지 있습니다. 또한 다도라든가 꽃꽂이, 악기 춤 등을 위한 연습이나 취미생활에 과도한 시간과 정력을 소비하는 것도 비현대적이라고 생각합니다. 우리는 런던의 여성들이 조금만 시간이 나면 집에서도 전철 안에서도 책을 펼쳐놓고 있는 열의와 총명함을 배워야 합니다.

그리고 우리 여성들은 아무리 책을 많이 읽어도, 또 어떤 사물을 이해하게 되어도, 그것을 자랑스럽게 여기는 것을 경계해야 합니다. 우리는 처음부터 끝까지 오로지 겸손하고 신중해야 합니다. 여성의 성정에는 조금만 공부하면 아는 척하고 싶어하는 나쁜 습관이 숨어 있습니다. 그런 여성들의 악습을 없애는 것도 우리가 지력을 기르는 이유 중 하나라는 것을 자각했으면 합니다. 프랑스 미래파의 생 푸앵(Valentine de Saint-Point, 1875~1953) 여사[41]가 3~4년 전부터 여성 스스로 내면에 있는 여성을 멸종시켜야 한다고 외치는 것도 여성의 전부를 불순하고 불량한 것으로 과장한 경향은 있지만 여성이 외면하고 있던 가장 큰 결점을 드러내고 그것을 멸종시키려는 성실함과 용기를 우리가 배워야 합니다.

고도의 지력은 여성으로 하여금 자중과 겸손과 정절의 필요성을 분명히 깨닫게 하므로 가정과 사회가 부녀자 스스로 그 수준까지

---

41) 프랑스의 작가, 화가, 미술평론가, 안무가이다. '미래주의 선언문'을 쓴 최초의 여성으로 알려져 있다. 파리 살롱과 벨 에포크 시대 관련 문학 및 예술 운동에서도 활동했다.

배우려는 풍조를 장려하고 옹호해 주었으면 합니다. 그 정도에 이르지 못하는 조악한 교육을 하면서 마치 학문이 여성을 교만하게 하고 도덕적으로 타락시키는 것인 양 억지를 부리는 사람들이 많은 것은 참으로 유감스러운 일입니다. 저급한 학문을 배운 사람이 경솔하게 행동하고 여러 가지 유혹에 빠지기 쉬운 것은 남자도 마찬가지입니다. 여성의 지력 향상은 무엇보다도 여성 스스로의 분발이 가장 중요하지만, 주변 사람들 또한 남녀 성별에 따라 교육을 차별하는 악습을 반성해야 합니다.

1915년 12월

여성과 정치 운동

『부인공론(婦人公論)』[42]의 기자에게 「여성과 정치 운동」이라는 제목으로 의견을 적어달라는 요청을 받았습니다. 기자가 말하는 소위 '정치 운동'은 무엇일까요?

지금까지 중의원 선거가 있을 때마다 의원 후보자의 아내와 어머니, 후보자와 같이 사는 여성 유지자가 선거 유권자의 집을 방문하고 후보자를 위해 투표를 간청하러 다닙니다. 이러한 부인들은 스스로 그 행위를 멋진 정치 운동처럼 생각하고 수치심을 느끼지 못할 뿐 아니라 오히려 해야 할 행동을 했다며 만족하고 자랑하며 입으로

---

42) 중앙공론신사(요미우리신문 그룹)가 발행하는 부인여성지이다. '여성의 해방과 자아의 확립을 요구하는 시대의 목소리'를 주제로 잡지 『중앙공론(中央公論)』이 1913년 부인문제 특집을 기획하여 크게 관심을 끌었고 이 호평에 힘입어 1916년 창간되었다.

떠벌리는 사람조차 있습니다. 세상 사람들도 이런 행위를 하는 여성들에게 보기 드물게 활동적이라며 관대하게 해석하고 선거판의 명물이라며 찬양하는 경향마저 있습니다. 이러한 의미의 정치 운동이라면 저는 조금도 찬성의 마음을 표할 수 없습니다.

요즘 제 마음에는 가능한 한 정확한 사상을 표준으로 행동하고 싶다는 바람이 점점 커집니다. 편애, 광기어린 열정, 미신, 상식, 습관, 의리와 인정, 이런 것을 표준으로 삼아서는 저의 생활이 마치 모래성 같아 믿음직스럽지 못하게 느껴집니다. 이러한 마음으로 전 인류의 생활을 바라보는 저는 타인의 행동에도 무의식, 불순함, 유해함을 피해서 가급적 합리적이고 공명하고 유익한 행동을 기대하고 싶습니다. 이러한 의미에서 현재 전쟁이 일어난 이후 영국과 프랑스의 정치가 점점 민주주의적으로 철저해지고 진정한 거국일치가 실현되어 가는 것이 부럽습니다. 반대로 일본의 정쟁이 훌륭한 정치사상 없이 재벌과 정당이 노골적으로 단지 정권의 쟁탈만을 목적으로 하는 것에 수치심과 고통, 유감을 느낍니다.

그래서 선거 때 각 집을 방문하는 행위는 남자든 여자든 결코 정치 운동이라는 미명으로 불러서는 안 됩니다. 요컨대 후보자의 앞잡이가 되어 유권자에게 찾아가 후보자 대신에 표를 구걸하는 의미없는 행위일 뿐입니다. 후보자는 언어로 자신의 정견을 공명정대하게 발표하고 당당하게 국민의 신임을 얻어야 합니다. 절대 비굴하게 애원해서는 안 됩니다. 남자 선거운동원이 후보자를 대신해 유권자 앞에 서는 것은 유권자 자신과 후보자 두 사람의 인격을 상처 입힐 뿐만 아니라 다수의 유권자에게 인정을 악용해 정치적으로 양심의 타락으로 이끄는 행위이며 만인 앞에서 인격을 모독하며 돌아다니는 것과 같습니다. 이는 말할 필요도 없이 자유 공명해야 할 선거계를 광대짓을 보여주며 다니는 수준으로 천박하게 끌어내리는 일이기 때문에 매우 꼴사납고 유쾌하지 못합니다.

이렇게 생각해야 할 진중한 준비를 게을리하는 여성은 유권자의 집을 방문하는 것이 후보자인 우리의 자식, 남편, 선배를 위한 행동이고 사회 국가를 위한 실천이라는 식으로 어리석고 감정적이 되어 반성할 기미가 없습니다. 여성이 자식과 남편, 선배를 위해 지나친 노력을 하는 것이 아름다운 감정표현인 것 같지만 아무것도 모르고 하는 소리입니다. 오히려 자신과 유권자, 일본인 전체에게 윤리적 모독을 저지르는 결과를 초래합니다.

남자가 선거운동원을 하는 것은 다년간 계속된 습관으로 바로 개선하기 어려울 수 있습니다. 하지만 이에 반해 깨끗한 지위에 있는 여성까지 일부러 흙탕물에 몸을 담그고 남자 운동원과 유권자의 집을 방문할 필요는 없습니다. 데라우치 마사타케(寺内正毅, 1852~1919) 총리43)가 사법관 회의 석상에서 말한 선거 단속 훈시에 지금

---

43) 일본 메이지, 다이쇼 시기의 일본 육군 군인이자 정치가이다. 교육 총감, 육군대학교 교장 등을 거쳐 육군대신을 역임했다. 육군대신과 함께 대한제국의 통감을 겸임하며 군사력을 앞세워 대한제국 병합을 강행했다. 이어 초대 조선 총독이 되어 헌병을 앞세운 무단통치를 통해 폭압적으로 한국인을 지배했다. 이후 총리대신에 취임하여 '시베리아 출병'을 강행하는 등 정당을 무시한 채 군 위주의 정책을 펼쳤다. 그러나 쌀값 폭등으로 촉발된 전국적 규모의 폭동인 '쌀 소동'에 대한 책임을 지고 사임했다.

까지 선거운동은 유권자에게 협박, 사기, 강탈에 가까운 행위를 해 온 사실이 적지 않다고 했습니다. 저는 데라우치 총리의 말이 세상 사람들의 비평처럼 선거계의 실상과는 다른 터무니없는 가혹한 폭언이라고 일본인의 명예를 위해 믿고 있습니다만 만약 지금까지 그런 혐의를 받을 만한 행동이 있었다면 이것은 남자 운동원의 어긋난 생각 때문일 것입니다.

데라우치 총리와 마쓰무로 이타스(松室致, 1852~1931) 사법대신[44]이 이번 총선에서 극단적이고 위협적인 태도까지 취하면서 선거판의 적폐를 바로잡으려 하는 것이 어용 후보자의 비호도, 반대 후보자의 압박도 아닌, 진실로 유권자와 후보자의 자유의사를 존중하는 성의에서 나온 것이라면 어째서 먼저 남자운동원을 금지하고 언론을 통한 정견 발표를 적극적으로 장려하지 않았던 것일까요?

선거판의 가장 큰 폐해는 점점 거액의 운동비가 필요하다는 점입니다. 후보자의 인격과 정견이 어떠한지는 문제가 아닙니다. 운동비의 많고 적음이 후보자의 운명을 결정합니다. 따라서 중의원으로 보낸 의원 대다수는 이름뿐이고 초기 의회 이래 점점 좋지 않은 경향이 짙어지고 있습니다. 거액의 운동비를 낼 수 있는 유산계급의 교육받지 못한 이들이 뽑히기 때문입니다. 그 운동비의 대부분이

---

44) 일본의 사법관료, 정치가, 교육가이다. 검찰총장, 사법대신을 거쳐 귀족원 칙찬위원, 추밀원 고문관 등을 역임했고 사법대신 시절 사회주의자인 고토큐 슈스이(幸徳秋水, 1871~1911)의 역모 사건을 수사 지휘했다. 1913~1931년까지 호세이(法政) 대학 학장을 역임했다.

다수의 운동원을 위해 사용되는 것은 말할 것도 없습니다. 그러므로 운동원을 전면 금지하는 것은 선거 비용을 필요 최소한으로 절약하게 되고 자산이 없는 지식인 계급 다수가 후보자로 나설 수 있어 중의원 자격을 일거에 개선할 수 있을 것임을 의심하지 않습니다. 저는 이런 의미의 운동원을 단호하게 금지하길 바랍니다. 나아가서는 선거 비용을 줄이기 위해 가능한 야외연설을 허가하고 정견발표문에 대해 국가가 1회에 한해 우편세를 면제할 필요가 있다고 생각합니다. 또한 각 행정구역의 관공서, 사원, 신사, 정거장, 교차로 등 눈에 띄는 곳에 게시판을 설치하여 각 후보자의 정견을 제시할 수 있도록 장려하는 것도 방법이라고 생각합니다.

저는 선거운동의 세대 방문에 대해 이러한 반대의견이 있습니다. 하지만 같은 선거운동이라도 남자가 후보자를 응원하여 추천 연설을 하듯이 여성도—아직 여성의 정치 집회와 연설이 법률상 허가되어 있지 않으므로—추천서를 써서 후보자를 추천하고 유권자의 총명함을 자극하여 의원을 선택하는 데에 실수가 없도록 참고 자료로 삼는다면 그것은 상당히 훌륭하고 의미 있는 일입니다. 그래야 비로소 여성의 정치 운동 중 하나라고 불리겠지요. 더욱이 그러한 경우에는 후보자에게 의뢰받아서가 아니라 여성이 스스로 국정 조정을 열망하는 본인 내부의 욕구에 자극받아 하는 자발적인 것이어야 하며 단순히 자식, 남편, 선배에 대한 애정과 의리에 의한 것이 아니고 부인 스스로 독립되고 합리적인 정치 의견을 가지고 후보자의 정치 의견이 자신과 일치해야 합니다. 또한 이 추천서도 감정적인 의뢰나 간단한 형식의 추천서가 아니고 후보자의 인격과 정치 견해를 매우 합리적으로 비평한 하나의 독립된 의견서여야 한다고 생각합니다. 지금까지 여성의 선거운동은 단순히 비굴하고 애원하는 것뿐이었으며 여성 스스로 정치사상을 표현한 적은 없었습니다.

국민의 반 이상은 여성입니다. 그것만으로도 여성은 정치에 관여할 수 있는 권리를 스스로 가지고 있습니다. 정치가 국민 전체의 번영과 멸망을 관장하는 하나의 위대한 시스템임에도 불구하고 국민의 절반 이상을 차지하는 여성이 오랫동안 정치에서 제외되어 있었던 것은 야만한 시대의 불평등한 사상에 좌우되는 고루한 관습일 뿐입니다. 국민의 반 이상인 여성이 자신의 행복을 위해서도 또 협동 생활의 반려자인 남자를 위해서도 서양의 여권론자들이 오랜 기간 주창해온 것처럼 인류의 유지와 육아, 위생, 노동의 문제를 위해서도 국정에 대해 여성이 발언하고 협동할 권리와 의무를 가지고 있습니다. 따라서 오늘날 여전히 다수의 무산계급 남자와 더불어 참정권을 허가받지 못했다고 해도 현행의 법률이 용인하는 범위 내에서 특히 여기에 적합한 여성들이 관료에도 정당에도 속하지 않은 깨끗한, 최상의 입지에서 선거판의 정화를 남자에게 촉발하는 운동을 일으킬 것을 저는 열망합니다.

그러나 현재의 일본에서는 아직 여성이 밖에 나가 정치운동에 종사할 필요는 없습니다. 무엇보다도 먼저 선거를 기회로 여성 스스로 조금이라도 정치적으로 독립된 의견을 정리해 볼 필요가 있습니다. 그 가운데 자신 있는 여성들이 정견을 기준으로 비판하고 적당한 후보자를 스스로 자신과 가까운 가정의 남자에게 추천하는 일이 무엇보다도 온건하고 유력한 정치운동이라고 생각합니다. 이 글에 자극 받아 정견을 신문잡지에 발표하는 여성이 나타난다면 여성계 진보의 첫걸음이라고 생각합니다.

1917년 4월

연애와 성욕

연애와 성욕의 차이는 하나의 사실을 진보시키는 것과 정체시키는 것의 차이입니다. 성욕은 동물에게 공통하는 욕구이며 본능 그대로의 모습입니다. 하지만 여기에 예술적 감정을 넣어 정신적인 배경이 생기면 이를 연애라고 부릅니다. 연애는 사람이 진화해, 동물성에 인간성이 첨가되어 생기는 욕구입니다. 성욕은 저급한 동물적 욕구이며 연애는 인간이 품는 고도의 욕구라고 할 수 있습니다. 연애를 경험하고 수행하는 이에게 연애는 두 사람의 인격이 예술적으로 맞아떨어져 진실을 구현한 음악을 연주하게 하는 것입니다. 예술의 법칙은 진실의 법칙입니다. 연애는 두 사람의 인격이 뒤엉겨서 살아서 움직이는 조각입니다.

1917년 2월

여성이 외모를 가꾸는 심리

최근 저는 어느 잡지에서 여성들이 용모와 복장을 가꾸고 관심을 가지는 심리에 대해서 짧은 감상을 썼습니다. 그때 못 다한 이야기가 있어 여기에 조금만 보충해 두고자 합니다.

아름다움은 그 권위를 무한정 발휘할 수 없습니다. 인생의 모든 일은 전부 실용에 따라 조금씩 제한됩니다. 실용에 적합하지 않은 모든 것은 아름다움이 아니라고도 할 수 있습니다.

무엇보다 실용의 범위는 매우 넓고 한편으로는 세세하게 걸쳐 있어서 한번 봐서 반실용적이더라도 잘 조사해 보면 반대로 실용적일 때도 있습니다. 실용의 의미를 좁게 해석해서는 안 됩니다.

여성이 용모와 복장에 신경을 쓰는 것은 복잡한 동기가 작용하기 때문입니다. 우선 여성은 각자 가지고 있는 심미적인 욕망 때문에 자기 자신을 가꿉니다. 하지만 결코 심미적 욕망 때문만은 아니고 거기에는 생식적 본능이 의식적, 무의식적으로 작용하여 이성을 유혹하려는 심리가 근저에 존재합니다. 수컷 새들이 암컷을 유혹하기 위해 아름답게 꾸미는 것과 똑같은 심리가 여성에게도 있습니다. 분명 심미적인 욕망보다도 이러한 본능이 먼저 불타올랐고 그 본능에 자극받아 심미적 욕망이 눈을 뜨고 발달했겠지요. 그외에는 이성을 두고 경쟁하는 동성에게 자신의 아름다움을 과시하고 상대방에게 경쟁상대도 되지 못한다는 것을 알리려고 하는 허영도 확실히 공존하고 있습니다.

〈그림 6〉 기타노 쓰네토미(北野 恒富, 1880~1947)의 「거울 앞에서(鏡の前)」(1915)

그런데 동성에게 과시하고 경쟁자를 위압하려는 심리 때문에 자신을 꾸밀 때는 심미적이기보다는 오히려 물질적인 가치로 밀어붙여 이기려고 합니다. 걸핏하면 값나가는 액세서리를 지나치게 걸쳐서 휘황찬란한 빛으로 상대의 눈을 현혹하려고 하는 풍조가 있습니다.

이러한 두 가지 심리에서 발생한 여성의 꾸밈도 경험이 쌓이면서 서서히 심미안의 훈련이 더해져 이것이 오랜 시간 동안 계속되다 보니 심미적인 욕망에서만 출발한 것처럼 보이게 되었습니다. 그렇게 저급한 심리는 어딘가로 밀려나 버렸습니다. 외모와 복장에 신경쓸 것이라면 그러한 경지까지 올라서지 않으면 흥미롭지 않습니다.

심미안 훈련이라고 하면 독자적인 독창성도 있고 타인의 모방도 있습니다. 다수의 여성은 모방에 그치고 자신만의 심미적 견지에서 자신만을 위한 특별하고 조화로운 디자인을 창조하려는 노력을 하지 않습니다. 그래서 그저 비싼 물건 일색으로 꾸밀 뿐 새롭고 좋은 취미는 표현되지 않습니다.

〈그림 7〉 기타노 쓰네토미가 그린 상업용 포스터(1915)

용모와 복장을 꾸미는 행동이 생식 본능에 유래했다는 매우 선명한 증거에는 이러한 예를 들 수 있습니다. 예부터 이성을 유혹하려는 심리가 매우 잘 움직이는 여자일수록 심미적으로 세련되고 통일성 있게 꾸몄습니다. 연극이나 극장을 보러 빈번하게 출입하는 많은 여자들의 외모가 매우 잘 갖춰진 것은 눈 높은 배우의 주의를 끌기 위해 의식적으로 고민했기 때문입니다. 사람들은 종종 매춘부의 취미라는 말로 배척합니다만 매춘부도 우리와 똑같은 사람입니다. 이런저런 이유로 일부 반윤리적인 생활을 하고 있지만 결코 전부가 부패하지는 않았습니다. 완전히 부패할 수도 없고요. 반드시 어딘가에 좋은 부분을 발견하기도 합니다. 그들 중 어떤 이들이 가진 심미안이 바로 그 한 가지 예입니다. 요란하지도 않고 촌티를 벗은, 우아하고 센스 있는 의복의 취향을 발견하는 것은 그들 가운데 어떤 계급의 사람들에게 많습니다. 그도 그럴 것이 그 사람들은 자나 깨나 자신의 외모를 가꾸는 일에 전념하는 일종의 예술가이기 때문입니다. 그들과 비교해 보면 지방 여학교를 나온 여성들이 갑작스레 꾸민 모습은 너무 야생적이라 말할 거리도 못 되겠지요. 물론 이따금 도시의 귀족이나 부잣집 여성 중에서도 매춘부들이 도저히 따라 하지 못할 정도로 아름답게 꾸민 모습을 보기도 합니다. 하지만 그런 사례를 우리가 실제로 보는 일은 극히 드물고 일반적인 보통 여성이 꾸미면 대체로 어딘가 조화롭지 않고 이것저것 뒤섞여 있거나 세련되지 못하기 마련입니다.

이성을 유혹하기 위한 꾸밈에는 심미적으로 고아하고 섬세한 취미가 담겨 있습니다. 그것은 이성이 가지고 있는 높은 심미안에 호소하려고 하기 때문입니다.

1917년 2월

'여자다움'이란 무엇인가

일본인들은 일찍이 불교에서 '인간 세상의 변천은 극히 빠르고 세월과 수명은 덧없다'라는 무상신속(無常迅速)의 가르침을 받았고 또 유교에서는 '진실로 새로운 삶을 살려면 나날이 새롭게 하고 또 날로 새롭게 하라(苟日新 日日新 又日新)'는 가르침을 받았습니다. 일본인들은 이를 소승적 비관의 의미로만 해석해왔을 뿐 '모든 법칙은 끊임없이 변화한다'는 현상이 인생에 '변함없이' 존재한다는 대승적 낙관에 서지 못했습니다. 그래서 현대에 들어와 외래의 학문과 예술 덕분에 움직이고 진화하는 사상을 접해도 걸핏하면 새로운 현대의 삶을 저주하고 곰팡이가 핀 인습과 사상을 유지하고 싶어하는 사람들을 보게 됩니다. 말하자면 그런 사람들은 뒤돌아보기만 하는 사람들로 현실을 직면하는 것에 게으르고 미래를 통찰해야 할 때도 겁이 많습니다. 그런 사람들은 보수주의자 중에도 있고 사이비 진보주의자 중에도 있을 것입니다.

이따금 제가 비난하는 것은 그 사람들이 종종 '여자의 중성화'라는 말을 사용해서 현대의 중요 문제 중 하나인 여성해방운동을 좋지 않은 일처럼 논하는 행태입니다. 이는 그 사람들이 여자의 인간적 진화를 싫어하는 선입견과 편견을 갖고 있고 인생을 하나의 법칙이나 하나의 양식으로 고정해야 한다고 생각하는 정태적인 인습 사상을 유지하기 위해 일부러 사람들이 꺼리는 말을 내세우고 있다고 생각합니다. 또 여자를 위협해 새로운 움직임을 억누르고 다른 한편으로는 사회의 총명한 판단을 방해하여 여성해방운동에 동감하지 못하게 하려는 비열 천만한 논법인 것처럼 느껴집니다. 저는 이러한 행태에 대해 약간의 항의를 해보려고 합니다.

*

그 사람들의 말을 간추려 보자면 여자가 남자들처럼 수준 높은 교육을 받거나 남자처럼 넓은 범위의 직업을 가지면 여자만이 가지고 있는 아름다운 성정인 '여자다움'을 잃고, 여자도 아니고 남자도 아닌 중간 성질의 변태 같은 인간이 만들어지기 때문에 좋지 않다고 주장합니다.

나는 우선 묻고 싶습니다. 그 사람들이 말하는 중성화된 변태 같은 인간이 만들어진다는 결론은 무엇을 전제로 해서 생기는 것입니까? 보통의 여자들에게 중학교 레벨의 학교 교육조차 시켜 주지 않는 일본에서, 또 여자에게는 시읍면회 의원이 될 자격조차 허락하지 않는 일본에서, 어떻게 남자와 동등한 교육이라느니 직업이라느니 하는 말을 가볍게 입에 담을 수가 있습니까? 여자들에게 아직 무엇 하나 남자와 동등한 자유를 주지 않았으면서 성급하게 그 결과를 부정하는 것은 억측이 심하지 않습니까?

그리고 논자에게 제가 좀 더 따져 묻고 싶은 것이 있습니다. 과연 논자가 말하는 것처럼 여자들이 어떠한 최상의 가치를 지닌 '여자다움'이라는 성질을 특별히 가지고 있을까요? 저에게는 그것 자체가 의문입니다.

논자는 '여자다움'을 여자 성정의 1순위로 두고 그 밑에 모든 성정을 예속시키려 합니다. 여자에게 아무리 다른 뛰어난 성정이 많이 있어도 그저 딱 하나 '여자다움'이 부족하면 그것 때문에 인간적 가치는 제로가 되고 여자는 독립된 인격자가 아니게 된다는 것이 논자의 의견인 듯합니다. 저는 의심스럽습니다, '여자다움'이 과연 그렇게 최고, 최선의 공인된 표준으로서 여자의 인격을 지배하는 것입니까?

*

애초에 그 '여자다움'의 정체는 무엇일까요? 일본에서는 여자가 팔자걸음으로 걸으면 '여자답지 않다'고 비난받습니다. 또 여자가 활발한 장난이라도 하면 '여자답지 않다'고 비웃습니다. 그렇다면

안짱다리로 걷기, 인형처럼 온순하게 굴기 같은 것들이 '여자다움'
의 한 조건임은 확실합니다. 그러나 일본에서나 그렇고 미국과 유럽
의 여자는 죄다 팔자걸음을 걷고 있습니다. 또 일본에서도 많은 여
학생들이 지금은 서양식 구두를 신고 밖을 걸어 다닙니다. 또 서양
에서는 전후가 되자 여자 체육이 한층 번성해 여학생의 모자나 복장
에 남자와 똑같은 것을 이용해서 활발하게 운동하는 데에 적합하도
록 노력하고 있습니다. 그것 때문에 '여자다움'을 잃었다는 비난이
서구에서 일어나지 않는 것을 보면, 논자가 존중하는 '여자다움'이
라는 것은 전 인류에게 통용되지 않고 일본인만의 것 같은데 어떻게
생각하십니까?

논자는 '남자가 할 일을 여자가 하면 여자답지 않게 된다'라고
했는데 인간의 활동에 남자가 할 일, 여자가 할 일, 이렇게 선천적으
로 결정되어 부과된 것이 있을까요? 저는 여자에게 '임신'이라는
한 가지 기능을 제외하면 남녀 성별에 따라 숙명적으로 부과되고
있는 분업이라는 것을 찾을 수 없습니다.

『무라사키 시키부 일기(紫式部日記)』45)를 읽으면, 이 걸출하게 뛰
어난 여류 문호가 동료들의 비난을 두려워하여, 평소 쉬운 글자조차

---

45) 세계 최초의 장편소설이자 일본인에게 가장 중요한 고전으로 꼽히는 『겐지 모노가
타리』의 저자인 무라사키 시키부(紫式部, 970?~1031?)가 쓴 일기이다. 저자가 중궁
쇼시(彰子)의 궁인으로 일할 때, 회임한 쇼시가 친정으로 퇴궐해 출산을 기다리는
동안(1008년 7월~1010년 1월) 쓴 기록이다. 작가의 개성과 가치관이 잘 드러나 있다.
요사노 아키코는 『겐지 모노가타리』의 현대어역을 했으며 강의도 했을 정도로 『겐
지 모노가타리』에 정통했으며, 평론에서도 자주 무라사키 시키부를 언급하고 있다.

쓸 줄 모르는 것처럼 행세하고, 중궁을 위해 한시를 강의할 때에도 남의 눈을 살짝 피해 비밀리에 가르치고 있습니다.[46] 무라사키 시키부가

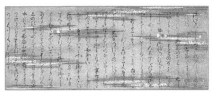

〈그림 8〉 국보 『무라사키시키부 일기』(고토 미술관(五島美術館) 소장)

자신의 학문적 능력을 드러내는 것을 꺼렸던 이유는 같은 여자 동료들에게조차 여자가 학문 저술을 하는 행위가 남자의 영역을 침범한다는 오해를 샀고 건방지다고 미움받을 수 있기 때문이었습니다. 그러나 예나 지금이나 이런 이유로 무라사키 시키부를 '여자다움'이 부족한 인간이라고는 말하지는 않습니다.

옛날부터 정치와 군사는 남자의 전유물처럼 생각하시지만 일본의 역사를 살펴보면 여자 천황이 있고 여자 정치가가 있고 여자 군인이 있고 막부 말기의 여자 근왕지사[47] 등이 있었습니다. 정치와 군사가 '여자의 중성화'의 실례로 비난받지 않았을 뿐만 아니라 진구황후(神功皇后, 170~269)[48]는 신으로 받들어 모시고, 그 외의 여자

---

46) "병풍에 쓰인 문구조차도 못 읽는 듯이 지내던 저에게 중궁께서 백씨문집 여기저기를 읽게 하시며 한시문 공부에 관심을 보이셨다. 그래서 재작년 여름부터 최대한 사람 눈을 피해서 악부 두권을 잘 알지도 못하면서 가르쳐 드리고 있습니다. 물론 이 일은 아무도 모르게 하고 있어서 중궁께서도 그 사실을 다른 곳에 전혀 말씀하지 않으신 것으로 알고 있었는데……"(『무라사키 시키부 일기』 중)

47) 근왕은 존황양이라고도 하며 에도시대 말기의 사상으로 왕이나 천황을 높이고 군주주의를 지지하는 사상을 말한다. 여자 근왕지사로서는 마쓰오 다세코(松尾多勢子, 1811~1894)가 대표적이다.

48) 『고사기』, 『일본서기』에 등장하는 여성으로 천황이면서 섭정이라는 모순된 직위를 가지고 있다. 실존인물이 아니거나 다른 인물을 대체하기 위해 창조된 인물로 추정

도 윤리적인 가치를 인정받아 각각 국민의 존경을 받고 있습니다. 또 현재 세계적으로 여자 국회의원, 도지사, 시장, 학자, 예술가, 사회계몽가, 교사, 평론가, 신문 잡지 기자, 파일럿, 운전기사, 차장, 공무원, 사무원 등이 있어 이제껏 남자만의 영역이라고 여겨졌던 직업에 다수의 여자가 종사하고 있습니다. 특히 최근 제1차 세계대전 때 영국의 군수부 부속 공장만 해도 2백만이 넘는 여자가 가정을 떠나 전시의 각 근무지에서 복무했고, 전장에서 사용된 탄환의 90퍼센트를 여자의 손으로 제조하는 전무후무한 활동을 보였습니다. 그래서 종전의 날에 영국의 군수대신이 의회에서 연설할 때 여자들을 향하여, "영국이 승리한 원인 중 절반은 여성들에게 있다는 사실을 부인할 수 없다"라고 말했을 정도였습니다.

그렇다면 남자가 하는 일을 여자가 한다고 해서 '여자다움'을 잃는다는 비난은 말이 안 됩니다. 만약 남녀의 성별에 따라 역사적으로 정해진 분업 영역이 영원히 고정되어 있다면, 남자가 재봉사가 되고 요리사가 되고 세탁업자가 되고 방적공이 되는 것은 여자의 영역을 침범하는 것이니 '남자의 중성화' 또한 논쟁이 되어야 할 것입니다. "여자가 쓰는 일기라는 것을 써보기로 한다"라고 『도사일기(土佐日記)』를 쓴 기노 쓰라유키(紀貫之, 872~945)[49]도 같은 이유로

하는 견해가 지배적이다. 기록에 따르면 삼한정벌을 했다고 하지만 임신하여 출산이 임박한 여자가 주술로 출산을 늦추고 두 달 만에 외국을 정복하고 돌아왔다는 신화적인 내용 때문에 과장된 이야기이거나 허구로 보는 것이 학계의 정설이다.

49) 기노 쓰라유키는 헤이안시대의 문인이다. 905년 다이고 천황의 명령으로 『고금와카집(古今和歌集)』을 편찬했다. 또 그가 쓴 『고금와카집』의 「가나 서문」은 일본 전통시

그 '남자다움'을 잃은 인간으로서 비난받아야 마땅합니다. 하지만 그가 시인으로서, 또 한문이 아닌 일본어 가나로 문장을 쓴 선각자로서 존경받고 있는 것은 어째서일까요.

*

　논자는 또 '여자다움'이란 사랑과 우아함, 정숙함을 갖춘 것을 말하고 반대로 '여자답지 않다'는 것은 무정함, 냉혹함, 건방짐, 아는척, 버릇없음, 상스러움, 경망스러움 등을 의미한다고 할 것입니다. 하지만 사랑과 우아함과 정숙함이란 남자에게도 필요한 성정이라고 생각합니다. 그것은 특별히 여자에게만 요구할 성품이 아니고 인류 전체에 공통으로 필요한 인간성 그 자체입니다. 이러한 성품을 갖추는 것은 '여자다움'도 '남자다움'도 아니고 그저 '인간다움'이라고 해야 합니다. 인간성은 남녀의 성별에 따라 차이가 발생하는 성질의 것이 아니기 때문에 만약 인간성을 잃는 사람이 있으면 '인간답지 않다'라고 하여 남녀 관계없이 비난해도 좋겠지요. 그런데 이제껏 남자는 너그럽게 봐주고 여자에게만 '여자답지 않다'는 말로 준엄하게 비난해 온 것은 편파적이라고 생각합니다.

　와카(和歌)에 대한 최초의 비평으로 평가받는다. 또한 930년부터 935년까지 도사 지방의 지방관으로 재직했는데 임무를 마치고 수도로 돌아가는 길에 쓴 기행문 『도사일기』는 가공의 여성 화자를 내세워 서술하여 자신을 제삼자의 시선으로 관찰해서 묘사하는 등, 다양한 문학적 효과를 거두었다.

일본 남자 중에는 아직도 이 점을 반성하지 않는 사람들이 있습니다. 이른바 호걸인 척 하는 이전 세대 남자의 악습을 보존하고 자기자신은 상스러운 언동을 삼가지 않으면서, 득의양양하게 추악한 모습을 보이며 그저 여자에게만 사랑과 우아함과 정숙함을 요구합니다. 그러나 무정함, 냉혹함, 건방짐, 아는 척, 버릇없음, 상스러움, 경망스러움 등의 결점은 남자에게도 용서할 수 없는 결점이라는 것을 인식해야 합니다. 여자만을 책망하는 것은 여자를 성적인 장난감이나 밥 지어주고 집안일 해주는 기계로 여기고, 자신의 편의대로 유순하고 무기력한 위치에 퇴화시킨 채로 두려는 남자의 이기심이라는 비난을 들어도 어쩔 수 없습니다.

*

이렇듯 고찰해 보면 논자가 말하는 것처럼 여자만이 특별하게 가지고 있고 여성에게만 국한해서 인간적 가치의 최고 표준이 되어야 할 '여자다움'이란 결국 존재하지 않는 허상입니다. 논자가 말하는 '여자다움'을 살펴보면 어떤 것은 한 지역에 국한된 성질일 수도 있고 때에 따라 변화하는 것이지 결코 우리의 생활을 지배하는 권위를 가지고 있지 않습니다. 또 어떤 것은 여자만 가진 특징이 아니라 인간 모두가 일관되게 갖추고 있는 인간성 그 자체임이 명백합니다.

인간성의 내용은 사랑과 우아함과 정숙함뿐 아니라 창조력과 감상력 그리고 그 외의 중요한 문화 능력도 포함하고 있습니다. 그리고 이 인간성은 누구나 갖추고 있겠지만 이를 될 수 있는 대로 원만하게 이끌어내려면 교육과 노동이 필요합니다. 따라서 일반인에게 고등교육을 받을 자유와 아울러 모든 직업 중 자기에게 적합한 직업을 선택하여 노동에 종사할 자유를 누릴 수 있게 해야 합니다.

그런데 논자가 여자들에게 고등교육을 못 하게 하고 노동 범위 제한을 고수하게 하려는 것은 아무런 이유가 없는 일입니다. 남자에게는 교육과 노동이 인간성의 계발을 돕는데 여자에게는 반대로 '인간다움'을 잃게 할까요? 그렇게 생각하기는 어렵습니다.

논자는 이에 대해 현재의 여교사나 여학생이나 여류 문인이나 직업을 가진 부인들에게 공통된 경솔하고 아는 척하고 건방지고 상스러운 습성이 있다며 자신의 이론을 변호하려 할지도 모르겠습니다. 하지만 나는 오히려 그것이야말로 논자의 의견을 전복시키는 것이라고 생각합니다. 현재 그런 여자들에게 인간성이 부족해 보이는 것은 나도 동감입니다. 하지만 그것은 분명 그 여자들이 인간다운 교육을 너무 적게 받을 수밖에 없었고 또 그 여자들에게 인간다운 노동의 범위가 너무 좁게 허락되었기 때문입니다. 남자와 같은 레벨의 교육을 받고 남자와 같은 정도의 책임 있는 위치에 서게 해서 그 수완을 발휘할 만한 직업에 종사할 자유를 여자에게 허락해보세요. 그리고 적어도 메이지시대 이래 남자에게 부여한 만큼의 격려와 설비 그리고 시간을 여자에게 부여해 보십시오. 일본의 여자가 그 안에 잠재하는 인간성을 발휘해 놀랍게 비약하는 것은 결코 서양의 여자에게 뒤지지 않는다고 생각합니다. 남자들만 해도 중학교 시절이 가장 건방진 것을 잘 아실 텐데 오늘날 여성에게 경망하고 상스러운 언행이 보이는 이유는 남자의 중학교 졸업에도 해당하지 않는 빈약한 교육만을 허용하여 그 인간성 도야의 단절이 분명히 있기 때문입니다. 여자의 직업 범위가 조금씩 넓어지고 있다고는 하지만 아직 여자는 초등학교 교장도 될 수 없습니다. 어디를 가도 여자라는 이유만으로 남자에게 종속되고 실력이 뛰어난데도 시시한 남자의 지배를 받는 형국이기 때문에 여자 스스로 인간성을 단련할 기회도 잃고 있습니다.

*

논자는 또 말할 것입니다, 아이를 낳고 기르는 것은 여자가 아니면 할 수 없다. 따라서 '여자다움'의 주요 조건은 어머니가 되는 것이라고. 그런데 여성해방운동은 여자에게 모성을 잃게 하니까 좋지 않다. '신여성'은 어머니다워지는 것을 회피한다고 말입니다.

저는 이 문제에 대해서도 어머니가 되는 것을 '여자다움'이라고 해서는 안 된다고, 제일 먼저 정정하고 싶습니다.

물론 여자가 아니면 임신할 수 없지요. 하지만 이 때문에 여자가 생식활동을 독점한다고 생각하면 잘못된 것입니다. 임신은 남자의 협력이 필요한 것은 물론이고 아이를 양육하고 교육하는 데도 아버지와 어머니와의 양쪽의 사랑, 양쪽의 총명함, 양쪽의 노력을 합칠 필요가 있습니다. 이제까지는 부성이 지나치게 등한시되었고 모성에만 부당한 짐을 부과하여 생식 활동을 마치 여자만의 임무처럼 오해해 왔습니다. 이 또한 남녀에게 공통된 '인간의 활동'입니다. 표면적인 형태로 나타난 서로의 차이만을 보고 남자에게는 가벼운 임무이지만 여자에게는 중대한 임무라고 속단해서는 안 됩니다. 부모가 되는 일은 양쪽 모두에게 중대한 임무입니다.

따라서 생식 생활을 모성에만 귀속시켜 '여자다움'의 주요 조건으로 삼는 것은 부당합니다. 표면적 형태와 작용상 아버지와 어머니로 나뉘어져 있어도 부모로서의 정신은 남녀가 똑같고 그저 인간성의 표현입니다. 따라서 한쪽으로 치우친 '여자다움'이라는 말로써 평가할 것이 아니라 양자를 통일한 '인간성의 표현' 혹은 '인간 활동'이라 칭해야 합니다.

*

다음으로 여성해방운동이 여자들에게서 모성을 앗아간다는 주장 또한 근거가 없고 사실이 아닌 일종의 기우입니다. 여성해방운동은 여자가 수천 년 동안의 노예 지위를 벗어나 독립된 하나의 인격으로서 모든 '인간 활동'을 완성하려는 자기 개혁 운동이기 때문입니다. 따라서 생식 활동을 회피하기는커녕 오히려 사랑과 총명과 용기로 가득 찬 더욱 완전한 어머니가 되기를 열망하고 있을 것입니다.

논자들은 또 '모성을 잃는다'는 말을 무분별하게 사용하는 듯하나 부모가 되고자 하는 욕구는 인간 내부에 자리 잡은 매우 강렬한 본능 중 하나입니다. 즉 인간성의 일부분으로 중요한 위치를 차지하고 있습니다. 그것이 어찌 인간의 힘으로 상실되겠습니까? 단지 교육의 진보에 따라 점점 동물적 부모에서 인간적 부모로 순화되어갈 뿐입니다. 이전의 부모들에 비해 현대의 부모들이 아이에게 주는 사랑이 얼마나 진화하고 있는지는 누구나 이해할 수 있는 일입니다.

하나 더 논자에게 주의하고 싶은 것은 인간이 꼭 부모가 되어야 한다고 정해져 있는 것도 아니라는 점입니다. 대다수의 남녀가 부모가 된다고 해서 반드시 그 아이를 길러낼 수 있는 것도 아니고 그 아이가 반드시 제대로 자라주는 것도 아닙니다. 만약 여자가 어머니가 되지 않아서 '여자다움'을 잃는다면 남자도 아버지가 되지 않으면 '남자다움'을 잃는다고 해야겠지요. 세상에는 다양한 선천적 혹은 후천적인 사정을 이유로 결혼을 하지 않거나 결혼해도 아이를 낳지 않는 남녀가 있습니다.

*

이미 말했듯이 인간성 안에는 부모가 되고자 하는 열렬한 본능이 있습니다. 고도의 교육을 받아 인간성을 단련 받은 남녀는 당연히 가장 이상적인 부모가 되기를 욕망하기 마련입니다. 이를 억제하거나 회피하는 불량한 경향이 있다면 그 유일한 이유는 사회의 경제적 분배가 터무니없이 불공평하기 때문입니다. 과도한 노동으로 생산한 물질 가치의 대부분을 자본계급이 착취하여 우리 무산계급의 생활이 자녀를 키우기는커녕 결혼하기에도 전혀 적당하지 않다는 이유가 근본에 있습니다. 실제로 일본의 결혼난은 도시 시골 구별 없이 날이 갈수록 심각해지고 있습니다. 환자나 장애인이 아닌 한 누구도 원해서 노처녀가 되는 사람은 없지만 오늘날은 다수의 남자가 제 한 몫의 물질생활조차 힘든 상황입니다. 그래서 처자식을 부양하는 경제적 부담의 고통을 견디지 못하고 어쩔 수 없이 결혼을 회피하는 형국입니다. 그러니 여성해방운동이 모성을 잃게 한다는 것은 완전히 엉뚱한 비난이라고 생각합니다.

또한 만인이 결혼 가능한 사회가 된다고 해서 인간이 반드시 결혼하고 부모가 되어야 하는 것도 아닙니다. '인간적 활동'의 영역이 확대되고 거기에 참여할 자유와 기회를 만인이 보장받는 사회가 되고 남자든 여자든 자신이 원하는 적재적소에서 활동하는 것이 바람직합니다. 특히 우리가 바라는 새로운 사회에서는 연애가 결혼의 기초가 되므로 마음에 맞는 연애 대상을 발견하지 않는 한 생식 활동에서 멀어지는 남녀가 생기는 것도 당연합니다. 그러나 남녀 교제가 자유로운 새로운 사회에서는 연애 대상을 신중하게 선택할 기회 또한 늘어나서 실제의 생식 활동에서 멀어지는 남녀는 극히 적을 것입니다.

그리고 세상에는 옛날부터, 어떤 활동에 전념해 일부러 가정을 만들지 않는 남녀도 있습니다. 무슨 일이든 개인의 자유 의지에 맡겨야 하므로 그런 사람들에게 생식 활동을 강요할 수도 없습니다. 그 사람들은 가정의 즐거움 이상으로 자신의 전문적인 직업이나 생활에 가치를 두고 있습니다. 그러한 활동을 통해 그 사람들의 인간성이 완전히 표현되기도 합니다. 세계 인류적으로 그런 사람들의 기여가 예나 지금이나 얼마나 문화 행정을 비약적으로 발전시켰는지 모르겠습니다. 저는 인류 속에 그런 사람들이 섞여 있는 것을 배제하지 않고, 그저 바람직한 예외로 긍정하고 싶습니다.

*

이상으로 매우 조잡한 고찰이었지만 저는 이러한 고찰을 통해 논자가 말하는 '여자다움'이라는 것이 특별히 여자에게만 존재하지 않는다는 것을 깨달았습니다. '여자다움'은 요컨대 소위 '인간성'에 흡수되어 환원되는 특성입니다. 여자만 특별히 가지고 있는 성질이기 때문에 여자를 남자에서 분화시켜 여자만의 생활이라는 것을 토대로 진리가 되고, 최고의 가치표준이 되는 것이 아니라는 사실이 명백해졌습니다. '여자다움'이라는 말에서 해방되는 것은 여자가 기계성에서 벗어나 인간성을 자각하는 과정입니다. 인형에서 인간으로 돌아가는 것입니다. 만약 이를 논자가 '여자의 중성화'라고 부른다면 여자들은 이를 오히려 명예롭게 받아들여도 좋다고 생각합니다.

'여자답지 않다'라는 한 마디가 옛날부터 얼마나 여자의 활동을 압제해 왔는지 모릅니다. 관습은 뿌리가 깊어서 지금도 '여자답지 않다'라고 하면 어떤 여자들은 뱀이라도 뒤집어쓴 것처럼 흠칫 몸을 움츠립니다. 그러나 현대를 살아가는 여자 대다수는 이제 '여자답지 않다'라는 말을 듣는 정도로 두려워하지 않습니다. 그것은 더 무서운 말이 있다는 것을 직감하고 있기 때문입니다. 즉 '인간답지 않다'라는 말로 표현되는 인간성의 파멸이 현대인에게 가장 무서운 것임을 알기 때문입니다.

1921년 1월

2장 요사노 아키코, 국가의 모성 보호를 거부하다

모성 편중을 배척한다

톨스토이는 여자라면 자신에게 필연적으로 주어진 사명에 자신을 바쳐야 한다고 했다. 그 사명이란 바로 노동에 적합한 아이를 가능한 한 많이 낳아 양육하고 교육하는 것이다. 또 엘렌 케이(Ellen Karolina Sofia Key, 1849~1926) 여사50) 또한 어머니가 되는 것이 여자 삶의 중심이라고 했다.

그런데 둘의 의견에는 차이가 있다.

〈그림 9〉 스웨덴의 조각가 칼 밀레스와 함께 있는 엘렌 케이

---

50) 스웨덴의 여성 사상가로 문학사, 여성문제, 교육문제에 걸쳐 휴머니즘의 입장에서 저작 활동을 했다. 사회적 자유주의와 개인의 해방, 억압되어 온 여성과 아동의 해방을 주장하였다. 아키코는 종종 엘렌 케이의 발언을 인용하고 있다.

톨스토이는 여력이 있는 여자가 남자의 노동을 돕는 행위는 마땅히 허용해야 하고 귀중하다고 했으나 케이 여사는 여자가 남자와 함께 하는 노동은 여자가 부여받은 천부적 한계를 넘어선 권리 남용이라 며 배척한다. 또 톨스토이는 남녀 삶의 형태는 달라도 선천적으로 완전히 평등하다고 보지만 케이 여사는 자연이 불평등하게 만든 남녀의 삶을 인간이 평등하게 만들려는 시도 자체가 방종이라고 본다. 그러나 두 사람 다 육체적 노동과 정신적 노동은 남자의 천부 적 사명이고 여자에게는 그것이 부차적일 뿐이라고 주장하는 점에 서는 동일하다. 이 두 주장과 이 주장을 계승하거나 동조하는 사상 이 바로 모성중심설이다. 나는 이 설에 항상 의구심이 있었다.

오해를 사지 않기 위해 미리 밝혀둔다. 나는 내가 엄마라는 사실 을 거부하지도, 후회하지도 않으며 오히려 엄마로서 나를 실현할 수 있어서 나름의 만족감을 느낀다. 과시하기 위해서가 아니라 내게 실제로 존재하는 진실을 있는 그대로 말할 뿐이다. 나는 1~2명의 아이를 낳아 기르고 가르치는 여자들에 비해 더 많은 아이를 낳았고 조금 더 많이 엄마로서의 고생을 경험하고 있다. 개인적인 사정을 굳이 언급한 이유는 여기에 쓰려는 내 의견이 엄마의 권리를 포기하 거나 의무를 회피하려는 이기심에서 출발한 것이 아니라는 내 진심 을 증명하기 위해서이다.

그런데 여자가 세상을 살아갈 때 왜 엄마가 되는 것만을 중심 요소로 삼아야 할까? 그런 결정적 사명은 어떤 이유로 정해졌을까? 내게는 이 의문이 먼저 떠오른다. 이에 대한 톨스토이의 대답은 "인류의 본분은 두 가지로 나뉜다. 하나는 인류의 행복 증대, 또 하나는 종족 존속이다. 남자는 종족 존속을 이행할 수 없으므로 주로 전자의 소명을 맡고 있다. 여자는 종족 존속을 적합하게 이행할 수 있으므로 전적으로 후자의 소명을 맡는다. …… 그 본분은 인간이 발명한 것이 아니라 만물의 본성 속에 있다."(가토 가즈오(加藤一夫, 1887~1951)[51]가 새로이 번역한 톨스토이의 『그러면 우리는 무엇을 할 것인가』(1886)에서 인용)라고 한다.

이 대답을 듣고 나의 의구심은 오히려 더욱 커졌다. 아마도 내가 생각이 부족한 탓이리라. 하지만 나는 톨스토이의 대답에 심각한 오류가 포함되어 있다는 생각이 든다. 톨스토이가 말하길 남녀의 본분이 만물의 본성 속에 예정되어 있다고 했다. 여기서 말하는 '만물의 본성'이란 남자는 남자의 본성, 여자는 여자의 본성을 뜻하리라. 이것에 대해 깊게 고찰해 보았다. 나는 '만물의 본성'이 남성, 여성이라는 외면적 차이 속에 존재하는 '인간성'이며 둘은 내면적으로 완전히 평등하다는 사실을 발견했다. 인류의 소명은 톨스토이의 말처럼 크게 두 가지로 나뉘지 않는다. 오직 하나 '인류의 행복 증대' 다시 말해 더 잘살아보려는 근원적 욕망의 실현 외에는 아무것도 없다. 이것이야말로 인간성의 전부이다.

내 고찰이 틀리지 않았다면 이 유일한 근원적 욕망에는 모든 인간

---

51) 일본의 시인이자 평론가이자 번역가이다. 톨스토이의 영향을 받아 민중시파 시인으로서 문단에 등장했으며 톨스토이의 작품을 다수 번역했다.

사가 포함된다. 톨스토이가 말한 '종족 존속'도 내게는 그 모든 인간사에서 중요한 일 중 하나일 뿐이다. 그리하여 인류의 본분인 인류의 행복 증대에는 모든 인간이 평등하게 참여하고 있으며 남녀 성별에 따라 외형적인 상태에 차이가 있을지언정 본질적으로는 남녀 모두 평등한 인간으로서 인간성의 완성에 협력하고 있는 것이 아닐까. 물론 세상에는 남녀의 협력이 불균형하거나 남녀 어느 한쪽의 힘이 거의 작용하지 않는 사례도 존재한다. 그렇게 평등하지 않은 사례들은 모두 '인류의 행복 증진'에 쓸모없거나 해로운 사실들뿐이다. 그러한 불평등으로 인해 세상이 무너지고 진보를 지체시키고 비참함을 양산한다. 예를 들어 남자들만이 참여해 계획한 전쟁이라는 살인 사업 같은 것이 그러하다.

인간의 모든 일은 남자든 여자든 같은 인간으로서 동등하게 수행할 수 있다. 그것을 남자와 여자라는 형식적 측면에서 보면, 성별이라는 다른 형식에 따른 두 가지 다른 상태가 다양하게 이행될 때 차이가 발생하기도 하고 발생하지 않기도 할 뿐이다. 구체적으로 짚어보자. 톨스토이는 남자가 종족 존속을 이행할 수 없다고 말했지만 이는 누구에게나 명백한 오류이다. 인간은 단성 생식을 할 수 없다. 남자는 항상 종족 존속을 위해 여자와 협력해 왔다. 이 경우에 그저 남자와 여자가 성별이라는 형식적인 상태만 다를 뿐이다. 남자는 아이를 낳지 않고 젖을 먹일 가슴이 없다는 형태적 측면만 보고 남자는 종족 존속을 이행할 수 없고 여자만이 특명을 받았다고 단정 짓는 것은 얕은 생각이다. 성정이 원만하게 발달한 부모들이 자식을 차별 없이 사랑하는 모습을 보면 내면적으로 남녀의 협력이 평등하다는 것을 알 수 있다.

나는 이렇듯 톨스토이가 말하는 '만물의 본성'을 내 힘닿는 데까지 통찰해 보았다. 그리하여 나는 사람이 살아가는 상황이 저마다 다르다는 사실을 깨달았다. 그 차이는 남자와 여자라는 큰 틀로 구분해 표시할 수 있는 것이 아니다. 정확히 말하자면 상황이 다를 때마다 하나하나 다른 이름을 붙여야 하며, 그렇게 수천만 개의 이름을 붙여도 차이는 또 다른 차이를 낳아 일일이 표시할 수 없다. 왜냐하면 인간성이 실현될 수 있는 상태는 개개인에 따라 다르기 때문이다. 그것이 바로 개성이다. 건강한 개성은 조용히 정체되어 있지 않고 끊임없이 흐르고 진화하고 성장한다. 나는 거기서 무엇이 남자 삶의 중심 요소이고 여자 삶의 중심 요소라고 결정되어 있는지 찾을 수 없었다.

같은 사람이라도 선천적 요소, 나이, 환경, 교육에 따라 삶의 상태는 시시각각 변한다. 더 엄밀히 말하면 같은 사람의 하루만 살펴보아도 그 짧은 시간 동안 상황은 수없이 변하고 그 중심도 이동한다. 이것은 입증하기 어려운 문제가 아니며 각자 조금만 자기 자신과 주변 사람들을 살펴보면 알 수 있는 일이다. 주변 사람들을 둘러봐도 같은 성격을 가진 사람은 단 한 명도 없다. 하물며 인류는 무수히 존재한다. 개개인의 성격이 제각각인 것은 두말할 필요도 없다.

하루하루를 보내는 자기 자신에 대해서도 마찬가지다. 나는 밥상을 마주할 때는 먹는 것을 내 삶의 중심으로 한다. 또 소설을 읽을 때는 예술을 내 삶의 중심으로 삼는다. 어떤 일을 하는 순간마다 내 모든 인격은 눈앞의 그 일에 초점을 맞춘다. 이 사실은 누구나 실제로 체험하는 심리적 사실이다.

이처럼 인간의 삶에는 절대적 중심 요소가 고정되어 있지 않다. 이것이야말로 인간 삶의 진실이다. 이렇게 보면 인간의 생활에 통일성이 없는 듯 보이지만 표면적으로만 그럴 뿐 내면은 인간의 근원적 욕구인 '인류의 행복 증대'라는 대전제하에 의식적 또는 무의식적으로 통일되어 있다. 먹고 읽고 일하고 아이를 낳는 활동 모두 더 잘 살고자 하는 인간성을 실현하는 행위이다.

어떤 일을 할 때마다 삶의 중심이 그 일로 이동하여 초점을 새로이 바꾼다. 그러면 다른 일들은 주변으로 물러나 나를 둘러싸고 대기하게 된다. 이렇게 인간성이 무한하고 무수한 중심을 새롭게 바꾸어 갈 때 인간의 생활은 비로소 활기를 띠고 기세등등해지며 어제와는 다른 의미와 가치를 만들어 나아갈 수 있다. 이것이 견실한 인간의 삶이다. 그런데 인간에게는 이러한 견실한 상태와 어긋난 병적인 상태일 때가 있다. 다시 말해 음식을 먹으면서도 먹는 일에 열중하지 못해 맛을 즐길 수 없고 매사에 침체하여 중심이 될 만한 초점을 만들지 못하는 상태이다. 이는 인간의 근본 욕망과 분열된 병적인 상태이다. 인간이 그러한 상태에 만족하지 못할 뿐 아니라, 불순, 게으름, 비겁함, 비굴함, 고집, 타락 등을 자각하여 스스로 증오하고, 부끄러워하고, 괴로워하고 가능한 한 그것에서 벗어나려고 애쓰고 조바심을 내는 것만 보아도 분명하다.

하나 더 병적인 상태가 있다. 쓸데없거나 해로운 일일수록 오히려 더 쉽게 삶의 중심이 된다. 예를 들어 여자가 매사에 저급한 명예욕을 중심으로 행동하면 결코 진정한 행복을 느낄 수 없다. 오히려 여자의 삶을 인간의 근본 욕망에 역행하는 불행으로 이끌기 마련이다. 이런 경우에는 인간의 본분을 기준으로 나쁜 중심 요소를 비판하고 제거하여 중심 요소를 다른 유익하고 필요한 것으로 끊임없이 변하게 하여 견실한 생활을 해야 한다.

나는 엄마가 되었을 때 처음으로 엄마로서의 실제 삶이 나에게 새롭게 창조되는 경험을 했다. 아이를 키우는 데에 내 관심이 집중될 때마다 모성이 내 삶의 중심 요소가 되어 내 모든 자아를 통솔하는 경험을 한 것이다. 내 아이가 내 외부에 있는 것이 아니라 내 자아 속 내면에 사랑으로 품어지는 감각을 분명히 느꼈다. 내 아이는 완벽히 내 안에 스며들어 떼려야 뗄 수 없는 관계가 되었다. 나는 나처럼 아이를 가진 여자에게 모성이 얼마나 중요한 것인지를 아이를 가진 다른 여성들과 함께 실감할 수 있었다.

그러나 내가 엄마가 된 것만이 절대불변하다고 할 수는 없다. 아이의 엄마가 된 후에도 나는 한 남자의 아내이고 한 사람의 친구이고 세계 인류의 한 사람이자 한 사람의 일본 국민이다. 또한 사색하고 노래하고 원고를 쓰고 어떻게 먹고 살 것인지 고민한다. 또 그 외 모든 정신적 노동과 육체적 노동에 임하는 한 인간이다. 나는 그 모든 일들을 하나하나 번갈아서 내 삶의 중심에 두고 필요에 따라 그 일을 마주하고 전념하는 것을 내 삶의 자연스러운 상태로

하여 살아가고 있다.

나는 모성만을 위해 살지 않는다. 모성을 중심으로 살아가는 듯 보일 때조차도 내 자아는 앞서 언급한 중심 요소를 중심으로 다른 여러 성품이 그 주변을 둘러싸고 무리 지어 회전하고 있다. 마치 우리가 실제 하늘을 바라보았을 때 하나의 별을 둘러싼 무수한 별들이 무리 지어 돌고 있는 것처럼 말이다. 그렇게 그 여러 성질 중 하나가 현재의 중심인 모성을 대신하여 새롭게 내 삶의 중심이 되고 다음 순간에는 다른 요소들이 차례로 그 자리를 대신한다. 그 무수히 바뀌며 서로 다른 중심을 만드는 여러 특성이 서로 돕고 격려하고 튕겨내고 투쟁하면서 끊임없는 변화를 부단히 거듭할 때 내 자아가 성장하고 내 삶이 앞으로 나아간다.

만약 내가 내 삶의 중심이 바뀔 때마다 일일이 이름을 붙인다면 무수히 많은 이름이 필요할 것이다. 모성 중심, 친구 중심, 아내 중심, 노동 중심, 예술 중심, 민족 중심, 세계 중심 …… 이는 번거로울 뿐 아니라 쓸데없다. 그만큼 내 삶의 중심은 상대적으로 무한하며 항상 오르락내리락 변화한다. 나는 설령 하루 스물네 시간 동안도 딱 한 가지 생활에만 전념할 수 없다. 그러니 평생을 절대적 모성 중심 상태로 생활하는 것은 내가 평생을 완전히 예술 중심으로만 사는 것과 마찬가지로 불가능하다. 그리고 이는 나뿐만 아니라 모든 여자에게 불가능하다.

예를 들어 내가 내 아이에게 젖을 먹이려고 주의를 기울일 때 나의 현재는 모성 중심으로 돌아가지만 바로 다음 찰나의 순간, 여전히 내 젖을 아이의 입에 물리고 있는데도 내 삶의 중심은 이동하여 한 편의 시 구상에 몰두한다. 조금 전까지 내가 모성 중심의 상태에 있을 때는 모성 중심이 내 아이의 양육을 위해 필요하기 때문이다. 그 필요를 다 채운 후 내 모성은 다음 단계에서 대기하고 있는 예술성에 자리를 양보하고 그 예술성의 무수한 배경 중 하나가 되어 내 의식의 저편으로 멀어진다. 이는 당연한 일이다. 동시에 두 가지가 같은 자리를 차지할 수는 없다. 아이를 키울 때는 전적으로 모성 중심이고 시를 쓸 때는 전적으로 예술성 중심이기에 양육과 시 창작 두 가지가 내 삶에서 이루어질 수 있다. 나는 도저히 절대적 모성 중심의 삶만을 영원히 영위하는 상태를 상상할 수 없다. 단 한 순간도 아이에게서 마음을 돌리지 않고 육아만으로 평생을 관철할 수 있는 여자가 있다면 모를까. 인간성은 무한한 욕망을 낳고 그 욕망 하나하나가 자신의 성장에 기여한다. 그러한 욕망을 존중하고 충실하게 이행하는 것이 인간 삶의 자연스러운 상태라면 누구도 한 가지 욕망에만 편중할 수는 없을 것이다.

세상에는 자신의 삶에 공과 사, 주인과 손님, 진실과 편법, 본업과 취미, 첫 번째 진리와 두 번째 진리 등을 구분 짓는 사람들이 많다. 나 역시 최근까지만 해도 무심코 이원론적으로 사물을 보는 방식을 따라 했다. 그러나 진정으로 현재를 살아가고자 하는 자각이 명확해질수록 '인류의 행복 증대'라는 인간의 본업, 즉 나의 본업에 도움이 되기만 한다면 만사 만물이 모두 내 진실한 삶이고 근본적인 진리의 삶이라고 느끼게 되었다. 예전에는 연애, 예술, 학문, 종교, 사회 개선 사업 같은 가치만이 인간에게 필수적이라고 생각했다. 의식주 문제에 시달리면서도 오히려 중국 현자의 현실 도피적인 거짓 가르침에 속아 의식주를 해결하는 것이 중요하지 않은 것처럼 오해했다. 하지만 요즘은 그 모든 것이 나에게 똑같이 중요한 가치를 지니게 되었다.

무수한 욕망이 삶의 표면에서 끊임없이 변화하여 번갈아가며 중심 요소가 되고 영원히 서로 대립하고 있다는 이 뻔히 보이는 사실을 엘렌 케이 여사 같은 이들은 잘 알고 있다. 그런데 이를 무시하고 그 욕망 중 모성만을 특별히 옹립하고 절대적 지배권을 부여하여 소위 절대적 모성중심설로 우리 여자들을 세뇌하려 한다. 이는 동등해야 할 무수한 욕망에 순서를 매겨 칭찬과 비난을 가하는 비현실적이고 낡은 개념에서 벗어나지 못한 이론이다.

사람이 부모가 되는 것은 부모가 될 자격을 갖춘 사람이라는 조건을 충족할 때만 바람직하다. 미성년자 남녀, 건강하지 못한 남녀, 무식한 남녀, 경제적 자생력이 전혀 없는 남녀 등은 결혼하기만 해도 불행의 원인이 된다. 하물며 그들이 부모가 된다면 더 큰 불행을 겪게 될 것이라 쉽게 예견할 수 있다. 이런 사람들은 오히려 남자는 아버지의 삶을, 여자는 어머니의 삶을 경험하지 않는 것이 좋다. 또한 결혼하여 부모가 될 자격을 갖추고도 실연이나 고독을 좋아하는 성격 때문에 결혼을 선호하지 않거나 학자, 종교인, 탐험가, 교육자, 비행사, 간호사 등과 같이 직업상의 이유로 결혼을 기피하는 사람들도 있다.

그 사람들은 결혼하여 부모가 되는 것에 스스로 일종의 불행을 예견하고 그것을 예방한다는 진지한 필요성 때문에 결혼과 출산을 피한다. 결혼하지 않고 부모도 되지 않는 것이 오히려 인간의 본분인 인류의 행복 증대를 더 자유롭고 열정적으로 실현할 수 있어서 일부러 결혼과 육아를 거부하는 것이다. 또한 부부생활을 하면서도 본능적으로 부모가 될 수 없는 남녀가 있다. 이는 부모 되기를 기피하는 것이 아니라, 어쩔 수 없이 남자는 부성에서, 여자는 모성에서 멀어져 있는 경우이다. 이러한 부부라고 반드시 불행한 것은 아니다. 어쩌다 보니 자녀가 없어서 부모로서의 삶이 아닌 다른 종류의 풍요로운 삶을 살고 있는 남녀도 많다. 오히려 아이를 많이 낳아 삶의 다른 활동을 침해당해 아이가 없어 불행한 부부보다 훨씬 더 큰 불행에 빠진 남녀도 있다.

부모가 되는 수많은 남녀가 있는 동시에 앞서 언급한 바와 같이 부모가 되지 않고 평생을 보내는 남녀도 적지 않은 것이 인간의 현실이다. 모성중심설의 두 번째 오류는 이러한 현실을 간과하고 있다는 점이다. 만약 모든 남녀가 모두 건강하고 교육받고 경제적 능력을 갖추고 부부로서의 견고한 사랑이 쉽게 이루어지고 자유와 행복을 기대할 수 있는 여건이 주어지고 반드시 아이를 가질 수 있고 그렇게 부모가 되는 것을 최고의 삶으로 믿고 그것만을 원한다면 남자는 부성중심의 삶을, 여자는 모성중심의 삶을 영위하는 데 전념할 수 있을 것이다. 그리고 이를 통해 케이 여사가 말하는 이른바 '선천적 한계'가 있다고 믿어 부성과 모성 이외의 무한한 인간 활동을 뒤로 미루고 변명하며 케이 여사처럼 아이를 낳고 길러야만 인간 사랑의 참된 목적을 이룬다고 믿으며 살 수 있으리라.

인간의 삶은 SF소설이 아니라 눈앞에 맞닥뜨린 엄숙한 현실이다. 그러므로 인간은 각자의 성정과 처지에 맞춰 각자의 생활방침을 변화시켜 나가야 한다. 톨스토이가 말한 '천부적 소명'이나 케이 여사가 말한 '개인 권리의 선천적인 제한' 등이 우리의 외부에서 우리를 위한답시고 이미 일률적으로 결정되어 있을 것이라고는 도저히 생각할 수 없다.

인간은 선천적으로 부여받은 한계와 제한이 아니라, 각자가 살아가면서 각각의 권리와 의무를 개별적으로 그때그때의 필요에 따라 자유롭게 이행해 갈 수밖에 없다. 엘렌 케이 여사의 말대로라면 벨기에의 수도 브뤼셀에서 간호학교장을 지낸 영국인 여성 에디스 카벨(Edith Louisa Cavell, 1856~1915) 여사52)가 지난해 독일군에 잡혀 사형에 처해진 것은 모성중심주의에서 보면 당연히 비난받아 마땅하다. 카벨 여사는 미혼으로 생을 마감해 모성을 실현하지 못한 채

---

52) 잉글랜드의 간호사이자 인도주의자이다. 제1차 세계대전 때 간호학교 책임자 겸 현역 간호사였던 카벨은 학생들과 함께 독일군뿐 아니라 벨기에군 영국군 등 연합군 부상병들을 보살피는 일에 투입됐다. 카벨은 기력을 회복한 연합군 부상병들에게 병원 이송증을 허위로 꾸며 중립국 네덜란드 등지로 피할 수 있게 주선했다. 결국 프랑스인 독일 첩자의 밀고로 1915년 8월 3일 독일군에게 체포됐다. 조사 과정에서 약 200명의 연합군을 빼돌렸다고 자백했지만, 실제로는 1,000명이 넘었다는 기록도 있다. 1915년 10월 군사법원은 그에게 총살형을 선고했다. 형 집행 전날인 그해 12월 3일, 카벨은 성공회 신부에게 "사람을 사랑하는 데는 애국심만으론 충분치 않다는 걸 압니다. 우리는 사람을 사랑해야 하지만, 누구도 미워해서는 안 돼요"라고 말했다고 한다.

국난을 맞아 순국했기 때문이다. 그러나 여사의 마지막 미소는 자기 권리와 의무를 세계 인류를 위해 올바르게 이행한 자기 삶에 대한 만족감을 보여준다. 카벨 여사는 자식은 낳지 않았지만 대신 인도주의의 어머니가 되었다. 여사의 업적에 존경을 아끼지 않는 사람이라면 여자의 삶에 모성만이 절대적으로 존엄한 것이 아니라는 것을 알 수 있다. 모성도 소중하지만 인간의 본분을 발휘하는 존엄한 삶은 그 밖에도 무궁무진하며 그것은 개인의 성정과 처지에 따라 다르게 정해진다는 진리를 나처럼 공감할 수 있을 것이다.

나는 아이를 많이 낳아 키우고 있다. 다년간의 경험을 통해 아이는 부모가 함께 있어야 온전하게 자랄 수 있다고 생각한다. 또한 아이를 유모, 가정부, 보모, 위탁가정 등에 맡기는 행위는 대개 부모의 죄악이며 아이의 큰 불행이라는 것도 절실히 느끼고 있다. 톨스토이도 케이 여사도 왠지 모르게 아이를 위해서는 특히 '모성'만을 존중한다고 말하지만, 아이를 키우고 가르치려면 부성도 모성 못지않게 필요하다. 특히 지금처럼 여전히 무식한 어머니가 많은 시대에는 가능한 한 아버지의 협조가 필수이며 그렇지 않으면 자녀가 매우 큰 피해를 받게 된다.

어머니만 아이를 양육하는 것은 남편이 사별했거나 부부가 별거 중이라는 부득이한 사정 외에는 용납하기 어려운 일이다. 그러나 이렇게나 자녀의 교육을 중요하게 생각하는 나조차도 앞서 말했듯이 엄마로서만 살지 않는다. 나처럼 느리고 둔한 여자에게까지 그런 삶을 요구하는 것은 지극히 부자연스럽다. 게다가 각기 다른 성정과

다양한 환경을 가진 여자를 모두 모성 중심의 틀에 가두려는 주장에
는 결코 동의할 수 없다.

그렇다고 해도 나는 건강한 여자가 선량한 남편과의 사이에서
적어도 한 명의 아이는 키울 수 있을 정도의 경제적 자립심이 있는
데도 용모의 아름다움을 잃거나 산후 산욕기[53]의 고통 때문에 주저
하거나, 성교의 쾌감을 감소시킨다는 이유로 임신을 꺼리거나 아이
의 양육을 타인에게 맡기는 것을 옹호하는 사람은 결코 아니다. 그
여자의 삶이 절대적 모성 중심에서 멀어졌기 때문이 아니라 그 여자
에게 더 잘 살기 위해 필요한 성실함과 총명함과 용기가 부족한
것이 불만이다. 풍부한 성정과 건강한 체질을 가진 여자는 아이를
낳아도 좋고, 사회사업에 종사해도 좋고 그 외 능력만 있으면 무엇
이든 할 수 있는 한 더욱더 많이 시도하고 시행하기를 나는 바란다.

또한 나는 생활면에서 피할 수 있다면 피하는 것이 좋고, 피하려
고 마음만 먹으면 피할 수 있는 무가치하고 과도한 노동 때문에
몸이 약해져 불임이 되거나 허약하고 장애가 있는 아이를 낳는 여자
들에게도 같은 이유로 불만이 많다. 그러나 학자, 여권론자, 배우,
예술가, 교육자, 간호사 등에 종사하는 어떤 여성들은 그 일과 직업

---

53) 산욕(産褥)은 태아, 태반 및 그 부속물이 나온 후에 생식기관이 임신 상태 이전으로
회복되는데 필요한 일정한 기간을 말한다. 대략 6~8주가 소요되는데 옛사람들은
이러한 산욕기를 산후 100일 이내를 말하는 '백일위도(百日爲度)', 산후 1개월을 '소
만월(小滿月)', 산후 2개월을 '대만월(大滿月)'로 표현하였다. 아키코는 이 자신이 직
접 경험한 산욕기에 관한 에세이와 소설을 여러 편 썼는데 여성의 출산에 대해 표현
하는 것이 금기시되었던 당시로서는 파격적인 시도였다.

에 충실하고 열성적이기 때문에 결혼을 피하고 모성의 권리와 의무를 이행하지 않기도 한다. 이것은 남자 중 어떤 이들이 일과 직업을 통해 인류 행복 증대에 열중하기 위해 평생 아버지가 되지 않기로 선택하는 것과 마찬가지이다. 따라서 전적으로 결혼과 출산은 여성의 자유에 맡겨야 한다고 생각한다. 그런 여성들을 케이 여사 같은 사람들이 덮어놓고 '절대적 이기주의'라며 공격하는데 이는 너무나 가혹하다.

만약 모성을 실현하지 않는 여자를 모두 '절대적 이기주의'라고 비난한다면 앞서 언급한 건강상의 이유로 결혼을 피해야 하는 여자, 좋은 배우자를 만나지 못했거나 결혼자금이 없어 어쩔 수 없이 독신생활을 하는 여자, 결혼해서 어머니의 자격을 갖추었음에도 아이가 없는 여자들도 부도덕하다며 비난받아야 한다. 이는 실로 불합리한 일이다. 이렇듯 현실 세계에는 성품과 상황이 다른 무수히 많은 여성이 존재하므로 절대적으로 모성중심설을 적용하는 것이 불가능하다.

일본 여성 대다수가 많은 아이를 낳아 매년 60~70만 명씩 인구를 늘리고 있다. 심지어 국력에 비해 너무 많이 늘어났다는 의견마저 나온다. 오히려 우리는 이 다산을 엄숙히 반성해야 할 때를 눈앞에 두고 있다. 구식 현모양처주의에 인간의 활동을 구속하는 부자연스러운 모성중심주의까지 합세하여 이 이상 인구증식을 부추기는 경솔한 유행을 더는 보지 않았으면 한다.

1916년 2월

여자의 직업적 독립을 원칙으로 하자

추운 나라에 봄이 오면 '매화, 벚꽃, 복숭아꽃, 배꽃이 한 번에 핀다'라는 말이 있다. 일본 여자들은 이제껏 추운 나라의 식물처럼 오랫동안 그늘에서 자라며 성장을 방해받으며 살았다. 지금은 온세계에 내리는 봄바람과 봄비를 맞아 여자 스스로 자신의 개조를 꾀하는 동시에 여러 방면으로 개조를 시도해야 하는 때이다.

일본 여자가 정신적으로도 노동적으로도 능률이 낮은 이유 중 하나는 체질이 건강하지 못하기 때문이다. 이는 유럽과 미국의 여자들과 비교해 보면 명백하다. 체질을 개선하려면 먼저 여자가 먹는 음식이 개선되어야 한다. 이를 무시하고 체조나 야외 운동을 우선시하는 오늘날의 교육은 순서가 너무 잘못되어 있다. 우선 음식을 개조하여 체질을 바꾸고자 한다면 여자가 남자의 재력에 의지하고 기생하려는 상태에서 벗어나 경제적으로 독립할 필요가 있다. 다시 말해 남자에 신경 쓰지 말고 보통 여자들도 남자와 대등한 영양을 취할 수 있도록 능력을 기르는 것이 중요하다. 여기서 중요한 문제는 여자의 직업이다.

체질의 불량과 마찬가지로 아직도 여자가 위축되어 있는 중요한 원인은 지식이 심각하게 부족하다는 점이다. 여자가 이 사실을 알아차리고 자신을 개조하면 남자의 노예에서 벗어나 남자를 어려워하지 않고 자유로이 대등한 교육을 요구할 수 있는 능력을 쌓을 수 있다. 즉 남자의 재력에 매달리지 않고 자신의 노동으로 생산한 재력을 이용해 스스로 깊고 넓게 지식을 쌓아야 한다.

지금은 남자도 여자도 노동을 통해 먹고 마실 것을 스스로 마련하고 물질적 생활을 확립하고 안정되는 것이 가장 중요하다. 이는 결국 정신생활의 단단한 기초가 된다. 타인의 노력을 무시하고 사회에 폐를 끼치는 방식으로 자신을 먹여 살리는 자에게 정신상의 독립은 있을 수 없다. 여자가 자립 생활을 할 수 있는 만큼의 직업적 기술을 갖는 것은 여자 인격의 독립과 자유를 스스로 보장하는 가장 기초적인 단계이다. 자신의 직업적 자립은 생각도 하지 않으면서 남녀 동권을 요구하고 학문과 예술을 다지고 여성문제를 입에 담는 여자가 있다면 그 사람은 가장 절박한 현대생활의 진리를 알지 못하는 공상가에 지나지 않을 것이다.

세계 전쟁이 2년 넘게 지속될 리가 없다. 이 전쟁이 전무후무한 세계적 진동이라는 것을 생각하면 전쟁 후에는 세계의 구석구석까지 빠짐없이 재빠르게 이제껏 본 적도 없는 엄청난 변화가 일어날 것이다. 지금부터 예상되는 격변 속에서 세계 인류가 일제히 눈을 떠 이기적인 분쟁이 얼마나 어리석은 짓인지 깨닫고 자기와 타인의 생활이 모두 존귀하다는 사실을 알게 될 것이다. 또 차츰차츰 지리, 인종, 역사, 국가의 차별을 초월해 온 세계에서 윤리적, 예술적, 학문적, 경제적으로 연대하고 협동하는 박애평등주의의 새로운 생활을 실현하는 실마리가 되리라. 이러한 미래를 떠올리면 퍽 유쾌해진다.

그러나 격변 속에서 일본이 처음으로 맞닥뜨리게 될 큰 경제 부진이 얼마나 치명적일지, 다수의 중산계급과 무산계급에 얼마나 비참한 영향을 미칠지 생각하면 벌써 불안과 공포에 사로잡힐 수밖에 없다. 한 나라로서, 한 가정으로서 그리고 개인으로서도 이른바 '전쟁 후의 경제'는 매우 어렵고 중대한 사안이며 이를 얼마나 무탈하게 해결할 수 있는가에 모든 것이 달려 있다. 아마도 그때가 오면 남자의 경제적 생활은 지금보다 더 어려워질 것이다. 1918년 법과대학과 공과대학을 우수하게 졸업한 학생들이 작년 겨울부터 모두 회사에 취직했다는데 그러한 재계의 호황은 반드시 그에 반비례하는 정반대의 비운을 초래할 것이다. 남자들이 당장 앞으로의 사태에 대비해야 하듯이 경제적으로 무능력한 여자들은 열 배, 스무 배 대비해야 한다.

이런 경고는 부모 형제와 남편의 능력으로 결혼 적령기의 여자를 먹여 살릴 수 없는 계급의 여자와 다수의 영세계급 여자에게는 필요가 없다. 왜냐하면 그 여자들은 이미 먼 옛날부터 필요에 따라 자발적으로 스스로 농사를 짓고 일해 자신을 먹여 살리는 이상적인 모습을 불완전하게나마 실현해 왔기 때문이다. 다들 알고 있듯이 각종 섬유공업을 비롯해 광업 등의 공장노동에서 일하는 일본 여자는 60만 명이 넘는다. 게다가 농업, 어업, 하녀, 막노동꾼, 행상인, 점원, 사무원 등의 직업에 종사하는 여자를 더한다면 일하는 여성은 그 수가 상당하다. 여자 노동자의 숫자는 남자 노동자의 2배에 이른다. 나는 그 부지런하고 씩씩한 이들에게 진심으로 감동하며 때로는 동정한다. 그리고 그녀들에 대한 자본가 계급의 대우가 하루빨리 이상적으로 개선되길 바란다.

자립 의식을 각성시켰으면 하는 이들은 특히 중산계급과 무산계급 중 실제 부모 형제와 남편의 재력에 기대 어떻게든 의식주를 해결해 온 여자들이다. 오늘날 기생적으로 하루하루 살아온 여자들의 안이함, 그 근본 없고 보기 흉하며 비겁한 안이함은 내면적으로는 여자의 독립심을 마비시켜 여자의 위치를 무능력한 것으로 만들고 표면적으로는 반 첩, 반 노비의 처지에 고정해서 남자가 변함없이 여자를 멸시하게 하고 그 이유를 여자에게 뒤집어씌우는 전횡적 태도를 철회할 수 없게 한다.

기생하여 사는 여자를 돌보는 일은 경제적으로도 정신적으로도 남자의 손발을 휘감아 훗날 큰 고통이 될 것이다. 예를 들어 오늘날에도 여전히 어떤 남자는 여자를 부양할 자력이 없다는 이유로, 어떤 남자는 사랑과 지식이 풍부한 아내를 얻기 힘들다는 이유로 결혼하지 않기도 한다. 그러니 많은 남자들이 전후에 닥칠 경제적 파탄과 혁명에 당면한다면 예전처럼 생각 없이 결혼을 서두르지는 않으리라. 매우 나태한 습관에 익숙해진 무능한 여자가 결혼해서 남자에게 기생하려 해도 이미 결혼할 수 없는 시대가 눈앞에 다가와 있다.

가장 근본적인 문제는 여자의 직업 문제이다. 그녀들이 스스로 노동하고 자립할 능력을 갖추기 위해 어떤 직업을 고르면 좋을까? 여자 교원, 여자 가정교사, 여자 판사, 여자 의사, 간호사, 여자 사무원, 여자 전도사, 여자 음악가, 여자 배우, 여자 기자, 여자 문학자 등등 헤아려보면 아직 일본 여자에게 개방된 직업에는 한계가 있다. 게다가 이미 개방된 직업도 아직 모든 여자가 다 취직할 수 있는 상황이 아니고 그 외에 할 수 있는 직업은 정해져 있다. 씩씩한 영세민 계급의 여자 노동자들이 다수 활동하고 있는 육체노동의 영역 즉 공장노동에도 뛰어들 수 있는 성의와 용기가 우리에게 꼭 필요하다.

육체적 노동은 하찮고 정신적 노동을 고상하다고 생각하는 편견은 앞으로 살아가는 데 있어 옳지 못하다. 삶에 도움이 되는 활동은 모조리 존귀하다는 사실을 절실히 깨우치게 될 시기가 오고 있다. 앞으로의 사회에서는 직업이 없는 인간일수록 즉 자기 능력으로 생계를 해결하지 않는 인간일수록 더없이 쓸쓸하고 비참해질 것이다. 올리브 슈라이너(Olive Schreiner, 1855~1920) 여사[54]가 말하길 태고의 여자는 결코 노동을 꺼리지 않았을 뿐 아니라 스스로 심고

---

54) 남아프리카 공화국의 소설가이다. 소설 『아프리카 농장의 이야기』(1883)로 유명하다. 여성해방운동의 성서로 불렸던 『여성과 노동』의 작가이기도 하다.

베고, 따고, 키우고, 밥 짓는 것을 자랑스럽게 생각했다. 다시 한 번 우리 여자들에게 진실하고 강건한 노동 정신이 부활하기를 기대한다.

1918년 1월

여자의 철저한 독립

저는 최근 유럽과 미국의 여성운동에 영향을 받아 촉진되기 시작한 움직임, 즉 임신과 분만기에 있는 여자를 국가가 나서 경제적으로 특수하게 보호해야 한다는 주장에 찬성할 수 없습니다. 이미 생식적 봉사를 하며 여자가 남자에게 기생하는 것을 노예 도덕이라고 하는 우리가 같은 이유를 들어 국가에 기생하여 생활하는 것은 결단코 그만두어야 합니다. 여자는 어떠한 경우에도 '의뢰주의(依賴主義)'[55]를 이용해서는 안 됩니다. 앞으로의 생활원칙으로 남자든 여자든 자기 부부의 물질적 생활은 물론 자식의 미래를 위해 육아와 교육을 지속할 수 있을 만큼 서로가 노동하여 경제적 보장에 확신이 있고

---

55) 여성이 남성이나 국가에 '의존'하고 '의지'하려는 삶의 방식을 요사노 아키코 식으로 표현한 것이다.

그만큼의 재력이 이미 남녀 모두에게 축적되어 있을 때 결혼하고 출산할 수 있게 해야 합니다. 설령 남자가 경제적으로 보장되어 있어도 여자에게 아직 경제적인 능력이 없으면 결혼과 출산을 피해야 합니다. 연애 관계가 성립된 남녀 사이라고 하더라도 여자가 남자의 재력에 의지해 결혼하고 출산한다면 경제적인 방면에서 의뢰주의에 빠지게 됩니다. 그러한 여자는 남자의 노예가 되어 남자의 노동과 성과를 침해하고 도둑질하는 것이나 다름없습니다. 남자와 똑같이 경제상의 독립을 고려하지 않는 연애결혼은 준비가 안 된 결혼이고 미래의 이상적인 결혼이라고 할 수도 없습니다.

그러므로 임신과 출산을 위해 미리 재력을 마련해 두지 않은 무력한 여자가 임신과 육아라는 생식적 봉사의 대가로 국가의 보호를 요구하는 행위는 노동할 능력이 없는 노인이나 폐인 등이 양로원 신세를 지는 상황과 하나 다를 바 없습니다.

생식의 책임은 철저하게 부부 서로가 함께 해야 합니다. 부부 한쪽이 세상을 떠나는 때가 오더라도 생존한 나머지 한쪽이 모든 책임을 질 각오와 능력을 미리 대비해 두어야 합니다. 일본의 교육은 여전히 이런 중요한 현실 문제를 등한시하고 있습니다. 그러나 전쟁이 끝난 후 세계적으로 맞닥뜨리게 될 물질생활의 빈곤을 일본의 남녀도 뼈저리게 경험할 것이며 이에 대한 어쩔 수 없는 반성을 촉구하게 될 것입니다.

1918년 3월

히라쓰카 씨와 나의 논쟁

나는 여자의 삶이 정신적으로나 경제적으로나 독립적이어야 한다는 궁극의 이상을 두고 젊은 여자 지식인들 사이에서 반론이 나올 것이라고는 상상도 하지 못했습니다. 그것은 이 이상의 실현이야말로 삶의 진정한 행복을 쌓는 가장 기초적인 조건이라는 것이 너무도 명백한 일이기

〈그림 10〉 히라쓰카 라이초

때문입니다. 그런데 최근 히라쓰카 라이초(平塚らいてう, 1886~1971) 씨56)가 제가 주장한 여자의 경제적 독립에 대해 항의하는 의견을

---

56) 일본의 여성해방운동가이자 사상가, 작가이다. 1911년 여류 문학가 단체인 세이토샤 (靑鞜社)를 설립하고, 최초로 여성이 주도하는 문예지 『세이토(靑鞜)』를 간행했다. 1920년 신부인협회를 조직하여 여성참정권 운동 등 여성의 권리 신장에 힘을 쏟았으

제시한 것은 매우 의외였기 때문에 인상 깊었습니다.

저는 『부인공론』에 게재한 단편적인 소감 「여자의 철저한 독립」에서 "연애 관계가 성립된 남녀 사이라고 하더라도 여자가 남자의 재력에 의지해 결혼하고 출산한다면 경제적인 방면에서 의뢰주의에 빠지게 됩니다. 그러한 여자는 남자의 노예가 되어 남자의 노동과 성과를 침해하고 도둑질하는 것이나 다름없습니다. 남자와 똑같이 경제상의 독립을 고려하지 않는 연애결혼은 준비가 안 된 결혼이고 미래의 이상적인 결혼이라고 할 수도 없습니다."라고 말했습니다. 따라서 임신 분만 등을 겪는 여성이 국가를 상대로 경제적 특수한 보호를 요구하는 서구 여권론자들의 주장이 우리 일본 여성들의 이상과 어긋난다고 생각해서 "이미 생식적 봉사를 하며 여자가 남자에게 기생하는 것을 노예 도덕이라고 하는 우리가 같은 이유를 들어 국가에 기생하여 생활하는 것은 결단코 그만두어야 합니다."라고 주장했습니다. 그런데 히라쓰카 씨는 이것이 마음에 들지 않았던 모양입니다.

이에 대해 히라쓰카 씨는 "어머니는 생명의 원천이며 여성은 어머

며 제2차 세계대전 이후는 일본공산당의 동반자로서 반전운동, 평화운동, 여성운동을 추진했다. 『세이토』 창간호에 「원시 여성은 태양이었다」로 시작하는 창간사를 발표했고 이 말은 이후 일본 페미니즘의 상징이 되었다. 이는 달이 태양의 빛을 받아 빛나듯 가부장적인 사회에서 타율적인 존재로 전락하고만 여성들이 다시 원시의 자립과 자유를 되찾아 태양이 되자는 주장이었다. 이때 히라쓰카와 함께 『세이토』를 만든 여성들은 이후 일본여성해방운동을 이끌어간 주역이 되었다. 그들의 활동은 동아시아 전체에 영향을 미쳐 한국에서는 나혜석, 김일엽 등의 여성 운동가들에게도 영향을 주었다. 요사노 아키코는 이 『세이토』의 찬조인 7명 중 한 명이었으며 창간호에 「두서없는 말(そぞろごと)」을 실었다.

니이기 때문에 개인적 존재의 범주를 벗어나 사회적, 국가적 존재입니다. 따라서 어머니를 보호하는 것은 여성 개인의 행복을 위해서만 필요한 것이 아니라, 여성이 낳는 아이를 통해 사회 전체의 행복과 전 인류의 미래를 위해 필요합니다"라는 이유를 들어 "모체가 임신, 출산, 육아기에 생활 안정을 보장할 수 있도록 국가 재정으로 보조할 것"을 주장하셨습니다. 이를 보면 히라쓰카 씨가 모성을 지나치게 존중하고 있다는 사실을 알 수 있습니다. 저는 인간 삶의 고차원적인 가치를 아버지나 어머니라는 위치에 편중해서 생각하는 것을 원하지 않습니다. 제가 현모양처주의에 반대하는 것도 같은 이유에서입니다. 물론 아버지나 어머니가 되는 것은 삶의 중요한 내용 중 하나이며 그 상대적 가치를 인정하는 것은 누구에게도 양보하지 않을 생각입니다.

그러나 결코 '여성이 꼭 어머니이기 때문에' 특별히 최고의 행복을 실현할 수 있다고 생각하지 않습니다. 인간은 타고난 소질과 주어진 환경과 그것을 개조하기 위한 노력으로써 이룰 수 있는 만큼의 도덕적인 삶을 쌓아가는 것이 최고의 행복이라고 믿습니다. 만약 히라쓰카 씨의 주장대로라면 엘렌 케이 여사가 누군가의 아내도 어머니도 아닌 저술가로 일생을 보내고 있으므로 히라쓰카 씨가 말씀하신 이른바 '개인적 존재의 영역'을 벗어나지 못하는 불행한 여성이라고 해야 할 것입니다.

저는 비록 히라쓰카 씨와 입장은 다르지만 당연히 모성을 정당하게 존중합니다. 그래서 더욱 여성의 존엄성을 유지하면서도 가능한 한 순리적인 모성을 실현하기 위해서 여성이 경제적으로 독립해야한다고 말하는 것입니다. 이에 대해서는 이치조 다다에(一条忠衛, 1886~1944) 씨57)가 최근 발간한 『육합잡지(六合雜誌)』에서 「부부의부양 의무에 대하여」라는 제목으로 쓰신 글에 완전히 동감합니다. 이치조 씨는 학자다운 연구적 태도로 그 논의가 매우 주도면밀합니다. 인상 깊은 한 구절을 인용하자면 "어쩌면 인간이 남녀로 나뉘어진 것은 분업이며, 그 첫 번째 목적은 생식적 개성의 발휘이고 두번째 목적은 정신적 개성의 발휘이다. 이 두 가지를 겸하여 남자는남자답게 여자는 여자답게 그 특수한 환경 속에서 보편적인 인격을완성해야 한다. 그러나 부부는 실로 이 분업을 도덕적으로 서약한지극히 성실한 화합이므로 그 경제생활에 있어서는 협동적이어야만 하며 주종관계가 아니라 서로를 중심으로 동일한 목적 아래 혼인으로 인해 발생하는 모든 경제적 비용을 함께 스스로 부담해야 하는관계이다. 남편이 아내를 부양하는 것도 아내가 남편을 부양하는것도 아닌 자신을 부양하면서도 서로가 서로를 부양하는 하나의유기적인 경제적 생활자이다. …… 요컨대 부부의 경제적 생활비용

---

57) 메이지시대 중반에서 다이쇼 초기까지 지식인 층에 인기가 있던 『육학잡지』에서 부인문제란의 주필을 5년간(1914~1918) 맡았던 인물이다. 주로 『육학잡지』, 『부인 공론』, 『확청(廓清)』에서 집필했으며 저서로는 『남녀도덕론(男女道德論)』(1917), 『부인문제로 보는 여대학 비평(婦人問題より観たる女大学批評)』(1918), 『남녀의 성으로 보는 사회문제(男女の性より観たる社会問題)』(1921) 등이 있다. 요사노 아키코와 마찬가지로 국가의 모성 보호를 비판하는 입장이었다. 1918~19년에는 아직 시장노동의 영역에만 논점을 두고 있었지만 1920년에 들어서서는 가사, 육아의 영역에까지 시야를 넓혀 시장노동뿐 아니라 가사, 육아 모두 남녀가 평등하게 관여해야 한다고 주장한다.

은 부양 의무의 형식으로 부부의 공동생활을 완성하기 위한 제반 비용이므로 그 공동생활에 필요한 만큼의 비용을 얻기 위해 부부 양쪽이 모두 생산자인 동시에 노동자가 되어 그것을 부담해야 할 의무가 있으며 어느 한쪽에게만 이 부담을 지울 수는 없다"라고 했습니다. 이는 미래 부부생활의 이상향으로서 참으로 합리적인 주장이라고 생각합니다. 이렇게 경제적인 안정이 확립된 부부생활을 하고 있지 않다면 순조로운 모성의 실현은 어렵습니다.

히라쓰카 씨가 말씀하신 것처럼 "어머니의 직능을 다할 수 없을 정도로 빈곤한 자"를 위해 국가의 보호를 요구하는 것에는 물론 저도 찬성합니다. 그러나 그것 때문에 제가 "노약자나 폐인을 양로원에서 돌보는 것과 동일하다"고 말한 것을 히라쓰카 씨가 '틀렸다'고 하는 것은 납득할 수 없습니다. 노약자나 폐인이 불행이나 불가항력의 운명 때문에 그러한 처지에 내몰리게 된다고 생각할 수도 있습니다. 하지만 빈곤해서 어머니의 직능을 다할 수 없는 여성의 불행은 우리가 주장하듯이 경제적으로 독립하려는 자각과 노력만 있으면 그러한 처지로 몰락하는 것을 미리 피할 수 있습니다. 저는 그 불행을 피하기 위해 여자의 경제적 독립을 주장하며, "앞으로의 생활원칙으로 남자든 여자든 자기 부부의 물질적 생활은 물론 자식의 미래를 위해 육아와 교육을 지속할 수 있을 만큼 서로가 노동하여 경제적 보장에 확신이 있고 그만큼의 재력이 이미 남녀 모두에게 축적되어 있을 때 결혼하고 출산할 수 있게 해야 합니다. 설령 남자가 경제적으로 보장되어 있어도 여자에게 아직 경제적인 능력이 없으면 결혼과 출산을 피해야 합니다."라고 말했습니다. 그리고 이 것은 이치조 씨도 말했듯이 "생활비를 계산할 때 부부가 월말에 무조건 같은 금액을 지출해야 한다는 식의 난폭한 의미가 아니라 부부라면 각자의 능력에 따라 자기 가정을 위해 자급자족해야 한다 는 의미"인 것입니다.

히라쓰카 씨는 '실제 존재하는 것'과 '앞으로 존재해야 할 것'을 혼동하고 계십니다. 현재 많은 여성들이 경제적으로 독립하지 못했 다고 해서 미래의 여성들이 언제까지나 같은 생활 과정을 밟을 것이 라고 확정되지 않았습니다. 우리는 하나의 이상을 향해 미래의 삶을 목표로 하고 바꿔 나가고자 합니다. 임신, 출산, 육아 등의 기간에 국가의 보호를 받아야만 하는 경제적으로 무력하고 불행한 여자가 되지 않기 위해 자각을 가지고 스스로 훈련하고 노력하고자 하는 것입니다. 따라서 국가의 특별한 보호는 결코 보통의 여성에게 바람 직한 것이 아니라 불행한 어떤 일부 여성에게만 불가피하게 요구되 는 성질의 것입니다.

만약 히라쓰카 씨가 이 사실을 인지하고 있다면 우리의 주장에 동의할 것이고, 우리 주장의 형식적인 미비한 점을 보완해줄 수는 있어도 근본 사상에 반대할 수는 없겠지요. 아니면 히라쓰카 씨는 모든 어머니는 국가로부터 보호받을 권리가 있기 때문에 반드시 경제적으로 부부 상호 간의 독립성을 꾀할 필요는 없다. 임신, 분만, 육아 기간은 남편에게 처자식의 부양을 요구하고 남편이 무력하다 면 국가에 요구하면 된다. 따라서 경제적 무력 때문에 발생하는 불행이 충분히 예견되어도 상관없으니 연애만 성립되면 바로 결혼하여 도저히 양육할 수 없는 자녀를 연이어 낳는 것이 앞으로 세상에 용인될 부부생활의 표준이라고 주장하시겠습니까?

히라쓰카 씨는 "말하자면 어머니의 경제적 독립은 아주 특별한 노동력이 있는 사람 외에는 도저히 불가능한 일이라고밖에 생각할 수 없습니다"라고 하셨습니다. 또 제 주장처럼 경제적으로 무력한 여성이 결혼을 피해야 한다고 한다면 "우선 현재 대다수 여성은 평생 결혼하고 출산할 수 있는 때가 오지 않을 것이라고 단념해야 할 것입니다. …… 이처럼 오늘날의 사회에서는 실현 불가능한 이상을 요구하여 결혼 적령기에 있는 여성과 건강한 아이를 낳을 수 있는 여성을 평생 또는 장기간 독신으로 노동시장에 두려고 하는 것은 여성들의 불행인 동시에 국가적으로도 여러 가지 의미에서 큰 손실이 아닐 수 없습니다."라고 하셨습니다. 저는 히라쓰카 씨가 현실의 어떤 일부만을 바라보시며 바뀌지 않을 것이라고 단념하시는 것이 안타깝습니다. 현재의 노동제도를 인간의 힘으로는 개조할 수 없다고 정해져 있다면 모를까 포기하면 안 됩니다. 남자든 여자든 정신적으로나 육체적으로 어떠한 노동에 종사함으로써 물질생활을 지속하는 것이 보통의 상태가 된다면 지금보다 몇 배의 성실함, 열의, 용기를 가지고 노동제도를 나에게 가장 적합한 것으로 재탄생시켜야 합니다. 그렇게 되면 근면하게 노동하는 여성은 임신, 출산, 육아에 필요한 일정 기간만 노동을 쉬더라도 평상시와 같은 물질적 보수를 얻을 수 있고 또 평상시 보수의 잉여분을 저축해 두어 그 기간 노동을 쉬어도 부부 상호 간의 부양과 자녀의 양육 및 교육에 충당할 만큼의 물질이 부족하지 않을 수 있습니다. 이러한 노동제도 개편도 남녀 상호간의 경제적 독립심만 강해지면 실현될 수 있습니다. 히라쓰카 씨처럼 "우선 현재 대다수 여성은 평생 결혼하고 출산할 수 있는 때가 오지 않을 것이라고 단념해야"하는 일도 없을 것입니다. 반대로 인간이 부의 분배를 공평하게 하는 제도만 만든다면 대부분의 노동하는 여성이 안전하게 결혼하고 출산할 수 있는 행복한 시대를 쉽게 실현할 수 있을 것입니다.

현실의 어떤 부분이 변하지 않는 교착 상태에 있다고 해서 우리의 주장을 '어차피 실행 불가능한 이상'이라고 하는 것은 히라쓰카 씨에게 어울리지 않는 억측입니다. 이상은 항상 현실이 개조될 것을 예상하고 있습니다. 현실의 대부분은 항상 조금씩은 변동하고 있습니다. 그것을 정당한 방향성으로 이끌어 통일된 추이를 가늠해 보는 것이 이상적입니다. 고정되어 있는 것처럼 보이는 현실의 일면만을 주시한다면 히라쓰카 씨가 주장하고 우리도 요구하고 있는 연애결혼 또한 "오늘날의 사회에서는 어차피 실행 불가능한 이상"이라고 해야 하겠지요. 하지만 이런 이유로 히라쓰카 씨가 연애결혼이 이상적이라는 주장을 포기하셨다는 이야기는 듣지 못했습니다. 오히려 사회에 중매결혼의 세력이 크고 견고하기 때문에 다른 한편에서 연애결혼에 대한 동경이 만연해서 활발한 기류를 만들어 가고자 하는 것이며 그래서 히라쓰카 씨와 같은 선각자가 이 기류가 순조롭게 전개될 수 있도록 최선의 지도를 하기 위해 노력해야 합니다.

히라쓰카 씨는 제 주장 중에 독신자의 증가가 여성들 스스로의 불행이자 국가의 큰 손실이라고 말씀하셨습니다. 그러나 지금처럼 경제적으로 무력한 대다수의 여성들이 경제적인 조건을 거의 고려하지 않고 동거를 서두르는 경솔하고 방종한 결혼이, 그것이 중매결혼이든 연애결혼이든 여성 자신은 물론이고 남편과 자녀의 큰 불행이 되며 그 때문에 발생하는 여러 가지 도덕적, 물질적 결함이 얼마나 사회에 폐를 끼치고 손실을 입히는지 모릅니다. 히라쓰카 씨는 이러한 불행과 손실을 독신자의 일시적 증가로 인한 손실보다는 사소하다고 여기시고 경제적으로 무력한 여성의 무분별한 결혼을 이대로 긍정하고 지속시키려고 하시나요?

우리는 현재의 여자들이 경제적인 면에 자각하여 노동하는 것을 당연한 일로 여기고 적극적으로 경제적 독립을 위해 노력하여 현재와 미래의 불행으로부터 스스로 해방되기를 주장합니다. 하지만 만약 히라쓰카 씨처럼 우리의 주장을 거부한다면 지금 상태 그대로 이상도 없고 해결 방법도 없이 방치된 대다수의 여성들은 더욱 남성에게 기생하는 존재로 굴종의 생활, 즉 일종의 매춘 생활을 하는 자가 증가할 것입니다. 동시에 남성에게 기생할 수 없어져 히라쓰카 씨가 말하는 정당한 권리주장을 통해 제가 말한 양육원의 보살핌을 받는 노약자나 폐인 같은 불행한 의뢰주의자로서 국가의 특별한 보호를 요구하는 사람이 더욱 증가하는 결과를 초래하겠지요.

그렇지 않아도 저는 요즘 도시에서 매춘을 직업으로 하는 여성도 아니고 일반 가정에 있는 여성 중에서 남성의 관심을 끌기 위한 의지를 매우 노골적으로 드러내는, 짙은 화장과 지나치게 화려한 옷차림과 혐오스러운 교태를 갖춘 창부형 여자들이 눈에 띄게 늘어나고 있는 상황에 내심 눈살을 찌푸리는 사람 중 한 명입니다. 그런 여자들은 정신적으로는 물론 경제적으로도 무력하기 짝이 없어서 일을 해서 돈을 벌고 독립하려 하지 않고 염치도 명예도 잊어버린 채 그저 남자들에게 몸을 팔아먹으려는 자로 밖에 보이지 않습니다. 이는 남자들의 졸부 기질에 동반해 발생한 일시적인 현상일 수도 있습니다. 하지만 불완전하나마 현대 교육도 받은 여성들이 이런 식으로 타락한 경향을 보이는 것은 무서운 일입니다. 시대에 뒤떨어진 기생적 기분에 가득 찬 이런 나태한 백수 여성들의 미래가 얼마나 불행할지는 히라쓰카 씨도 인정하시겠지요. 그들이 언젠가 "어머니의 직능을 다할 수 없을 만큼의 빈곤"에 빠질 위험이 예상되는데도 불구하고 그 위험한 시기가 오면 국가가 당연히 그들을 보호할 의무가 있다면서 현 상태를 그대로 방치해 버려도 될까요?

히라쓰카 씨는 '국가'에 큰 기대를 걸고 있으신 듯한데, 이 점도 다소 저와 의견이 일치하지 않습니다. 히라쓰카 씨가 말하는 '국가'는 현재의 상태 그대로의 국가가 아니라 당연히 이상적으로 개조된 국가를 의미하는 것이겠지요. 이상적으로 개조된 국가를 원한다면 우선 개인의 개조가 급선무가 되어야 합니다. 개조된 개인의 힘을 모으지 않으면 개조된 국가는 실현되지 않을 테지요. 히라쓰카 씨는 저에게 항의하는 글에서 왜 '국가'에 대해서는 많이 설파하면서도 단 한 마디도 개인의 존엄과 가능성에 대해서는 언급하지 않으셨나요? 만약 히라쓰카 선생님의 견식이 개인의 개조를 최우선 순위에 두었다면 여성들을 각성시켜 경제적으로 독립 정신을 훈련하게 하는 것이 우리 각자의 인격 개조에 가장 시급한 사실 중 하나라는 것을 공감하셨을 것입니다.

'국가'는 개조된 모습으로 예상하면서 미래의 여자와 사회는 개조될 미래의 모습을 전혀 고려하지 않고 "우리 일본처럼 여성의 노동 범위가 좁고 하루 종일 짐을 나르는 말처럼 일해도 혼자서 겨우 먹고 살 수 있는 만큼의 비용밖에 벌지 못할 정도로 여성의 임금과 급여가 싼 나라", "평생을 일해도 노후생활의 안전이 보장되지 않고 또 그만큼 저축할 수 있을 정도의 임금을 받을 수 없는 경제 상태에 있는 현 사회"가 언제까지나 인간의 힘으로 개조되지 않은 채 고정되어 지속될 것처럼 생각하고 계신 것이 가장 큰 오해라고 생각합니다. 연애의 자유를 주장할 때는 엘렌 케이 여사와 같은 입장에서 자유사상가로서 이상주의적인 논의를 하시는 히라쓰카 씨가 우리가 말하는 여성의 경제적 독립에 반대할 때는 왜 이렇게 운명론적이고 자연주의적인, 꽉 막힌 소극론을 말하시는 걸까요?

또한 히라쓰카 씨는 제가 현대의 이상으로서 이러한 여성의 경제적 독립을 존중하고 요구한다면 그에 앞서 '여성의 직업교육 장려, 직업 범위 확대, 임금인상 문제 등'을 위해 왜 많은 노력을 기울이지 않느냐고 말씀하셨습니다. 하지만 이는 저의 소양과 환경과 체력을 생각하면 전혀 배려가 없는 이른바 '어려운 일을 강요하는' 희망사항이라고 생각합니다. 사람은 분업적으로 협력하여 사회생활에 기여하는 존재입니다. 히라쓰카 씨와 같은 희망사항이 정당하다면 사람은 모든 면에서 희망사항에 맞는 만능을 갖추어야 합니다. 저는 히라쓰카 씨가 언급한 문제에 대해 미력하나마 주의를 기울이고 연구도 하고 있습니다. 그것들에 대해 '큰 노력'을 하지는 않지만, 마음속으로는 앞으로 큰 노력을 하고자 하는 희망을 품고 있으며 기회가 되면 글에서 언급하고 있습니다.

히라쓰카 씨가 나의 글에 대해 "관찰이 너무 협소할 뿐만 아니라 사실 그 자체의 관찰에서 출발하지 않고 사물의 넓고 깊은 관계를 무시하고 단순히 일부만을 보고 하나의 사건이나 현상에 대해 찬반의 결론을 서두르는 경향이 보입니다. 이 단점은 아키코 씨가 사회문제를 논할 때 특히 현저하게 두드러지는데 복잡한 관계에 있는 사회문제도 아키코 씨가 하는 말만 보면 마치 단독 고립적인 것으로 보이고 심하게는 현 사회의 사실을 완전히 무시하고 자신만을 표준으로 놓고 지극히 주관적이고 대담한 판단을 내리고 있습니다."라고 말씀하셨습니다. 가식적인 겸손을 피해서 말씀드리자면 그것은 오히려 히라쓰카 씨 자신에게 적용해야 할 비난이라고 생각합니다. 적어도 저에 대한 항의에 나타난 히라쓰카 씨의 태도에는 이런 비난을 받을 만한 유감스러운 점이 분명히 있습니다.

히라쓰카 씨는 제가 『부인공론』에 실은 그 한 편의 짧은 감상문만을 읽고 제 개인 전체의 결점을 비난했습니다. 이것이 '사실 그 자체의 관찰'에서 출발하여 '사물의 넓고 깊은 관계'를 고려하고 하나의 사건이나 현상을 '단독 고립적으로' 다루지 않고 신중한 관찰을 통해 '사회의 사실을 무시'하지 않는 사람이 할 일일까요?

저는 지금 주저 없이 말해야 할 필요성을 느낍니다. 지난 7~8년 동안 제가 부족한 시간 중에 가장 즐겨하는 독서, 가능한 한 폭넓게 읽으려고 노력하는 분야는 오히려 문학보다 정치, 경제, 교육, 노동 문제 등입니다. 또한 제가 남녀의 모든 직업에 대해 실제로 얼마나 주의를 기울이고, 조사하고, 타인의 경험에 귀를 기울이고 있는지 아시는지요. 이러한 제 일상의 실제 행위가 히라쓰카 씨의 눈길을 끌지 못하는 것은 당연하지만 평상시 글쓰기를 통해 제가 공개하고 있는 생각들에 대해 히라쓰카 씨가 훑어보는 수고를 마다하지 않으셨다면 설령 그 결과가 수박 겉핥기식 독단적 의견이 다수를 차지하고 있더라도, 제가 다루는 주제의 범위가 상당히 넓고 저의 태도가 미력하게나마 가급적 사회 사실의 유기적 관계를 넓고 깊게 관찰하고 있다는 것 그리고 동시에 그 전체와 핵심 부분의 통일과 본말의 경중을 무시하는 것이 아니라 항상 고려하고 강조하고 있다는 것을 틀림없이 알아주셨겠지요.

제가 쓴 글에서 특히 단점만 꼬집어서 말꼬리를 잡으려는 못된 장난꾸러기 같은 마음이나 소인배적 적대감으로 가득 찬 사람은 그렇다고 쳐도, 저에게 다소나마 애정을 가지고 저의 장점을 발견하여 그것을 북돋아 보완해 주시려는 분이라면 제가 가진 평범한 소질과 어깨너머로 독학한 부분과 부족한 경험과 좁은 지식에도 불구하고 가급적 고루한 자아를 깨뜨리고 공명정대하게 자유로운 이상과 고행을 실천하여 저 자신의 삶을 세우고자 하며 나아가 이 궁극적

이상을 발언함으로써 같은 성별의 자립 발전을 촉구하는 데 조금이나마 기여하고자 노심초사하고 있다는 것을 한 번쯤은 생각해 주셨을 것이라 생각합니다. 히라쓰카 씨가 저의 몇 권의 시집과 문집을 읽어보지도 않고, 제가 '사실의 관찰에서 출발하지 않고', 게다가 '사실관계를 전혀 무시하고 지극히 주관적인 판단을 내린다'라고 하시며 제 문필 생활에 나타난 성격 전체를 비난한 것은 그야말로 너무 주관적이고 대담한 판단이라고 생각합니다.

히라쓰카 씨의 저에게 한 항의가 위와 같은 것이라면, 차라리 제삼자이신 분들의 공평한 비판에 맡겨두어도 좋았을 듯합니다. 그래서 여기서 제가 언급한 부분은 히라쓰카 씨에게 보내는 저의 답변이 아니라 제삼자분들께서 판결하기 위한 자료로 언급했을 뿐입니다. 히라쓰카 씨와 저의 생각 중 어느 쪽이 틀렸는지는 그분들이 알려주실 것이라고 생각합니다.

1918년 5월

히라쓰카, 야마카와, 야마다 세 분께 답하다

뜻밖에도 여성의 경제적 독립과 모성보호 문제에 대해 히라쓰카 라이초 씨와 저 사이에 의견의 차이를 보았으며 히라쓰카 씨로부터 다시 한 번 신랄한 반박을 받았고 야마카와 기쿠에(山川菊栄, 1890~ 1980) 씨58)와 야마다 와카(山田わか, 1879~1957) 씨59) 두 분께서는

---

58) 일본의 여성문제 평론가이다 연구가이다. 여성운동의 이론적 지도자로서 활동했으며 노동성의 초대 부인소년국장을 역임했다. 일본 여성운동에 처음으로 비판적, 과학적 관점을 도입했으며 명쾌한 분석과 예리한 비판적 안목을 보인 평론으로 일본 여성해방운동의 사상적 원점으로 평가받는다. 1915~1916년에는 『세이토』 지면을 통해 이토 노에(伊藤野枝, 1895~1923)와 폐창논쟁(廃娼論争)을 벌여 노에가 주장한 상류층 여성들의 자선과 후원 활동을 기만적이라고 비판하는 데 동조하는 한편, 공창제도를 용인하는 것을 철저히 비판했다. 또한 1918년 『부녀공론』에 「모성보호와 경제적 독립」이라는 논문을 발표하며 모성보호논쟁에 의견을 제시했다. 요사노 아키코와 히라쓰카 라이초의 주장을 부분적으로 인정하면서도 비판하고, 보호와 경제적 자립의 대립에 대해 사회주의 입장에서 차별이 없는 사회에서만 여성 해방이 가능하다고 주장했다.
59) 일본의 여성운동가, 사상가, 교육자, 평론가, 모성보호논쟁에서 야마다 와카는 히라

정중한 비평을 써주셨습니다. 저는 무엇보다도 먼저 세 분의 호의에 충분히 감사드려야 합니다. 세 분처럼 풍부한 학식도 없고, 세 분처럼 박식하고 뛰어난 반론은 할 수 없는 우둔한 제가 쓴 글이 어쩌다 우연히 세 분의 눈에 띄었다는 것만으로도 제게는 매우 기쁜 일인데 '그냥 지나치자' 하지 않으시고 일부러 저를 계몽시키기 위해 붓을 잡아주셨다는 것은 진실로 생각지도 못한 영광입니다.

히라쓰카 씨가 일본 여류 사상가를 대표하는 분이라는 사실은 여사의 언설과 행동에 동의하든 아니든 상관없이 사회가 보편적으로 인정하고 있습니다. 야마카와 씨와 야마다 씨 두 여사에 이르면 그 출신이 히라쓰카 씨만큼 화려하지 않았기 때문에 그 탁월한 실력에도 불구하고 아직 일반인의 관심을 집중시킬 만한 기회를 얻지 못한 것을 저는 항상 유감스럽게 생각하고 있습니다.

교육의 세계화에 따라 여성도 학사를 배출하고 나아가 박사까지 배출하려는 일본에 총명하고 성실한 신진 여성이 점차 늘어날 것으

쓰카 라이초와 마찬가지로 육아와 취업의 양립이 불가능하다며 국가의 보호가 필요하다고 주장했다. 야마다 와카는 현모양처주의적 입장에서 논쟁에 뛰어들었다. '독립'이라는 미사여구에 현혹되지 않고 전업주부도 금전적 보수를 받지는 않지만 가정 내에서 일하는 것 또한 노동이므로 자부심을 가져야 한다고 주장했다.

이 모성보호 논쟁을 계기로 와카는 1934년 모성보호연맹의 초대 위원장이 되었다. 이 모성보호연맹에서의 활동은 와카가 사회사업에 뛰어든 계기가 되어, 위원장 취임 이듬해에 사단법인 '어머니를 지키는 모임'을 설립한다. 그 후 1937년 모자보호법 공포 2년 후인 1939년에는 빈곤한 어머니와 자식을 '하타가야 모자 기숙사'와 '하타가야 보육원'을 설립했다. 이 시설은 1947년 여성보호시설 '하타가야 여학원'이라고 이름을 바꿔 운영되며 훗날 1974년 아동복지시설로 전환된다. 젊은 여성들의 매춘을 막고 보호하는 갱생사업을 했으며 1952년 '어머니를 지키는 모임'의 명칭이 '부인복지회'로 바뀐 후에도 이사장직을 맡았다.

로 예견됩니다. 그런데 그러한 여성의 선구자로서 큰 횃불을 들고 있는 한 무리의 별들 가운데, 특히 안정적이고 균형적인 형상을 이루며 빛나는 위용을 겨루는 분들이 이 세 여사님이라고 믿습니다. 저는 과장해서 말하는 것이 아니라 그저 정확한 진실을 말하고자 합니다. 세 여사님 같은 분들은 여류 소설가의 거목인 모 여사님, 여성 이학박사 1호인 모 여사님과 함께 우리나라 여성계의 보물 같은 분이라고 생각합니다. 아니, 오히려 현재의 일본 상황에서는 새로운 인간 국보나 다름없는 분들입니다. 제가 바라는 것은 사회가 그동안 세 여사에게 취했던 냉담한 대우를 개선하고 가능한 한 세 여사를 위해 그 능력을 가감 없고 자유롭게 발휘할 기회를 주고, 사회가 가능한 한 세 분의 의견에 귀를 기울이고 그것을 활용했으면 합니다. 세 여사의 자기주장을 위해서도 그렇고 사회의 행복에 이바지하기 위한 인물 경제적인 측면에서도 그렇게 되기를 바랍니다. 이런 의미에서 비록 제가 쓴 글이 조악할지라도 우연히 세 여사의 식견을 끌어내어 사회의 관심을 주목시킬 계기를 미약하게나마 만들어낸 것이 스스로 기쁘고 자랑스럽습니다.

아무개 씨는 편지를 보내 제가 지금 세 여사의 공성전 속에 빠져 있는 것을 모르고 있지는 않은지 주의를 해주었습니다. 어쨌든 저는 자진해서 논쟁의 십자포화 아래 서 있다는 것을 인정합니다. 저는 논쟁을 좋아하지 않습니다. 또한 논쟁을 배우지 않은 사람입니다. 그러나 꼭 필요한 논쟁을 사양할 수는 없지요. 세 분께 드리는 존경심은 존경심으로서 남겨두고 설령 세 분의 변론이 박학다식하고 뛰어나다고 하더라도 제 의견의 확신을 뒤엎지 않는 한 저는 그 십자포화를 견디어 세 분께 이 작디작은 자아를 주장해야 합니다.

저는 세 여사와 저의 목적이 결코 다르지 않다고 믿습니다. 여성을 해방시키고 완성시킴으로써 여성이 인류의 더 고차원적이고, 더 좋은 협동 생활 구성에 참여하는 것이 목적이라는 점에서 우리는 완전히 같은 방향을 향하고 있습니다. 하지만 그 출발점과 속도 그리고 여정은 서로 다릅니다. 그중에서도 거의 같은 길을 택했으면서도 출발점과 속도가 다를 뿐이라고 생각되는 것은 야마카와 씨와 저와의 거리라고 생각합니다. 이미 방향이 같은 이상 세 여사님도 저도 결코 서로 적대시할 관계가 아니며 우리는 힘을 합쳐 그 공통의 목적을 위해 가까워져야 합니다. 설령 발걸음의 간격으로 다투는 일이 있더라도 그것은 같은 목적에 빨리 다가가기 위한 경쟁일 뿐이며 서로 장단점을 교환하고 보상하는 이익을 위해서입니다. 원한을 남기고 상처를 남기는 힘겨루기 행위가 아님을 미리 밝혀 둡니다. 인습에 근거한 완강한 외부의 적이 우리를 기다리고 있습니다. 우리는 항상 일치단결하여 만반의 준비를 갖추어야 합니다.

제게 주어진 지면이 제한되어 있습니다. 그 제한 안에서 가능한 한 간결히 하고 싶은 말만 써내려 가겠습니다. 제가 여성의 경제적 독립을 주장하는 것은 옛 그리스의 철학자가 "사람은 이상적으로 살기 전에 먼저 현실적으로 살아야 한다"라고 했고, 현대 이탈리아의 철학자 베네데토 크로체(Benedetto Croce, 1866~1952)[60]는 "도덕성은 구체적인 것 속에 살고, 공리에 산다 …… 따라서 경제적 형식과 도덕적 형식을 분리해 구별해서는 안 된다"라고 주장했습니다. 또 경제에 대해 몇 구절을 인용하겠습니다. 후쿠다 도쿠조(福田德三, 1874~1930) 박사[61]는 "사회를 구성하는 모든 계급에 그 정신을 발달시키기 위한 물질적 기초를 충실하게 함으로써 가장 중요한 직분으로 삼는 것"이라고 했습니다. 알프레드 마셜(Alfred Marshall, 1842~1924)[62]은 "인간에게 보다 높은 발달과 보다 고귀한 활동을 얻기 위해 필요한 물질적 기초를 균등하게 제공하는지 아닌지를 의미하는 것"이라고 했습니다. 요네다 쇼타로(米田庄太郎, 1873~1945) 씨[63]는 "경제란 다시 말해 물질적 외부를 향한 인간의 행위로서 인간의 욕망 충족을 목적으로 하는 총체"라고 했습니다. 가와카미 하지메(河上肇, 1879~1946) 박사[64]는 경제에 대해 "나는 인간에게 외부로부

---

60) 이탈리아의 철학자, 역사가이다. 파시즘 시대에 정부에 대한 협력을 거부하고 반(反)파시스트 지식인의 의견을 대변하였다. 망명, 추방, 투옥된 파시즘 반대자들을 돕기도 했다. 크로체는 자신의 철학을 '정신의 철학'이라고 불렀는데, 예술과 논리, 경제와 윤리 등에 관해 고찰했다.

61) 일본의 경제학자이다. 일본의 경제학이 자립하기 시작한 20세기 초에 경제학·경제사·사회정책 등의 분야를 개척하였다. 제1차 세계대전 후의 이른바 '다이쇼 데모크라시'의 이론적 지도자로 알려졌는데, 한국을 여행한 경험을 바탕으로 쓴 「한국의 경제조직과 경제단위」라는 논문을 1904년 발표하였다.

62) 영국의 경제학자이다. 가치론에 있어 고전학파의 생산비설과 제번스의 한계효용학설을 종합하였으며, 부분균형론에 시간 요소를 도입한 동태론을 전개하였다. 후생경제학의 길을 열고, 불완전경쟁 이론의 전개에 계기를 마련하였다.

63) 일본의 사회학자, 교토제국대학 교수이다.

64) 마르크스주의 경제학을 연구한 일본의 경제학자이자 사회사상가이다. 1932년 공산당에 입당하여 지하활동에 들어갔다가 다음 해 검거되어 5년의 징역형을 선고받았으며 석방 후에는 집필에 전념하였다. 저서에 『근세 경제사상사론(近世経済思想史論)』(1920), 『자본론 입문(資本論入門)』(1928~1929) 등이 있다.

터 복을 가져다주는 물질을 총칭하여 '부(富)'라 부르고자 한다. ……
인간의 신체 및 정신의 건전한 발달을 조장하고 이에 따라 직간접적
으로 인간을 도덕적으로 향상하는 작용을 하는 모든 것이 부라고
할 수 있다. 이러한 의미에서 부의 충실을 꾀하는 것"이라고 했습니
다. 이분들의 정의만 보아도 여성뿐만 아니라 누구에게나 경제적
독립이 필요하다는 것은 불 보듯 뻔한 사실입니다.

　이것을 특히 여자에게 강조해야 하는 이유는 이미 제가 지난 8,
9년 동안 여러 차례 반복해서 말씀드렸으므로 지금은 제 의견을
말씀드리는 대신 올봄에 하세가와 덴케이(長谷川天渓, 1876~1940)
씨65)가 같은 문제에 대해 말씀하신 한 문장을 인용해 보겠습니다.
"자기와 현실 세계가 어떠한 관계를 유지하게 되면 필연적으로 거기
에는 경제적인 문제가 발생한다. 나는 현재의 여성계가 이 방면을
외면하고 있는 것은 아닌가 생각한다. 경제적 독립이 큰 문제가 아
닌 것 같지만 현실 세계가 경제적으로 조직되고 있는 동안은 당연히
이를 중요시해야 한다. 현재 여성계의 대부분은 자기해방을 원하고
있거나 해방의 기쁨을 맛보고 있지만 이 해방이 경제적인 문제로까
지 확대되는 경우는 아직 드물다. …… 무엇을 기반으로 살 것인가.
삶의 기초를 어디에 둘 것인가. 진정으로 살아있는 듯한 마음으로
아침을 맞이하려면 어떻게 해야 하는가. 이는 남녀 모두에게 공통된
문제이지만, 해방된 오늘날의 여성 이른바 깨어 있는 여성이라면

---

65) 하세가와 덴케이는 일본의 문예평론가이다.

더욱 뼈에 사무치게 느껴야 할 것이다. …… 그러므로 생의 즐거움을 맛보는 것에서 발전하여 삶의 기초를 정신적으로 경제적으로 확실하게 하기 위해 사색해야 한다." 이에 대해서는 이치조 다다에의 『남녀 도덕론(男女道徳論)』에도 자세한 주장이 있으며 요네다 쇼타로의 「현대의 결혼(現代の結婚)」이라는 논문과 야마와키 겐(山脇玄, 1849~1925)[66]의 몇 가지 논문에도 적절한 해설이 있습니다.

저는 새삼스레 유물론에 근거한 경제일원론 등을 주장하는 것이 아니라 위와 같은 상대적인 의미의 경제적 독립을 주장하는 것입니다. 야마다 씨가 이를 오해하여 마치 제가 경제적 수단에 의한 인간의 절대적 독립을 기획하고 있는 것처럼 공격한 것은 요점을 비껴간 것이 아닌가 싶습니다.

게다가 야마다 씨는 인간이 과연 정신적으로도 경제적으로도 독립할 수 있을까 의심하시며 경제적 독립의 사상과 행위를 냉소하고 "독립이라는 아름다운 단어에 매료되어", "독립이라는 환상에 사로잡혀"라고 말씀하시는데 이것은 생각지도 못한 기이한 이론이라고 생각합니다. 야마다 씨 정도의 사람이 설마 '독립'과 '고립'의 의미를 혼동하시지는 않겠지요. 인류 공동의 생활과 개인 독립의 생활이 모순되지 않는 것은 "인간은 그 자신을 목적으로 존재하는 자"라고 인격의 절대적 존귀함을 가르친 칸트의 철학에 귀를 기울여도 알 수 있습니다. 또 스스로를 갈고 닦아 집을 안정시킨 후 나라를 다스

---

66) 일본의 법학자, 정치가, 교육자, 법학박사, 행정재판소 장관, 귀족원 위원이다.

리며 천하를 평정한다는 수신제가치국평천하에서 나아가 "사람의 일은 제쳐두고 하늘이 무언가 해주기만을 기대하면 만물의 정을 잃는다"(『순자 천론편』)라든가 "스스로를 다스리면 남을 다스리는 바를 알며 남을 다스리는 바를 알면 천하와 나라와 집안을 다스리는 바를 안다."(『중용』)라고 설파한 중국의 옛 철학자들의 말을 들어도 분명한 이치라고 생각합니다.

최근 아리시마 다케오(有島武郎, 1878~1923) 씨[67]가 말하길 "세계의 내재적 가치는 사람에 의해 창조된다. …… 아무리 소박한 자아라도 자아가 있는 이상 세상은 그 사람의 손으로 새롭게 창조되는 것이다. …… 자아가 없는 곳에 세상은 없다. 민중의 의식에는 공통적으로 출입이 전혀 없는 세계는 하나도 없다. 세계를 창조하는 것은 단위이며 동시에 종합인 것은 자기 자신이다."라고 했습니다. 또한 최근 나카지마 도쿠조(中島德蔵, 1864~1940)[68]는 "이번 전쟁에 대해 국가를 위한 전쟁인가, 주권자를 위한 전쟁인가를 묻는다면 서양인들은 일제히—아마도 독일을 제외하고는—'아니, 인민을 위해서, 나 자신을 위해서'라고 대답할 것이다. 윌슨 대통령[69]에게 순순히 복종

---

67) 일본의 소설가이다. 인도주의에 입각하여 본격적 사실주의를 실현시킨 작가로 대표작으로는 『카인의 후예(カインの末裔)』(1917), 『태어나는 고뇌(生れ出づる悩み)』(1918), 『어떤 여자(或る女)』(1919) 등이 있다.

68) 일본의 교육자이다. 1902년의 문부성을 상대로 한 논쟁인 철학관 사건으로 알려져 있다. 철학관 사건은 사립 철학관(현대의 도요대학(東洋大学))에서 발생한 사건이다. 철학관의 졸업시험에서의 윤리학 설문이 단초가 되어 발생한 강사, 나카지마 도쿠조 대 문부성 시학관의 논쟁이다. 문부성에 의한 학문 탄압으로서 다른 대학도 철학관을 옹호하는 등 큰 사회적 논쟁을 불러일으켰다.

하는 것은 보통의 상식적인 일이며 실상은 자아가 창조하고 인정한 권위에 자아가 복종하는 것일 뿐이라고 말했다. 복종이란 일종의 자유, 자아 주장이다."라고 했습니다. 이런 차별 속에 평등을 품고 부분에 전체를 포함하는 그 자체의 발전 작용을 삶이라고 한다면 인간은 공동생활에 몰입하면서도 개인의 절대 독립을 실현할 수 있습니다. 상대적인 경제 독립은 요컨대 유구한 인간 삶의 과정에서 잠시 동안 그 절대적 독립에 필요한 한 요소가 될 뿐입니다.

그러나 야마다 씨가 이 기발한 독립부정론을 완전한 확신을 가지고 하신 말씀이 아니라는 증거로, 야마다 씨는 같은 글에서 "우리는 타인으로부터 독립을 보좌받고 상부상조하며 살아가야 한다고 생각합니다"라고 말씀하셨으며 "정신적인 독립을 유지하면서 충분한 수입을 얻고 있는 사람도 있을 것이다"라고 말씀하셨습니다. 논의로서는 일관성이 없지만 어쨌든 도움을 받아 하는 독립과 훌륭한 정신적 독립의 존재를 인정하고 계시는 것입니다.

히라쓰카 씨와 야마카와 씨는 결코 독립을 부정하시지는 않습니다. 하지만 히라쓰카 씨는 저와 방법을 달리하여 "모성보호야말로 여자의 경제적 독립을 완전히 실현하는 유일한 길"이라고 주장하시고 야마카와 씨는 히라쓰카 씨의 모성보호도 제가 말하는 경제적 독립도 현실적인 문제로서 "둘 다 훌륭하다. 그러나 양자는 양립할

---

69) 토마스 우드로 윌슨(Thomas Woodrow Wilson, 1856~1924)은 미국의 제28대 대통령 (1913~1921)이었다. 역사가이자 정치학자로 민족자결주의를 제창한 것으로 유명하다.

수 없는 성질의 것이 아니라 오히려 양자가 함께 이루어지는 것이 현재 사회에서 여성의 지위를 다소나마 안정되게 하는 것이라고 생각한다"고 온건하고 중재적 의견을 제시하셨습니다. 그리고 동시에 현재의 경제 관계라는 재앙의 근본을 수정하지 않으려는 점에서는 양측 모두 '철저하지 못한 미봉책'이라고 하시며 여사 스스로가 한 단계 높은 위치에 있다는 식으로 비난하셨습니다.

히라쓰카 씨에 대해서는 나중에 말씀드리기로 하고, 야마카와 씨에게 먼저 말씀드리겠습니다. 저는 인간의 독립에 경제적 요인이 절대적으로 필요하다고 생각하지 않고, 어디까지나 상대적으로 필요하다고 생각합니다. 그 필요도 인간이 진화되어 정신적인 수준이 높아지면 차츰 감소할 수밖에 없습니다. 인간이 진정한 복지로 사는 이상적 삶이 실현되는 시기는 경제적 노동에서 해방될 때라고 생각합니다. 이런 의미에서 저는 자본주의적 경제 관계에 구속된 현재의 저급한 인류의 삶을 한 단계 더 나은 이상적 질서 속으로 진화시키려는 공동의 목적과 일치하는 모든 새로운 사상과 모든 새로운 이론에 편승하고자 합니다. 야마카와 씨가 이를 반대로 추정하여 저의 논의가 오로지 자본주의의 부흥에 따른 사회적 변화만을 고려하고 그 범위에서 "어떻게 하면 이 난국을 무사히 헤쳐 나갈 수 있을까 하는 문제를 중심으로 하고 있다"고 말하신 것은 꽃의 날 모임[70]이

---

70) 6월 둘째 주 일요일 일본 기독 교단의 교회력에 정해져 있는 꽃의 날에 하는 모임으로 어린이날이기도 하다. 미국 매사추세츠의 교회에서 시작된 꽃의 날에서 유래했다고 알려져 있다.

나 구세군 등 자선 운동에 열심인 여성들에게는 적합하겠지만, 저에게는 '아니오'라는 말밖에 할 말이 없습니다.

그러나 천 리 길도 한 걸음부터입니다. 인간 생활은 장족의 발전을 이루었다고는 하나 원대한 이상적 생활의 단계로 보면 아직 물질적 조건이 우세한 위치를 차지하여 주객이 전도되었고 재화의 일부가 오히려 정신생활의 지배권을 가질 정도로 저급한 단계에 있습니다. 그렇다면 우리는 이 눈앞의 사실을 무시할 수 없고 필요하다면 경제생활을 충실하게 함으로써 정신생활을 유지, 향상시키고 현재의 사회 상태에 몸을 맡기는 한편 정반대의 고차원적이고 이상적 생활을 향하여 자기의 전 생애를 집중해야 합니다. 또 현재의 처지와 능력으로 가능한 범위 내에서 사회를 보다 나은 질서 아래에 정복하고 개조하여 나아가는 것만이 유일하고 똑똑한 방법입니다. 현대의 윤리학, 경제학, 법률학, 사회학, 미학, 정치학 등 모든 학문이 빠짐없이 이러한 의미의 생활 개조를 암시하고 있습니다.

저는 야마카와 선생님께서 말씀하시는 사회주의도 그것이 물질적 사회주의의 범위에 있는 한, 결코 절대적이고 최고의 이상적인 생활을 위해 마련된 최고의 사회질서는 아니라고 생각합니다. 그저 물질적 조건이 필요한 현대생활을 염두에 두고 자본주의 정신과 금전 만능주의가 터무니없이 우세한 사회 속에 살면서 그것을 몇 단계 더 높고 더 나은 질서에 기초하여 개조하려고 하는 것이지요.

저는 '더 나은 질서'가 더 많이 제공되기를 바랍니다. 제가 앞서 공통의 목적에 일치하는 새로운 사상과 새로운 이론 모든 것에 편승

할 것이라 말한 것은 바로 이러한 의미입니다. 그래서 칸트의 이른 바 "천부권 즉 각자에게 속하는 천부적이고 유일한 권리"인 자유 독립의 생존을 위험에 빠뜨리기 때문에 자본주의가 배척되어야 한 다는 것은 오늘날 명백한 문제입니다. 따라서 이를 대신할 정당한 경제생활의 새로운 질서를 요구하는 것은 무산계급인 우리에게 더 욱 절실한 일입니다. 그러나 요네다 쇼타로 씨의 말처럼 인류는 맹 목적으로 새로운 사회질서를 선물 받아서는 안 됩니다. "이를 가지 기 위해서 인류는 치열하게 투쟁해야 한다. 즉 목적의식을 가지고 새로운 사회질서를 만들기 위해 노력해야 한다"라고 생각합니다.

야마카와 씨는 제 글에서 "경제적으로 독립하려는 자각과 노력만 있다면"과 "부의 분배를 공평하게 하는 제도를 인간이 만든다면"이 라고 한 것에 대해 이 두 구절 사이에 모순이 있다고 지적하셨습니 다. 하지만 제 말은, 그러한 자각과 노력이 필요한 인간이 개인주의 적으로 움직이기 시작하면 개인주의가 철저히 지켜지는 공동책임 주의로 향하지 않을 수 없고, 정신적, 경제적으로 독립 의지가 확고 한 개인들이 모여 단체생활을 이상적으로 정돈하려고 한다면, 경제 적으로는 부의 분배를 공평하게 하는 제도가 상호 일치 속에서 틀림 없이 실현될 것이라는 의미였습니다. 모순은 없습니다.

야마카와 씨는 "그런 제도가 만들어지지 않은 현재 개인의 자각과 노력만으로는 빈곤을 벗어날 수 없다"라고 하셨습니다. 하지만 제도 는 다수의 개인이 의식적으로 만들어 가는 것입니다. 제도가 앞서면 좋겠지만 개인 다수가 자각하여 그 제도를 자기 것으로 활용하지 않으면 어차피 제도도 돼지 목에 진주목걸이나 다름없습니다. 따라서 저는 먼저 개인이 자각과 노력을 해야 한다고 생각하며 특히 그것이 부족한 여성들에게 촉구합니다. 물론 제도가 있어도 인간 대다수에 그러한 의지가 없다면 완전히 빈곤에서 벗어날 수는 없겠지요. 그러나 한 사람이라도 빨리 깨닫고 노력하면 그 사람 개인은 다소나마 경제적 독립을 이룰 수 있다고 믿습니다. 불완전한 독립이라 할지라도 과거처럼 여자가 남자에게 기생하며 백수와 노예의 위치로 전락했던 것에 비하면 이미 내면적으로는 독립된 삶을 살고 있는 것이지요. '길을 묻는 것은 이미 길에 들어선 것이나 다름없다'라고 하는데 이러한 의미에서 확실히 말할 수 있습니다.

경제적 독립이 무엇인지 구체적으로 말하면, 인간이 정신적으로나 육체적으로나 노동을 통해 스스로 물질적 생활을 영위하는 것을 말합니다. 다키모토 세이치(滝本誠一, 1857~1932) 박사71)가 말한 "오늘날의 사회에서는 그 종류를 막론하고 일하지 않고 유유자적하는 것은 어떤 면에서도 결코 용납될 수 없는 일이다. …… 노동을 중시하는가 천시하는가가 신구세계를 구분 짓는 가장 뚜렷한 경계선이다."라는 사상에는 누구도 이의를 제기하지 않으실 겁니다.

그러나 세 여사 모두 공통적으로 혹은 개별적으로 여러 가지 이유를 들어 여자의 노동 생활을 적극적 혹은 소극적으로 반대했습니다.

---

71) 일본의 경제학자, 경제사상사가, 농정가이다. 경제사 연구의 개척자 중 한 명이며 일본경제사를 비롯해 유럽경제사, 경제학사 등을 연구했다.

히라쓰카, 야마다 두 여사는 저의 의견을 두고 '시인의 공상'이라고 까지 하셨습니다. 시인의 공상은 그렇게 저급하고 나쁜 의미로 사용할 수 없는 말입니다. 또 현실과 동떨어진 공상이 없다는 것 정도는 '미학'을 한 권이라도 읽은 사람이라면 잘 아시겠지요. 하지만 잠시 두 여사의 상식적 발언을 그대로 따르기로 하고 여기에서 히라카와, 야마카와, 야마다 세 분께 답하겠습니다.

저는 결코 허황된 망상으로 경제적 독립의 가능성을 말하는 것이 아닙니다. 자사(子思, BC483?~BC402?)[72]는 『중용(中庸)』에서 "어떤 이는 태어나면서부터 알고, 어떤 이는 배워서 알고 또 어떤 이는 노력해서 알게 된다"라고 했습니다. 저는 정말 어린 시절부터 고생하여 겨우 알게 되었습니다. 저는 4~5세 때부터 가난한 가정의 고통을 알기 시작했고 11~12세 때부터 집안 살림에 관여해야만 했습니다. 고용인이 많은 가업에 종사하면서 22~23세까지 온갖 고초와 근심을 겪었고 몇 번이나 나이 드신 부모님을 대신하여 밖에서 공부하는 형제자매들에게 알리지 않고 파탄 직전의 가정을 겨우겨우 저 혼자만의 힘으로 유지하고 정리했습니다. 남들이 중년이 되어서나 겪는 경제생활의 시련을 저는 소녀 시절에 이미 다 겪었습니다. 어떤 사람들이 평생에 걸쳐서 겪는 고생을 저는 과장된 표현이 아니

---

72) 중국 고대 노나라의 학자이다. 성은 공(孔), 이름은 급(伋), 자사는 자(字)이다. 공자의 손자이며 평생을 고향인 노나라에서 살면서 증자(曾子)에게서 학문을 배워 유학 연구와 전승에 힘썼다. 맹자는 그의 제자이며, 공자, 증자, 자사, 맹자로 이어지는 학통은 유학 송학(宋學) 전통에서 특히 존중된다. 사서의 하나인 『중용』을 저술하여 천인합일(天人合一)의 사상을 주장했다.

라 어린 시절, 십여 년 동안에 다 겪었습니다. 그 후 결혼해서도 저의 경제생활은 계속되는 고난의 연속이었지만 어린 시절의 고생에 비하면 아주 쉬운 일로 느껴집니다. 이렇게 저는 제 미약한 힘이 허락하는 한 극복하고 간신히 경제적 독립을 이루어 냈습니다. 이것은 조금도 자랑하려는 의도가 아니라 제가 이런 실증 위에 존재하고 있다고 설명하고자 하는 말입니다.

그러나 개인의 경험으로 일반을 추론하는 것은 때때로 오류에 빠지기 쉽지요. 저는 이치조 다다에 씨가 도야마현(富山県)의 어부들의 식량 운동[73]을 평가한 글에서 "생각건대 어촌의 소녀들은 태어나면서부터 세찬 파도 소리를 듣고 집채만 한 물결을 바라본다. 어른이 되면 배를 조종하고 노를 저어 조개를 캐거나 심해에 뛰어들어 조개를 캐어 생활하기 때문에 자연스럽게 의지가 굳건해져 독립심이 강하고 자립 생존하고자 하는 성질을 갖추고 있다. 바닷가나 섬마을에 사는 여자들은 남자보다 기개가 강하고 권력이 세고 사회적 지위가 높은 것이 일반적이다. 이들 어촌에 사는 여성들은 경제적

---

73) 1918년에 일어난 '쌀소동'을 가리킨다. 제1차 세계대전에서 일본이 승전국이 되자 산업 혁명이 진행되었다. 산업 혁명의 영향으로 젊은 농업 인구들이 도시로 몰려 농사를 짓는 인구가 줄어들었고, 지주들에게 쌀을 공급받아서 파는 쌀 도매상들이 가격을 담합하면서 일본 내 쌀값이 폭등했다. 일본 민중들의 불만은 커졌고, 1918년 도야마현에서 어부의 아내들이 쌀값을 내리라고 요구하며 쌀가게를 습격하여 불태운 사건을 시작으로 쌀소동 사건은 전국으로 번졌다. 식량 공급 문제가 일본에서 사회 문제로 번지자 일본 정부는 식민지로 있던 조선에서 산미증식계획을 실시한다. 산미증식계획은 일본에 대한 쌀 수출량을 증가시켰지만 이로 인해 조선 내의 식량 부족 문제가 생겨 일제강점기의 조선 민중들은 만주에서 들여오는 잡곡 등으로 식량을 충당해야 했다. 아키코는 『태양』 1918년 9월호에 이 사건에 대한 평론 「식량운동에 대해서(食糧騒動について)」를 썼다.

독립사상이 발달해서 가정생활에 대한 고충과 책임감을 느끼는 정도가 강하다. 가정의 경제적 책임을 남성에게 맡기고 종속되어 생활하는 것이 아니라 여성도 이에 동참하여 서로를 독립의 주체로 해석한 결과이다"라는 한 구절을 인용하겠습니다. 이로써 사회 일각에서는 이미 실존하는 일이라는 것을 증명해두고자 합니다. 또한 농가와 상공업에 종사하는 여자들의 경우를 보아도 오늘날 노력의 정도에 따라 경제적 독립이 허용되는 실례는 절대로 적지 않습니다.

일본 공장 노동자의 약 60퍼센트가 여성들이며 그 여성 노동자의 총수가 63만 6천여 명인 것을 보더라도 하층 계급 여성들이 노동할 때 얼마나 회피하지 않고 도전하는 미덕을 가지고 있는지, 불완전하기 짝이 없는 노동제도 속에서도 얼마나 씩씩하게 가혹한 노동을 감내하는지, 결코 정당한 보상을 받지 못하고 빈약한 임금을 가지고도 부모의 짐이 되지 않는 독립된 생활을 얼마나 힘들게 버티고 있는지 생각하면, 나는 일반 여성들의 경제적 독립이 충분히 가능하다고 예측할 수밖에 없습니다.

공장 노동의 현실이 얼마나 비참한지는 저도 잘 알고 있습니다. 그러나 오늘날 제도도 점차적으로 어느 정도 개선되어 갈 조짐이 보입니다. 현재만 보고 미래를 결정해서는 안 됩니다. 어떤 사회주의자의 말처럼 모든 인간이 빠짐없이 보편적으로 일하게 되면 한 사람이 하루에 한 시간, 두세 시간만 일하면 충분할 때가 오지 않으리라는 법은 없습니다. 사회주의자가 아닌 후쿠다 박사도 "19세기 유럽 노동자들이 이뤄낸 괄목할 만한 진보의 실적을 생각하면, 가난과 무지가 인류사회에서 완전히 사라질 것이라는 희망이 꼭 허구만은 아니다"라고 말했습니다.

히라쓰카, 야마다 두 여사님은 공장 노동에 중점을 두어 여성의 야외 노동을 비난하셨지만, 여성은 실내에서 하는 경제적 노동의 범위가 훨씬 넓습니다. 이는 실내 노

〈그림 11〉 메이지시대 공장에서 일하는 여성들

동의 대부분을 차지하는 실내 공업만 해도 여성이 만든 제품 총 수출액이 어림잡아 연간 4억 엔, 수출 총액의 20.5%에 달한다는 것만 보아도 짐작할 수 있습니다.

여성은 어머니라는 역할만 있는 것이 아니기 때문에 그 능력과 흥미에 따라 실내외 모든 직업에 종사할 수 있습니다. 아무리 많은 사람이 반대하더라도 생활하는 데에 필요하다면 여성의 직업 범위는 점점 넓어질 것입니다. 그 과정에서 비참한 문제가 새로이 속출하겠지요. 하지만 우주는 항상 맑게 개어 있지만은 않기 마련입니다. 비교적 가장 좋은 새로운 질서를 하나 만들기 위해서 열 가지의 새로운 문제가 생겨도 어쩔 수 없습니다. 그 문제를 제외한 새로운 제도를 고안하면 됩니다.

어머니라고 해서 반드시 아이 곁에 찰싹 붙어 있어야만 하는 것은 아닙니다. 아이가 유치원이나 초등학교에 다니게 되면 어머니의 시간은 여유가 생깁니다. 아이 곁을 떠날 수 없는 동안 여성은 실내에

서 경제적인 노동을 하면 됩니다. 임신이나 분만 기간에는 질병의 경우와 마찬가지로 보험제도를 통해 비용을 보전해 주는 그런 제도가 일본에도 머지않아 생길 것입니다. 아니, 대다수 여성들이 요구하여 그런 제도가 생길 수 있도록 분위기를 조성해야 합니다.

야마다 씨는 '가사의 번거로움'을 여성 노동이 불가능한 조건 중 하나로 꼽았지만, 우리나라의 가사는 대부분 쓸데없는 일이기 때문에 노력 여하에 따라 가장 빨리 없앨 수 있는 사소한 방해물이라고 생각합니다.

흔히 말하길 여성의 노동능률이 남성보다 낮다고 합니다. 그러한 통설은 전쟁 이후 영국 미들랜드 철도회사 및 기타 남녀공의 능률 비교표를 보아도 확실히 오류라는 것을 보여줍니다. 어떤 곳에서는 여공의 능률이 남공에 비해 20퍼센트 더 높았고, 어떤 곳에서는 여공으로 대체하면 한 주간의 생산량이 500개 감소할 것으로 예상했지만 정작 여공으로 대체했음에도 오히려 500개가 증가하는 결과를 보여주었습니다. 유럽과 미국에서는 연이어서 여성이 고도의 행정 업무를 하기 시작했고 적재적소에 배치된 여성은 남성에 필적하는 능률을 보인다고 합니다.

또 세상에는 아내나 어머니가 야외 직업에 종사하면 가정의 인간미를 감소시킨다며 반대하는 사람들이 있습니다. 일본에서 현재 직업이 있는 여성, 특히 기혼 유자녀 여성 교사들에게 그런 폐해가 있다는 것을 저도 인정합니다. 그러나 그것은 우선 우리나라 여자교육이 좋지 않기 때문입니다. 사랑과 이성을 가르치는 고등 교육을 소홀히 하는 이상 어느 가정주부가 고상한 인간미를 가질 수 있겠습니까. 실외에서 일하든 실내에서 일하든 그것은 상관없습니다. 또한 가지 이유는 일하는 여성을 대하는 새로운 습관이 아직 사회에 형성되지 않아서 시간을 야무지게 활용하지 못하게 하여 시간을 많이 뺏기 때문입니다. 나는 파리에서 몇몇 기혼 유자녀 회사원과 공장 노동자의 가정을 보았는데 아침에는 아이들을 학교에 데려다 주고 정오에는 직장에서 학교로 아이들을 데리러 가고 동시에 다른 직장에서 돌아온 남편과 부인, 자녀가 한자리에 모여 식사를 하더군요. 식사는 길거리에서 밀가루 빵과 찬 고기 정도만 사서 그저 가스불로 커피만 끓여서 간단하게 해결합니다. 그리고 다시 아버지나 어머니 중 한 명이 아이를 학교에 보내고 부부는 각자의 일터로 향합니다. 도쿄처럼 넓지 않은 도시라 직장도 가깝고 조금 멀어도 지하철을 타면 쉽게 갈 수 있습니다. 파리의 공공 및 민간 사업장에서 이런 식으로 노동자 부부에게 일정한 시간을 허용하는 습관은 매우 좋다고 생각합니다. 이런 제도도 여성 노동자들의 요구가 모여 규모가 커지면 우리나라에서도 꼭 실현될 것입니다.

히라쓰카 씨는 제가 모성보호에 반대하는 것은 "아이를 자기 소유물로 여기고 어머니의 일을 사적인 일로만 생각하는 구시대적 사고에 사로잡혀 있기 때문"이라고 했습니다. 이 얼마나 무서운 단언인가요?

저는 아이를 '물건'이나 '도구'라고 생각하지 않습니다. 하나의 독립된 인격체라고 생각합니다. 아이는 아이 자신의 것입니다. 히라쓰카 씨처럼 '사회의 것, 국가의 것'이라고는 절대 생각하지 않습니다. 히라쓰카 씨는 "아이의 수와 질은 국가 사회의 진보 발전과 미래의 운명에 지대한 관계가 있다"라며 국가주의자나 군국주의자 같은 고고한 말을 하고 계시지요. 분명 우리 아이들도 국가를 사랑하고 사회를 사랑하고 나아가 세계 인류를 사랑하는 그 모든 진보 발전을 꾀하는 시기가 올 것입니다. 그러나 그것은 그들 자신의 사랑과 사업, 단적으로 말하면 그들의 자아가 세계 인류를 포용할 수 밖에 없는 단계까지 진보 발전할 것입니다. 그들은 국가의 소유물이 아니라 그들이 국가를 자기 인격 속에 일체로서 소유하는 것입니다. 앞서 인용한 아리시마 다케오 씨의 말씀도 제 생각과 같은 의미라고 생각합니다.

히라쓰카 씨는 '어머니'의 의미를 다양하게 가르쳐 주셨지만 저는 앞서 말씀드린 것처럼 어머니라는 자존감을 '세계 인류의 어머니'로 정의를 확대하여 살아가고자 합니다. 노자의 "도는 낳아주고 길러주며 키워주고 이루어주며 안정시켜주고 성숙시켜주며 돌봐주고 덮어주네. 낳아주되 소유하지 않고 이루어주어도 미워하지 않는다"는 대도(大道)적인 경지에 올라 살고 싶습니다. 저는 최고의 애국자입니다. 그래서 특히 국가나 사회라는 어중간한 인생관이나 윤리관에 정체되어 있고 싶지 않습니다. 최고의 위치에서 국가도 사랑하고 사회도 사랑하고 싶습니다.

히라쓰카 씨는 어머니가 국가에 도움이 되기 때문에 국가의 모성 보호가 정당하다고 주장합니다. 저는 그런 의미가 아니라, 식량이 부족한 빈곤층에게 구호미 또는 저렴한 쌀을 공급하는 것과 같은 의미에서 어머니의 직능을 다할 수 없는 빈곤층을 국가가 보호하는 것은 국가의 의무라고 생각하고 전적으로 찬성합니다. 하지만 정신적으로도 경제적으로도 자활, 자활, 자립, 자위(自衛)할 수 있는 가능성을 가진 개인이 아버지든 어머니든 아내든 국가의 보호에 의존하여 수동적 노예생활 방식을 고수하는 것은 개인의 존엄과 자유와 능력을 포기하는 길이기 때문에 반대합니다.

'보호'라는 관료적인 단어에는 구제적 은혜라는 의미가 있습니다. 실제로 우리나라 구제조사회74)의 조사항목에는 백치와 저능아 보호, 불량소년 보호, 빈민 부락 보호와 함께 여성 노동자 보호가 명시되어 있습니다.

최근 어떤 학자는 "무릇 중산층이 자타 공인 건전하다고 여기는 이유는 스스로 자신의 생활을 유지하고 이를 충실히 향상하여 다른 제도의 혜택을 기대하지 않기 때문이다. 그러나 지금의 중산층은 자기 생활의 충실, 향상을 위한 제도를 자칫하면 국가 사회에 맡기고 그것에 의존하여 복을 얻으려 한다. 이는 중산층 스스로 그 지위를 버리고 하층민과 같은 사람이 되려고 하는 것이며 그 건전함을 버리고 사회적 병폐를 탐닉하는 비굴한 정신이다."라고 했습니다. 저는 저와 같은 생각을 가진 사람이 있어 기쁩니다. 칸트가 "상인

---

74) 구제사업조사회(救済事業調査会)를 가리킨다. 1918년 내무성에 마련되었다. 사회정책 일반을 조사, 심의하는 자문기관이다.

또는 수공업자의 고용인, 하인, 일용직 노동자, 소작인 및 모든 여성 등, 한마디로 말하면 타인으로부터 '식량과 보호'를 받는 모든 사람을 국민으로 인정하지 않고 단순한 국가 보조원으로 간주했다"고 한 것은 그 인격론에서 비롯된 정당한 결론일 것입니다.

야마카와 씨는 "만약 그 보호가 굴욕적이고 비난받아 마땅하다면, 연금에 의존하여 생활을 보장받는 군인이나 고위 관료들도 모두 비난받아 마땅한 굴욕적인 생활을 하고 있는 것 아닙니까?"라고 말씀하셨습니다. 다른 두 여사도 비슷한 질문을 하셨습니다. 저는 "물론입니다"라고 대답하겠습니다. 나는 그들이 여전히 자활할 수 있는 능력이 있고, 재력을 축적할 수 있는 재력을 가지고 있는 한, 그들과 반대편에 있는 수많은 노동자들이 그들에게 막대한 연금을 지불하기 위해 그 노동 가치의 대부분을 간접적으로 그들에게 바치고 있는 한, 그것은 엄밀한 의미에서 굴욕적인 생활로 보아야 한다고 생각합니다. 다만 관습 때문에 그런 사람들을 국가에 기생하는 자라고 경멸하지 않는 것뿐입니다.

히라쓰카 씨는 '봉급생활'도 포함시켜 질문하셨지만 봉급은 노동에 대한 정당한 보상입니다. 봉급생활자에게는 그것을 받을 권리가 있습니다. 국가의 보호라고 할 수 없죠.

야마다 씨는 "여성은 가정을 주재하고 자녀를 양육하며 그 보수를 남자에게 지불하게 한다. 받는 것이 아니라 지불하게 해야 합니다."라며 남편의 보호를 요구하고, 대학 교수나 국회의원이 연봉을 받는 것과 마찬가지로 "경우에 따라서는 국가로부터 보조를 받는 것은 당연하다"고 말하셨습니다. 히라쓰카 씨도 비슷한 의미로 "어머니가 국가로부터 보수를 받는 것은 혜택이 될 수 없다."고 말했습니다. 야마카와 씨도 거의 비슷한 의견을 말씀하셨습니다. 요컨대 어떤 면에서는 어머니를 가정과 국가의 봉급생활자로 만들어 기생충의 누명을 벗기고 경제적 무력자의 지위에 만족하게 해 안주시키려는 것이겠지요.

야마카와 씨는 역시나 마음이 불편했는지, "어머니의 일을 경제적인 가치로 환산하는 것을 지금까지는 평범하게 싫어했습니다. 그도 그럴 수밖에 없죠. …… 아무리 그래도 어머니가 신은 아니므로 의식주에 관련된 물질이 필요 없다며 무시할 수도 없습니다"라고 덧붙이셨습니다. 의식주가 필요하고 또 어떻게든 실현 가능한 노동 능력과 기회가 있으면서, 모든 어머니의 일을 할 수 있는 정신적 생활자가 정신적으로도 육체적으로도 경제적 행위를 하지 않고 그저 오로지 정신적 생활자라는 공로로 국가의 봉급으로 의식주를 해결하고 싶다고 요구한다면 야마다 씨는 그것을 인정할 수 있을까요?

저는 국가가 모성을 보호하는 것이 직관적으로 불가능하다는 생각을 해왔습니다. 그런데 최근 가와카미 박사의 「경제적 부의 의의」를 읽고 제 직관에 학문적 해석을 붙일 수 있게 되어 기뻤습니다. 가와카미 박사는 "경제적 부와 그렇지 않은 것 사이에는 …… 이론상 명확한 기준이 있다. 즉 인위적으로 생산과 분배를 좌우할 수 있는 것은 경제적 부이며, 그렇지 않은 것은 경제적 부가 아니다"라고 하셨습니다. 이러한 이유로 인간의 노동력도 그 중 어떤 종류는 생산은 차치하더라도 적어도 그 분배만큼은 어느 정도 인위적으로 좌지우지할 수 있어 경제학상, 특히 분배론의 대상이 되고 있음을 언급했습니다. 그 가운데, 가정 외 여성의 노동이 경제학상의 중대한 문제 중 하나가 되고 있는 것과는 달리 어머니로서의 여성의 가사일은 경제적 문제가 될 수 없는 종류의 노동이며 현모양처의 '분배' 등은 오늘날 진지한 문제로 보기 어렵다고 합니다.

저는 야마카와 씨가 "가정 내 여성의 노동이 결국 무급노동이 아니고 무엇이겠는가"라고 분개하신 것은 모든 노동을 경제적 가치로 환산할 수 있다고 오해하고 계시기 때문이라고 생각합니다.

지면을 너무 초과하였습니다. 나머지는 생략하겠습니다.

1918년 11월

여성 개조의 기초적 고찰

'개조'는 가장 오래된 것인 동시에 가장 새로운 것입니다. 인간의 삶은 역사가 시작되기도 전 아득한 옛날에 한 번 문화생활의 물꼬를 튼 이래로 완전한 개조를 거듭하여 나아가고 있습니다. 남자들은 이 과정을 능숙하게 거치면서 개성을 꽃피우며 수천 년 동안 남자 위주로 기울어진 문화생활을 이룩했습니다. 어쨌든 이 과정에서 정체되어 낙오하는 사람은 여자였습니다. 동물적 본능이 아직 큰 세력을 휘두르던, 인간의 삶이 아직 미숙한 과정에 있던 시대, 다시 말해 완력과 완력의 연장인 무력과 무력의 변형인 권력이 세력을 가지고 있던 시대에는 모든 여성이 남성에게 억압받으며 종속적 지위에 서야 했습니다. 이는 어쩔 수 없는 역사적 사실이라고들 하시겠지요. 그런데 이러한 이유 때문에 여자들은 그 인격의 발전이 매우 둔화되고 불균형하게 치우쳐 버렸습니다. 마치 여왕벌이 생식기관이라는 존재로만 치우쳤기 때문에 그 외의 기능에서는 기형적일 정도로 무능력자가 되어 버린 것 같은 상태입니다. 여자들은 그렇게 타락해 버렸습니다. 『시사신보(時事新報)』[75])의 한 기자가 최근 「재계의 뒷이야기」에서 리버풀 대학 부총장의 말을 인용했습니다. "국가가 국민의 절반인 남자만을 사회적, 경제적, 공공적 업무에 종사하게 한다면 마땅히 강해져야 할 여자도 약해지고 부유해져야 할 여자도 가난해진다."라는 것입니다. 그리고 이는 여자만의 불행이 아니라 인류 전체의 불행입니다.

현재는 세계의 여성들이 앞다투어 자각하는 시대입니다. 오늘날 '개조'는 전 인류의 개조를 의미하며 여기에는 당연히 여성의 개조도 포함됩니다. 단지 어떻게 개조하면 좋을까가 문제입니다.

이 문제에 대해서 나는 '자아 발전주의'를 개조의 첫 번째 기초 조건으로 삼는 사람입니다. 인간의 개성을 미리 결정해 편중된 방향으로 억압하지 않고 그것을 원하는 대로, 뻗어나가는 대로 참는 대로, 사방팔방으로 원만하고 자유롭게 발전시키는 것이 자아발전주의입니다. 인간 개성의 내면에는 무궁무진한 능력이 존재합니다. 한 세대나 두 세대의 연구로 그 유전의 품질이 결정되는 것이 아니라 그 사람의 자각과 노력 그리고 처지의 변화를 통해 완전히 새롭고 예상할 수 없는 능력을 발현하고 성장할 수 있습니다.

---

75) 예전에 존재했던 일본의 일간신문이다. 1882년 창간되고 1936년 폐간되어 『도쿄일일신문(東京日日新聞)』(현 『마이니치신문(每日新聞)』)에 합병되었다.

라듐과 비행기의 발명을 보아도 과거에는 예상하지 못했던 창조 능력을 현대인이 발휘한 것이어서 놀랍습니다. 특히 여자는 아직 열리지 않은 보물창고입니다. 과거에 그 자아 발전을 저지당했었던 만큼 남자 위주의 문화생활에서 볼 수 없었던 독특한 공헌을 할지도 모릅니다. 오늘날처럼 반전주의가 득세하는 시대에는 남자의 완력을 대신하여 여자의 마음의 힘이 큰 도움이 될 것입니다. 아무튼 나는 이 신이상적 관점에서 구식 현모양처주의에도 신식 현모양처주의, 즉 모성중심주의에도 찬성하지 않는 사람입니다.

오해받지 않기 위해 말해 두지만, 지금까지 제가 말한 것처럼 저는 아내다움, 어머니다움을 절대 경시하지 않습니다. 또 제가 제 이상을 위해 행하고자 하는 모든 일은 그것이 제 자아 발전의 구체적 사실로서 모두 존중하면서 가능한 한 모든 열애와 총명한 비판과 신중한 준비로 이를 다루고 싶습니다. 인간의 일에는 거의 동시에 할 수 있는 일과 할 수 없는 일이 있습니다. 또 하고자 하는 의지는 있지만 처지나 다른 사정이 허락하지 않아 못하는 일도 있습니다. 그렇기에 자연히 본말이 전도되기도 합니다. 하지만 그 관계는 유동적이며 고정적이지 않습니다. 예를 들어, 나 자신이 큰 병을 앓고 있다면 저는 우선 그 병을 치료하는 데 제 생활의 중점을 두고 그외의 일은 중심을 둘러싸고 멀리 밀려나 있겠지요. 몇 년 전 세상을 떠난 친구 H씨는 속립결핵균이 대뇌에 퍼져 참혹한 통증에 시달릴 때, 간호하던 부인이 자녀에 대해 뭔가 상담을 하자 비통한 목소리로 "지금은 아이 생각 따위 할 수가 없어. 그럴 때가 아니야. 내 고통을 감내하는 것이 고작이야. 아이는 건강하니까"라고 했습니다. 그리고 H씨는 2주 동안이나 그 고통에 시달린 후에 세상을 떠났고 병원에 가서 그 비통한 말을 들은 남편과 나는 하나의 엄숙한 인간적 교훈을 H씨를 통해 깨달았습니다. 인생은 이런 절박한 부분까지 생각하지 않으면 진지하다고는 할 수 없지 않을까요? 부모로서 가장 사랑하는 아이를 생각할 수 없을 정도로 절박하게 눈앞의 작은 자신을 품어야 할 때도 있는 법입니다. 인정(人情)의 진리를 모르는 사람들은 이 H씨의 사례를 보고 '아이 사랑이 부족한 부모구나'라고 말할지도 모릅니다. 저는 그 의견에 동의할 수 없습니다.

 H씨의 예가 극단적이긴 하지만 평소 인간은 누구나 이와 비슷하게 살아갑니다. 굶주린 자는 가장 먼저 음식을 찾고 그 밖의 일을 뒷전으로 합니다. 유교에서는 부모가 있는 동안에는 멀리 여행 가지 않는 것을 도덕적이라고 합니다. 그렇다고 해서 음식중심주의나 효도중심주의 따위가 일생의 중심이 될 수는 없습니다.

 『부인공론』 3월호를 읽으면 야마다 와카 여사는 제가 야외 노동이나 야외 여자 참정권 운동을 하지 않는다고 책망하시면서 그러한 실재적 운동을 다른 여자들에게 왕성하게 장려하면서도 정작 저 자신은 항상 부정하고 있다고 하셨습니다. 제가 야외 노동에 종사하지 않는 것은 그것을 꺼리기 때문도 부정하기 때문도 아닙니다. 그저 제가 이미 오랫동안 실내에서 노동을 하고 있기 때문입니다. 저는 어떤 여성에게도 야외 노동을 무조건적으로 장려한 기억이 전혀 없습니다. 그리고 만약 제가 실내에서 할 일이 없어진다면 자진해서 야외 노동에 종사할 겁니다. 저는 전부터 말했듯이 신문기자, 사무원, 여공이 되는 일을 마다하지 않습니다. 또 야외 정치 운동만 해도 유년기의 아이를 모두 초등학교에 보낸 후라면 결코 마다하지 않을 것이라고 이미 제 저서에서 분명히 밝혔습니다.

겸사겸사 말씀드리겠습니다. 야마다 여사는 요즘 평론에서 저에 대해 자주 이런 식으로 억지를 부리십니다만 다른 사람의 의견을 전체적으로 평하실 때는 그 사람의 저서를 얼추 훑어보고 참조 하시는 정도의 준비를 해주셨으면 합니다. 제가 야외 정치운동을 하지 않는다는 데 대해 여사님이 "저는 아키코 씨가 이렇게 말하는 것 같았어요. 저는 아이가 소중하고 귀여워서 도저히 가정을 떠날 수 없습니다. 하지만 당신들은 아무래도 상관없잖아요. 다들 '왜 야외 노동에 종사하지 않나요? 왜 정치 운동에 뛰어들지 않나요?'라고요. 이 얼마나 몰인정한 말씀이실까 생각했습니다"라고 하신 것은 너무나도 반성이 없는 표현이 아닐까요? 저는 모성보호 문제에 대해 의견을 달리하고 있는 야마다 여사와 더 이상 논쟁할 생각이 없습니다. 하지만 이런 여사의 억지에 대해서는 반문하지 않을 수 없습니다. 첫째, 제가 실천적인 운동을 '항상 부정한다'는 것은 무엇을 증거로 하시는 말씀인가요? 다음으로 제가 언제 모든 여성들에게 그 자녀의 양육을 내던지면서까지 야외 노동과 정치 운동에 뛰어들 것을 장려했을까요? 또 저의 십여 년간의 저술 어디에 여성들에게 "당신들은 아무래도 상관없잖아요"라는 식의 사랑과 섬세함이 결핍된 '몰인정'한 뉘앙스의 발언을 했을까요? '몰인정'이라는 단어는 무엇보다 저의 모든 인격을 뒤집어 놓았습니다. 여자와 여자 사이에 의견 교환이 오갈 때 가장 중요한 것은 동정과 예의를 갖추는 것입니다. 여사님께서 이런 단어를 사용한 것은 여사님의 윤리적 의식에 비추어 양심에 찔리지 않을 만큼의 자신감이 있으시기 때문이겠죠. 그러니 그것을 입증해 주셨으면 합니다.

혹은 이것은 제가 '모성의 국가 재정적 보호설'을 주장하는 여사들에 대해 '얕은 소견을 가진 무리'라는 평가를 덧붙여서 격분하셨기 때문일지도 모릅니다. 하지만 여사들의 주장이 얕은 의견이자 환상일 뿐이라는 것은 이치조 다다에 씨가 올해 1월의 『육합잡지』에서 명석하게 논단하고 계십니다. 여사님들이 아직 이치조 씨의 그 논의를 논파하시지 않는 한 '얕은 소견을 가진 무리'라는 말이 부당하지 않다고 믿습니다.

이야기가 무심코 딴 길로 샜습니다. 야마다 여사가 앞서 말한 것처럼 나를 비난한 것은 '요사노 아키코도 가정이 주이고 문필로 하는 사회적 봉사는 부산물에 지나지 않은가'라고 여사들의 모성중심설로 끌어갈 생각이시겠지요. 이미 여러 번 말했듯이 저도 가끔 어떤 사건에 대해서는 가정을 가장 중요히 여기는 경우가 있습니다. '아내가 병석에 누워 있고 자식은 굶어 우는' 경우. 다시 말해 가정에 큰 병자가 있거나 제 현재 상황처럼 대가족을 거느려 부부 모두 가정을 꾸리는 데 필요한 물질 공급에 쫓겨 잠시도 손을 뗄 수 없는 유년기의 자녀가 있는 경우가 그러합니다. 그렇다고 저는 '항상 만사를 가정 중심으로 한다'고는 전혀 생각하지 않습니다. 야외 활동

문제는 제가 실내 활동 쪽을 주로 생각해야 하는 처지에 있는 것이 맞습니다. 하지만 문필을 통해 실현되는 제 생활에서는 결코 가정이 중심이 아닙니다.

예를 들어 제가 인류 생활에 대해 사색하고 있다면 저는 인류 생활을 중심으로 하고 있습니다. 가정도, 국가도, 그 밖의 어떤 일도, 그 시점에 중심 역할을 하는 인류 생활을 둘러싸고 유기적으로 연결되어 있습니다. 저의 심리적 실증을 쉽고 분명하게 서술하면 이렇습니다. 저는 종교가들이 하루 종일 신이나 부처님을 참선하고 전념하는 행위를 믿지 못하는 사람입니다. 하물며 여자가 항상 신식 현모양처주의를 중심으로 생활하다니요. 이는 실로 불가능한 일입니다. 바꾸어 말하면 인간은 모성과 모성적 행위가 그 전부가 아니며 모성과 교차하지 않는 무한한 성능이 있고 그 성능이 발전한 무한한 종류의 행위가 있습니다. 예를 들면 여자가 논에서 모내기를 하거나 화학 실험을 할 경우, 그 행위들은 조금도 모성과 관계가 없습니다. 남녀의 성별을 뛰어넘어 남자와 함께 하고 있는 행위입니다. 아니면 모성중심설 지지자는 모내기를 할 때도, 시험관을 들여다볼 때도 현모양처의 의식을 분명히 가져야만 하나요? 또 모내기를 하거나 시험관을 들여다보는 여자의 심리를 파고들었을 때 그것이 모성중심설에 도달해야만 한다고 주장하실까요?

다음으로 제가 생각하는 개조의 두 번째 기초 조건은 '문화주의'를 인간 생활의 이상향으로 하는 것입니다. 자아발전주의만으로는 인간의 활동이 동물과 공통된 자연적, 수동적, 맹목적 운동의 영역에서 고작 한 걸음 벗어나 자발적, 창조적, 유의적 활동의 출발선에 섰을 뿐입니다. 아직 그 목표가 일정하지 않습니다. 문화주의적으로 자각을 해야 비로소 자아발전주의에 '시점'과 '혼'을 불어넣었다고 할 수 있습니다.

저는 일전에 아베 지로(阿部次郎, 1883~1959) 씨[76]가 번역한 테어도어 립스(Theodor Lipps, 1851~1914)[77]의 『윤리학의 근본 문제』(1899)를 읽고 문화주의에 대해 많이 배웠고 최근에는 다카타 야스마(高田保馬, 1883~1972) 씨[78]와 소다 기이치로(左右田喜一郎, 1881~1927) 박사[79]의 논문을 통해 더 많은 가르침을 받았습니다. 지면을 빌려 감사드립니다.

문화란 인간이 자발적, 창조적, 유의적으로 노력해 도출한 결과로서 이를 통해 만들어낸 사물과 현상 전체를 말합니다. 그 내용으로서는, 다카타 씨에 따르면 "하나는 우리의 심리적 내용 및 이에 수반하는 동작으로 사람의 힘으로써 성립하고 가치를 인정받는 것, 종교, 과학, 예술, 철학 등부터 언어, 도덕, 법률, 습관, 풍속 등에 이른다. 다른 것은 외부의 사무이며 인간의 노력을 가하기 위해 가치를

---

76) 일본의 철학자, 미학자, 작가이다. 도호쿠제국대학 법문학부 교수를 역임했다.
77) 독일의 심리학자·철학자. 뮌헨대학에서 심리학, 윤리학, 미학을 강의하였다. 심리학과 철학의 일치를 주장하고 철학상의 심리주의를 대표한다. 그의 학설 중 널리 알려진 것은 '감정이입설'이다.
78) 일본의 경제학자, 사회학자, 시인. 문화공로자이며 교토대학 명예교수 및 오사카대학 명예교수이다.
79) 일본의 경제학자, 경제철학자이다. 도쿄 고등상업학교(현재의 히토쓰바시대학)과 교토제국대학 문학부에서 교편을 잡았으며 귀족원 위원을 역임했다.

갖기에 이른 것 이른바 경제적 재화는 거의 모두 이에 속한다. 또한 이 밖에 세 번째 종류로서 사회 조직을 꼽아야 할 것이다"라고 하는 것이 그것입니다. 그리하여 이렇듯 문화 내용을 창조하고 증가시킴으로써 립스의 이른바 '절대적으로 도덕적이고 사회적이고 전인류적인 유기체 즉 세계국의 완성'에 이바지하는 것이 곧 문화가치이고 이 문화가치를 실현하는 과정을 문화생활이라고 하며, 인간의 사상과 행위의 모든 귀추를 문화가치에 두는 것을 문화주의라고 합니다.

인간은 문화가치 실현에 참여한 다음에야 완전히 자연인의 영역을 벗어난 인격자가 된다고 할 수 있습니다. 문화주의가 유일무이한, 최고의 이상이라는 것은 문화를 구성하는 것 중 어느 것을 따져서 살펴보아도 그 귀추를 문화주의에 두지 않는 한 철저히 해석할 수 없는 것만 봐도 알 수 있습니다. 예를 들어 예술을 위한 예술이라든가, 현모양처를 위한 현모양처라든가 해서는 그것의 절대 가치를 정할 수 없습니다. 예술지상주의나 모성중심주의가 어중간한 것이고 도저히 문화생활 전체를 일관하는 이상적인 표어가 되기 어려운 것은 이 때문입니다. 예술도, 어머니의 행위도, 학문도, 정치도, 모든 인간의 활동이 모두 문화주의를 이상으로 할 때 비로소 문화생활에 있어서 의의와 가치를 가질 수 있습니다.

다음으로 저는 '남녀 평등주의'를 세 번째, '인류 무계급적 연대 책임주의'를 네 번째 개조의 기초 조건으로 합니다. 전자에 대해서는 지금까지 여러 번 제 소감을 말했으니 지금은 간단히 성별이 인격 우열의 차이를 나타낼 수 없으며 인간이 문화생활에 참여할 권리와 의무에 있어 차별적 대우를 받을 이유가 되지 않는다는 것만 언급해 두겠습니다.

　인류 무계급적 연대 책임주의는 자아발전주의와 문화주의와 남녀평등주의에 촉발되어 일어나는 필연적인 사상으로, 문화생활을 창조하는 데는 모든 인간이 연대 책임을 가지고 있습니다. 우리 여자도 공평하게 그것을 분담할 권리를 요구합니다. 귀족과 군벌과 자산계급이 이에 대해 계급적 특권을 갖는 것이 불법이듯 문화생활이 이제까지처럼 남자 위주로 치우치는 것은 문화가치 실현을 위한 여자의 자아발전을 남자의 이기주의와 계급사상 때문에 거부하는 것일 뿐입니다.

　소다 기이치로 박사가 "문화주의는 모든 인격이 문화가치 실현 과정에서 각각 특수하고 고유한 의의가 있다. 그 의의로 어느 한 문화 소산 창조에 참여함으로써 각 개인의 절대적 자유의 주장을 실현하기를 요구한다"라고 했습니다. 또 "각 인격은 일부 문화소산 창조로 그 모든 인격을 발휘하고 그리하여 모든 인격에 의해 상호 보충적이고 협동적으로 문화 일반의 의의를 궁극에서 나타낸다……"라고 말한 것은 남녀, 빈부, 귀천, 황색인과 백인 같은 모든 차별과 계급을 넘어선 요구라고 생각합니다.

　이 남녀평등주의와 인류무계급적 연대책임주의에 입각해서 우리 여자들도 남자와 똑같은 교육의 자유, 정치 참여의 자유, 직업의 자유 등, 인간의 문화생활에 필요한 모든 자유를 요구합니다. 이 문제에 대해서는 이전부터 다른 기회에서 자주 말했기 때문에 이번에는 생략하겠습니다. 다만 문화주의 학자들이 여자를 위해 이러한 요구를 장려한다는 하나의 증거로 다음에 립스의 말을 인용해 두도록 하겠습니다.

립스는 교육에 대해 말했습니다. "특히 우리는 여자에게 고등한 정신적 교양을 갖추게 하는 것을 거부해서는 안 된다. 그것이 인간의 교육이라면 각자의 능력에 따라 남녀 차별 없이 모든 사람에게 주어져야 한다. 정신 능력이 뛰어난 여성은 저급한 남성보다 이 교육을 받기 위한 더 많은 도덕적 권리를 갖고 있다. 인간의 정신 능력이 개발되어야 하는 이유는 그것이 남자나 여자에 속하기 때문이 아니라 정신 능력이 존재하기 때문이다. 자기 내면에서 나와서 개발되기를 바라기 때문이다."

또 여자의 참정권 문제에 대해서 말했습니다. "여성의 정치적 권리를 승인하는 것은 양성 차이를 무시하는 것이 아니다. 적어도 여자 또한 남자와 같은 인간이며 인류의 일원임을 인정한다면 오히려 양성의 차이 때문에 더욱 이 승인이 필요하다. …… 여성에게는 그 특유의 이해관계와 욕구가 있다. 국회에서는 모든 방면의 이해관계를 대표할 자를 요구하기 때문에 여성 또한 대표될 수 있어야 한다. …… 여성이 정치적으로 미숙할지도 모른다. 물론 이는 남자의 평균 정도와 비교했을 때 심각하게 미숙할 수 있다. 그렇다면 더욱 여성의 정치 교육에 힘쓰는 것이 좋다." 여자가 요구하는 직업 문제에 대한 립스의 말은 뒤에 인용하려고 합니다.

마지막으로 저는 '범노동주의'를 개조의 다섯 번째 기초 조건으로 합니다. 이에 대해서도 저는 최근 공개한 여러 가지 감상문에서 상당히 많이 말했기 때문에 여기에는 보충만 조금 적어 놓겠습니다.

저는 노동계급 집안에서 태어나 초등교육을 받는 나이부터 가업을 돕고 온갖 노동을 했습니다. 그래서 '인간은 일해야 한다'는 대전제가 제게는 일찍부터 확정된 진리였습니다. 저는 저희 집의 고용인 중 부지런한 사람들을 많이 보았습니다. 또 내가 태어난 도시의 변두리에는 농가가 있었는데 나는 어릴 때부터 그곳에서 경작과 방직에 근면하게 종사하는 많은 남녀를 보았습니다. 저는 그런 사람들의 노동 정신을 존경한 나머지 그러한 정신에서 멀어진 사람들을 보면 그 게으름을 뼛속 깊이 증오했습니다. 나는 모든 인간이 한결같이 일하는 날이 와야 한다고 생각합니다. 또 일하지 않는 사람들이 있기에 다른 사람들이 쓸데없이 일을 너무 많이 한다고 생각했습니다. 또 그 일하지 않는 사람들 때문에 과로하는 사람들이 부담을 지고 있다고 생각했습니다. 이것은 제 본가에서 저와 한두 명의 충실한 고용인이 지나치게 많은 일을 했다는 실질적인 감각에서 미루어 직관한 것입니다.

예전부터 제가 주장한 범노동주의는 실로 경험에서 우러난 직관에서 출발했습니다. 저의 반생이 끊임없는 노동의 과정이기 때문에 이것이 점점 제 내부의 요구가 되었는데 이 요구의 학문적 기초를 주신 첫 번째 은인은 톨스토이입니다.

저는 문화가치를 창조하는 문화생활의 과정은 전적으로 노동의 과정이라고 생각하고 사람은 정신적 또는 육체적으로 노동해야 비로소 자아 발전을 할 수 있습니다. 따라서 문화생활은 노동의 소산이며 인간이 모두 한결같이 노동하지 않으면 문화주의 생활은 이루어질 수 없다고 생각합니다. 그래서 저는 모든 인간이 노동 도덕의 실행자가 되기를 원하며 현재처럼 불로소득으로 생계를 해결하는 계급과 노동하여 보수를 받고 생계를 꾸리는 계급 간의 대항을 없애고 노동자들만의 사회가 되기를 요구합니다(저의 최근의 저서 『심두잡초(心頭雜草)』80)와 지난 겨울 『중외신론(中外新論)』에 게재한 저의 「자본과 노동(資本と勞働)」의 일부분을 참조해 주세요).

최근에 나온 요네다 쇼타로 선생님의 몇 가지 논문을 읽으면 오늘날은 '노동'과 '노동자'라는 개념이 크게 확장되어 '손으로 일하는 생산자' 외에 '뇌로 일하는 생산자'도 노동자라고 부르는 시대가 되어가고 있다는 사실을 알 수 있습니다. 게다가 또 3월호의 『중외신론』에 나온 요네다 선생님의 논문을 보면 실제로 러시아의 학자 미하일롭스키(Nikolai Konstantinovich Mikhailovskii, 1842~1904)81)는

---

80) 1919년에 출간된 요사노 아키코의 7번째 평론집이다. 1918년에 집필한 39편의 평론과 21편의 시가 수록되어 있다. 1918~1919년은 1차 세계대전의 종결, 물가 폭등, 쌀 소동, 시베리아 출병문제 등 국제적으로도 일본 국내적으로도 격동의 시기였다. 아키코는 이러한 움직임에 예민하게 반응하고 자신의 의견을 기탄없이 적고 있다. 「심두잡초를 시작하며」에서 여성의 노동과 경제적 독립에 대해 거듭 주장해 온 것을 적극적으로 사회에 확산시킬 것을 제시한다. 개인으로서의 자존 독립을 전후 사회생활 속에서 확보하기 위한 필요성에서 실감한 것들을 일반 일본 여성에게까지 확대하여 주의하고 비판할 것을 요구하고 있다.

81) 러시아의 사회사상가이다. 농민의 비참한 상태에 동정하고, 지하운동에 경의를 표하면서도, 자신은 합법주의의 범위 안에 머물러 있었다. 잡지 『조국의 기록』을 편집했다. 이 잡지가 발행을 금지당하자 『러시아의 부(富)』를 편집하여, 반(反)마르크스주의의 격렬한 논진을 폈다.

"인격이란 노동의 발현이다"라고 하여 노동하는 사람만을 인격자라고 부를 수 있다고 하는 노동 인격설을 주창하고 있다는 것도 배웠습니다. 저는 저의 막연하고 유치한 직관이 점점 이러한 사상을 바탕으로 확실하게 뒷받침 되고 있어 기쁩니다.

저는 이 범노동주의의 입장에서 여자에게도 모든 노동과 직업을 요구하고 또 그것을 위한 준비로써 여자의 고등 교육도 요구합니다. 제가 여자의 학문과 경제적 독립에 대해 오늘까지 종종 의견을 말하고 있는 것은 사실 이 요구를 관철하기 위해서입니다.

립스는 노동에 대해 말했습니다. "우리는 각자의 소질과 세계 속 각자의 위치에 따라 실현하기에 가장 적합한 목적에 그 힘을 집중할 의무가 있다. 모든 사람은 동일하지 않다. 그러므로 개인이 각자의 지위에서 사회 전체 속 일부로 포함되어, 각자 분업을 통해 전체의 문화적 사명에 공헌한다"라고. 인간의 능력이 다양하니 적재적소에서 문화가치를 창조하는 것이 바람직하다면 개성에 맞는 각종 직업이 여자에게도 해방되어야 합니다. 소다 박사도 "문화가치 실현 과정에서 모든 인격 중 하나라도 그 과정의 표면 밑으로 매몰되는 일 없이 모조리 그 표면에서 자신만의 고유한 위치를 차지하고"라고 말했듯이 제가 말하는 인류 무계급적 연대 책임의 문화생활을 실현하기 위해서는 남녀 상관없이 모든 사람이 직업의 자유를 향유해야 합니다.

세상에는 이를 반대하는 많은 논리가 있습니다. 첫째로 여자 능력의 범위를 현모양처주의로 국한해서 경제적 독립이 불가능하다고 주장하는 논자가 있고 둘째로 여자의 현재 심리, 체질, 처지만을 근거로 노동 능력이 비관적이라고 논하는 자가 있습니다. 또 세 번째로 여자를 장식물이나 장난감으로 취급하는 남자의 미신적이고 감상적인 감정 때문에 여자가 직업을 갖는 것을 비참한 행위라고 하는 논자가 있습니다. 그러나 고대부터 노동적 정신과 노동 그 자체를 신묘하게 유지하고 있는 농민계급 여자들을 비롯해 실내 공업에 종사하고 있는 근대의 여자들이 오늘날에도 그 모성 노동과 함께 경제적 노동을 병행하며 훌륭한 성적을 보여주고 있습니다. 이 사례를 보면 첫 번째 반대설은 소멸해야 할 운명입니다.

히라쓰카 라이초, 야마다 와카 두 여사는 자신들의 경험을 토대로 첫 번째 반대설을 주창하는 사람들입니다. 하지만 두 여사가 모체의 경제적 독립이 불가능하다고 여기는 것은, 뭔가 두 여사 일신상의 환경, 처지에 그것을 불가능하게 하는 결함이 있어서는 아닙니까? 농민이나 어민계급에서 노동하는 여성이 이미 훌륭하게 아내와 어머니로서 경제적 노동을 해내고 있는 사실을 두 여사는 어떻게 바라보시는지요? 굉장히 노골적인 말이지만 두 분은 경제적 노동이 필요한 가정에서 자라지 않았기 때문에 그러한 노동 습관이 없는 것이 아닐까요?

이번 전쟁은 뜻밖에도 여자의 노동 능력이 남자와 비교해도 우열이 없다는 사실을 확인하는 기회가 되었습니다. 이미 이것은 굳이 변명을 덧붙일 필요도 없는 사실이기 때문에 앞에서 언급한 두 번째 반대설도 근거를 잃었다고 해도 무방합니다. 세 번째 반대설은 엄숙한 문화생활의 의의를 이해하지 못하는 사람들의 감상주의라고 치고 그냥 웃어넘기면 됩니다.

　여자를 규방과 부엌에 유폐시키지 않고 직업을 부여하는 것은 우리 일본에서도 일찍이 실행되고 있습니다. 그러나 남녀평등주의에 입각해 그 직업의 범위를 넓히는 것은 극렬히 거부하고 있습니다. 립스는 여자의 직업을 긍정하고 이 문제에 대한 일반적인 해답으로, "모든 사람은 그 특수한 천성과 능력에 따라 그 힘이 미치는 한 이득과 선을(즉 문화가치를) 이 세상에 창조해야 한다는 것만이 유일한 규칙이다. 이것 말고 여성의 직업을 결정하기 위한 특수한 규칙은 필요 없다"라고 말했습니다. 여자에게도 모든 직업을 해방해 여자들이 자기 실력에 맞춰 선택할 수 있게 한다면, 직업상의 자유경쟁을 장려하여 현재의 여자들을 분발시킨다면, 야마카와 기쿠에 여사의 말처럼 일본의 여성계도 겨우 한두 명의 여성 과학자를 진귀하게 여기는 초라한 상태에 정체되어 있지 않을 것입니다.

　립스의 "사람들은 멋대로 여성의 능력을 부정하지 말고 확실한 경험을 바탕으로 결정할 필요가 있다. 그러기 위해서는 여자에게 자신의 힘을 시도하고 발전시킬 기회와 권리를 부여해야 한다. 이를 진전시키지 않고 위축된 채로 두면 여성에게 어떤 힘이 잠재되어 있는지 아무도 알 수 없다. …… 동시에 사람들은 이 문제를 단지 여성이라는 하나의 일반적인 개념으로 논의를 진행해서는 안 된다. 여성도 다양하다, 한 여성의 천성에는 적합하지 않지만 다른 여성의 천성에는 적합한 일도 있을 수 있다"라는 진리를 깨닫고 일본의 남자도 여자도 깊게 반성하기를 저는 열망합니다.

이상은 매우 조잡한 설명이 되었습니다만, 저는 이 다섯 가지 조건을 기초로 해야 비로소 여자의 개조가 확고한 견실성을 가진다고 생각합니다. 이러한 조건은 머지않아 남자 개조의 기초 조건이 될 것입니다. 이것은 여자를 위해 특별히 마련된 현모양처주의나 모성 중심주의 같은 애매한 생활 방침이 아닙니다. 이 중에서도 다른 네 가지는 전부 문화주의로 집중됩니다. 그리고 문화주의는 각 개인이 그 각기 다른 개성에 맞는 한정된 범위에 따라 인류 전체의 문화가치 창조 활동에 참가한다는 의미에서 보자면 철저한 개인주의이며, 인격주의입니다. 또 이에 따라 모든 인격이 편파적이지 않고 편애 없이 평등하고 원만하게 그 삶을 향유할 수 있다는 의미에서 보자면 인도주의입니다. 또한 충분히 현재의 인간성과 사회 사정을 고려하고 미래의 비약적인 가능성을 믿으면서 합리적인 개조에 뜻을 둔다는 의미로 보자면 신이상주의이며, 신낭만주의라고 생각합니다.

1919년 3월

3장 요사노 아키코, '낳는' 고통을 고하다

첫 번째 진통

오늘 나는 고통에 시달리고 있다
육체적 고통에 시달리고 있다
나는 입을 꾹 깨물고 눈을 부릅뜨고
아이를 낳기 전 바닥에 엎드려 누워 있다

왜일까, 나는
몇 번이고 죽을 고비를 넘겨왔건만
고통과 피와 비명에 익숙하건만
미처 억누르지 못한 불안과 공포에 떨고 있다

젊은 의사가 나를 달래며
낳는 것이 얼마나 행복한지 설명해 주신다
그런 것쯤 내가 당신보다 훨씬 잘 알아

그런 말 따위 지금 무슨 소용이람

지식도 현실은 아니고
경험도 과거일 뿐
모두 조용히들 좀 하세요
모두 방관자의 분수를 지키고 가만히 좀 있으세요

나는 그저 홀로
하늘에서도 땅에서도 그저 나 혼자
입술을 꾹 깨물면서
내게 닥칠 저항할 수도 없는 사건을 기다립시다

낳는 행위는 실로
내 몸 안에서 폭발하는
오직 하나뿐인 진실 창조
옳고 그름을 따질 새도 없다

지금 막 첫 번째 진통이……
태양은 돌연 창백해지고
세계는 냉랭히 가라앉는다
그리고 나는 그저 홀로……

1916년

산실의 새벽

유리창 밖 새벽은

창백한 누에고치 같은 마음……

지금 한줄기 아련하게

소리 없는 가지 산호처럼 빛을 끌어와

내 산실 벽을 기어 다니네

문득 보니 기쁘구나

초겨울 연약한

해의 나비가 나왔구나

여기 있는 것은

여덟 번이나 죽음에서 달아나 살아 돌아온 여자--

창백하게 질린 여자, 바로 나와

세상에 난지 5일째

내 산동백나무 꽃 단단한 봉오리를 맺는 딸 엘렌과
꽃병에 꽂힌 장미와
그리고 첫사랑처럼 수줍은
연분홍빛 해의 나비와……
조용하지만 산뜻하게 다가오는 새벽이구나
귀하고 그리운 해여 나는 지금
전투를 마치고 상처 입은 자처럼
지쳐 납작 엎드려 있다
그러나 내 새로운 감격은
해를 숭배하는 교도의 신앙과 같으니
내가 뻗는 두 손을 잡아라
해여, 새벽의 여왕이여
해여, 네게도 밤과 겨울의 고뇌가 있고
천만년 전 예부터 몇억 번이나
죽음의 고통을 참고 젊게 되살아나는
하늘에 빛나는 불꽃 같은 힘의 용감함일까
나는 더욱 너를 따르리라
내가 살아 돌아오는 것은 겨우 여덟 번뿐
겨우 여덟 번의 절규와 피와
그리고 죽음의 어둠을 넘어갈 뿐

1914년 12월

산실 이야기

3월 3일, 히나마츠리(雛祭り) 날[82] 밤 사내아이를 낳고[83] 아직
산실(産室)에 틀어박혀 있는 나에게 의사는 붓을 잡는 것도 글을
읽는 것도 허락하지 않았습니다. 평소 워낙 바빠 살다 보니 이렇게
그저 조용히 누워만 있노라면 왠지 홀로 여행을 떠나 한가롭게 온

---

[82] 여자아이가 건강하고 예쁘게 자라고 미래에 행복해지기를 기원하는 일본의 전통적
축제일로 3월 3일이다.

[83] 삼남 린(麟)이 태어난 후에 쓴 글이다. 아키코는 총 11번 출산해 13명의 아이를 낳았
는데 이 중 11명이 무사히 성인으로 자랐다. 순서대로 1902년 장남 히카루(光), 1904
년 차남 시게루(秀), 1907년 장녀 야쓰오(八峰), 차녀 나나세(七瀬), 1909년 삼남 린
(麟), 1910년 삼녀 사호코(佐保子), 1911년 사녀 우치코(宇智子), 1913년 사남 아우구
스트(アウギュスト, 훗날 이쿠(昱)로 개명), 1915년 오녀 엘렌(エレンヌ), 1916년 오남
겐(健), 1917년 육남 슌(寸, 태어난 지 이틀 만에 사망), 1919년 육녀 후지코(藤子)이다.
아이들의 이름이 특징적인데 저명인들의 영향을 받았거나 작명해주거나 했다. 예를
들어 장남 히카루의 이름은 번역가이자 시인인 우에다 빈(上田敏, 1874~1916)이 지
어주었고, 야쓰오와 나나세의 이름은 작가 모리 오가이(森鷗外, 1862~1922)가 지어
줬으며 사남 아우구스트는 조각가인 로댕을 만난 기념으로 지은 이름이다.

천에 잠겨 있는 것만 같고 또 평소에 생각지도 않던 일들이 이것저 것 떠오릅니다. 의사 선생님께는 비밀로 조금만 적어 내려갈까 합니다.

임신의 어려움, 출산의 고통, 이런 일은 도저히 남자들은 알 수 없는 일 아니겠습니까?[84] 여자는 사랑을 하는 데도 목숨을 걸어야 합니다. 하지만 남자들은 반드시 그렇다고는 할 수 없습니다. 사랑을 할 때 남자가 목숨을 걸어야 할 일이 어쩌다 우연히 생길 수는 있겠습니다. 하지만 목숨을 걸어야 하는 출산이라는 사건에 남자는 아무런 관계도 없고 또 아무런 도움도 되지 않습니다. 출산은 천하의 여성들이라면 다들 맡고 있는 중역입니다. 국가가 중요하다느니, 학문이 어떻다느니, 전쟁이 어떻다느니 해도 여자가 인간을 낳는 크나큰 임무보다 더 뛰어난 일은 없다고 생각합니다. 예부터 여자들은 손해 보는 역할을 맡아, 다시 말해 이런 목숨을 걸어야 하는 부담을 지면서도 남자들이 만든 경문이나 도덕이나 국법에서는 죄질이 깊은 사람처럼, 열등하고 약한 사람처럼 취급됩니다. 도대체 왜 그럴까요? 설령 어떠한 죄나 결점이 있더라도 부처님이나 기독교의 예수 같은 성인을 비롯하여 역사상 수많은 석학과 영웅을 낳은 공적

---

84) 이 수필은 『도쿄26신문(東京二六新聞)』 1909년 3월에 게재되었고, 아키코의 1번째 평론집 『어떤 생각에서(一隅より)』(1911)에 수록되어 있다. 이 평론집은 당시 3~4년 간의 감상문이나 시편 등을 일부 모아서 만든 책으로 19편의 평론과 수필 11편의 시가 수록되어 있다. 특징적인 것이 「산실 이야기」, 「산욕의 기」, 「산욕별기」 등 이른바 출산이나 아이들에 대한 이야기가 많이 수록되어 있다. 당시 이미 아이가 7명이었다. 출산의 경험과 고통, 그리고 그 경험을 거쳐 얻은 여성의 강인함 등 다양한 감상을 솔직하게 담고 있다.

은 대단하지 않습니까? 이렇게 큰 공적이 있으니 당연히 다른 죄 모두를 용서해 줘도 좋다고 생각합니다.

해산할 기미가 보이고 극심한 진통이 닥칠 때마다 느낀 제 감정을 속이지 않고 말해 보자면 그럴 때면 항상 남자가 밉습니다. 아내가 이렇게나 고통스러워하며 생사를 오가고, 식은땀을 줄줄 흘리며 온몸의 뼈가 모조리 부서질 정도의 심정으로 신음하고 있는데, 이럴 때 남편은 아무짝에도 쓸모가 없지 않겠어요? 이럴 때는 세상 어떤 남자가 와도, 누구 한 명 진정한 내 편이 되어 줄 수 없습니다. 여자가 목숨을 걸고 있는 절체절명의 때에 절대로 진정한 내 편이 되어 줄 수 없는 남자는 아득한 옛날부터 여자의 원수로 정해진 것이 아닐까요? 평소의 사랑도 애정도 모두 여자를 배신하기 위한 가면이었을까요? 그렇게 생각하다 보면 그저 남자가 밉습니다.

그래도 아이가 배에서 나와 내는 첫 울음소리를 들으면 '이것 참, 나는 세상 어떤 남자도, 어느 누구도 해낼 수 없는 큰 공을 세웠다. 여자의 소임을 훌륭히 해냈다. 석가모니를 낳은 마야부인도 예수를 낳은 마리아도 이렇게 아이를 낳았구나' 하는 기분이 되어, 몸과 마음이 더할 나위 없는 환희 속에 녹아듭니다. 마침 그때쯤이면 통증도 누그러들기 때문에 뒤처리는 산파에게 부탁하고 밀려오는 잠에 혼쾌히 피로한 몸을 맡깁니다. 물론 이 순간 나 자신이 세계에서 가장 큰 공적을 세웠다는 생각에 남자의 미운 짓 따위는 아이를 낳자마자 다 잊어버리고 세상에서 제일 미운 놈이지만 그냥 용서해 주자는 기분이 됩니다.

요즘 여러 소설가나 비평가 선생님들이 절박한 인생에 대해 이러쿵저러쿵 말씀하십니다. 하지만 세상의 남자분들이 과연 산모가 경험하는 정도의 목숨을 건 중대사를 만날 수나 있을까요? 우리 여자들 마음으로는 상상이 가질 않습니다. 인생의 절박한 순간이라고 하면 '사형 5분 전'이 제일인 듯한데 산모는 종종 '사형 5분 전'에 직면합니다. 항상 십자가에 매달려 새로운 인간 세상을 창조하고 있는 것은 여자입니다. 다야마 가타이(田山花袋, 1871~1930)[85] 선생님께서 최근 『여자 문단(女子文壇)』[86]에서 "남자는 여자라는 존재를 도저히 이해할 수 없다"라고 하셨지요. 그 말 그대로일 겁니다. 하지만 "남자와 여자는 생식(生殖)의 길을 벗어나면 도저히 교섭할 수 없지 않을까"라고 하신 말은 제가 앞서 "남자가 밉다"고 느낀 이유를 확인시켜주고 남자의 무정함을 보여주는 일입니다. 그것이 '현실을 객관화'할 수 있고 이성적이고 명석한 남자가 여성의 진정한 가치의 진리에 대해서 말씀하셨다고는 결코 생각하지 않습니다.

여자 없이 어디 삶이 성립될까요? 여자 없이 어떻게 남자가 존재할까요? 이 명백한 사실을 보더라도 남녀의 교섭이 얼마나 절실하고 전체적인지는 말할 필요도 없습니다. '생식의 길을 벗어나면 도

---

85) 일본의 소설가이다. 1906년에 잡지 『문장세계(文章世界)』가 창간되었을 때 편집주임을 맡았으며, 1907년 자신의 체험을 적나라하게 살린 작품 『이불(蒲団)』을 발표하여 자연주의 문학에 커다란 영향을 끼쳤다.
86) 일본에서 여자들을 대상으로 1905~1913년 동안 발행되었던 문학잡지이다.

저히 교섭할 수 없지 않을까'라는 말은 오로지 생식의 길에만 흥미가 있으신 일부 문학자들의 비뚤어진 생각이 아닐는지요.

남자와 여자를 엄격하게 구별해 여자가 특별히 더 뛰어난 것처럼 으스대고 싶어서 하는 말이 아닙니다. 우리는 모두 같은 사람입니다. 단지 협동하여 생활을 꾸려나갈 때 서로가 자기 자신에게 적합한 일을 맡을 뿐입니다. 아이를 낳기 때문에 더럽고 전쟁에 나가기 때문에 고귀하다는 편파적인 생각을 남자도 여자도 가지지 않도록 만들어가고 싶습니다. 왜 여자만 혼자 약자죠? 남자도 상당히 약자입니다. 통계는 일본에 남자 거지가 더 많다는 것을 보여줍니다. 왜 남자만 훌륭하죠? 여자는 아이를 낳습니다. 남자가 할법한 노동을 여자도 하고 있습니다.

일반 대중이라면 모를까 새로운 시대의 여러 문학가 선생님들이 여자를 약자로 보아 농락하고 대등한 사람으로서의 가치를 인정하지 않으시다니요. 생식의 길에서만 교섭을 인정하시는 것은 아직도 낡은 사상에 얽매여 계시거나 옛날 옛적 야만 시대의 짐승이나 다름없는 심성을 새로 부활시키실 생각이시거나 둘 중 하나시겠죠. 어느 쪽이든 진정한 문명인의 사상에 실질적으로 도달하지 않으셨기 때문입니다.

여자가 남자를 경멸할 이유가 없듯이 남자가 여자를 경멸할 이유도 전혀 없습니다. 석가모니가 여자의 오른쪽 옆구리에서 태어난 것, 성령으로 예수 그리스도를 잉태해 낳은 것, 해를 먹고 히데요시를 낳았다고 말하는 것[87]은, 여자가 불결하고 부정하다는 생각 때문에 남자들이 남긴 기록일 테지요. 그런데 그것이 오히려 여자를 위대한 존재로 만드는 묘한 결과가 되었으니 알 수 없는 일입니다. 햇살이나 성령으로 잉태되거나 옆구리에서 태어나거나 하는 기적이야말로 남자들은 영원히 할 수 없는 재주가 아니겠어요?

여자들이 동맹을 맺어 아이 낳기를 거부하면 어떨까요? 또 문학가나 신문기자에게 여성에 관한 일을 전부 쓰지 말라고 하면 어떨까요? 그게 아니면 소설과 신문을 아무것도 읽지 못하게 하면 어떨까요? 그런 극단적인 일이 아니더라도 하녀가 부엌에서 사소한 실수를 해서 음식에 독약을 섞어도 남자에게 비참한 결과가 되겠죠. 남자가 여자와 서로 협동하고 존경하기를 소홀히 하는 것은 결코 명예로운 일이 아닙니다. 적어도 진보한 문학가라면 대등한 '사람'으로서 여자의 가치를 인정해 주셨으면 합니다.

그렇다고 여성을 숭배하는 소설들만 나오기를 바라는 것은 아닙니다. 세태를 반영하는 것이 소설이라면 여자의 약점도 장점도 공평하게 다루면 됩니다. 고의로 약점만 짚어내는 불성실한 태도, 아니 태도라기보다는 작자의 인격이지요. 그 인격을 고쳐주시길 바랍니

---

87) 마야부인은 석가모니를 낳기 전 하얀 코끼리가 옆구리를 통해서 자궁 속으로 들어오는 꿈을 꾸게 되고, 룸비니 동산에서 석가모니를 낳게 된다. 전설에 의하면 부인이 살라나무에 오른쪽 팔을 올려 가지를 붙잡았을 때, 그 오른쪽 옆구리로부터 석가모니가 탄생했다고 한다. 예수는 동정녀 마리아의 몸을 빌려 성령으로 잉태해 태어났다고 한다. 그리고 도요토미 히데요시는 어머니가 히요시(日吉) 신사에 참배하러 갔을 때 해가 품에 안기는 꿈을 꾸고 히데요시를 낳았다는 탄생에 얽힌 일화이다. 앞의 석가모니나 예수처럼 도요토미 히데요시를 신격화하기 위해 만들어진 신화로 생각된다.

다. 정말 존재하는 약점이라도 깊이 파고들어 관찰하지 않는다면 그저 전부 남자들 마음대로 만들어진 거짓 약점이 될 뿐, 여자의 진정으로 추악한 점은 보이지 않습니다.

옛 소설에는 여자의 아름다운 미덕들이 많이 쓰여 있습니다. 그런데 저희 여자들이 보기에는 의외로 여자의 그럴 듯한 가식적인 약점을 남자가 장점이라고 오해하는 경우가 있는 것 같습니다. 그런 글을 읽고 여자들이 '이렇게 하면 남자에게 호감을 얻는구나' 하는 가식적인 생각이 더욱 심해져서 자연스럽게 남자를 얕잡아 보는 경우도 적지 않습니다. 이와 반대로 별거 아닌 약점을 잡아 그것이 여자 성격의 전부인 것처럼 쓴 요즘 소설을 보면 더욱 마음에 들지 않습니다. 예전에는 한결같이 여자 앞에서 헤벌쭉거리는 듯한 소설이 있었습니다. 요즘 종종 보는 외국 소설 등에서 힌트를 얻어 책상 위에서만 쓰여진 소설 또한 현실의 진실과는 동떨어져 있습니다. 저는 그럴 듯 하기만 하다면 공상하고 상상해서 쓴 작품도 매우 좋아합니다만, 한편으로는 철저한 관찰을 바탕으로 섬세하고 깊이 있게 실제의 인간을 옮겨 놓은 듯한 소설도 보고 싶습니다. 거짓 같은 진짜 소설은 싫습니다.

예를 들어 여자를 육체적이고 한심한 존재로만 치우치게 쓰는 소설이 있습니다. 이따금 그런 병적인 여자도 있습니다만 여자들이 모두 그렇다고는 생각하기 어렵습니다. 이것은 여자가 아니고는 좀처럼 알기 어려운 일로 남자가 쓴 글만 봐서는 신용할 수 없습니다. 여자의 대부분을 남자들이 이해하지 못한다고 생각하지는 않지만,

여자가 아니고는 알 수 없는 점이 일부분은 있겠지요. 여자 시점에서 남자들을 보면 역시 모르는 부분이 다소 있습니다. 예를 들어 아버지들이 아이를 어머니들과 똑같이 사랑한다고 하는데 저는 그 마음을 잘 모르겠습니다. 여자는 임신했을 때부터 아이를 위해 고통을 감내합니다. 태내에서 아이가 움직이면 어머니는 일종의 신비한 감각에 젖어 그 아이에 대한 친근감을 느낍니다. 출산할 때는 생명을 걸고 자기 살의 일부를 나누어 준다는 감각이 절실해집니다. 태어난 아이는 저 깊은 바다 밑바닥에 내려가 채취해 온 진주라고나 할까요? 도저히 무엇과도 비교할 수 없을 정도로 귀엽습니다. 남자는 정신적으로도 육체적으로도 아이와 이런 관계가 추호도 없는데 왜 아이를 귀여워하는 걸까요?

또 소설을 읽어도 다야마 가타이 선생의 『이불(蒲団)』의 주인공이 더러운 이불을 뒤집어쓰고 우는 부분에서 남자의 심정은 아무래도 우리 여자들은 이해할 수 없습니다.[88] 그런 소설을 읽으면 육감적이

---

88) 다야마 가타이가 1907년에 발표한 소설이다. 스승과 여제자의 관계를 사제지간이 아닌 남녀관계로 그리고 있는 점, 또한 근엄한 겉모습 뒤에 감추어진 중년 남성의 성욕을 적나라하게 그려내면서 인간의 추악함을 폭로하고 있다. 제목인 '이불'은 여자 주인공 요시코가 덮고 자던 이불을 말하는데, 그녀를 고향으로 돌려보낸 뒤 그녀의 방에 들어가 그 이불의 냄새를 맡는 도키오의 행위는 억압된 성이 표출된 것으로, 도키오가 사랑했지만 영원히 자기 애인으로 만들 수 없었던 그녀를 냄새로나마 소유하고자 하는 욕구가 나타나 있다. 여주인공 요시코의 모델이 된 오카다 미치요(岡田美知子)에게 항의를 받아 문단을 떠들썩하게 했다. 요사노 아키코는 이러한 자기 폭로적인 소설을 쓴 다야마 가타이의 말을 비꼬고 있다. 해당 구절은 다음과 같다.
"도키오는 이불을 끌어내렸다. 여자의 그리운 기름 냄새와 땀냄새가 말할 수 없이 도키오의 가슴을 두근거리게 했다. 잠옷의 깃에 유난히 때가 묻은 자리에 얼굴을 비비며 마음껏 그리운 여인의 체취를 맡았다. 성욕과 비애와 절망이 문득 도키오의

고 동물적이라는 평은 여자가 아니라 오히려 남자에게 내려야 하지 않을까 싶습니다. 여자가 보기에 남자는 바삐 여러 일을 하는 와중에도 끊임없이 매춘부 등에게 손을 댑니다. 세상 남자 중에 죽을 때까지 여자와 아무런 관계없이 사는 사람은 거의 없을 것입니다. 여자는 스무 살 이전, 그리고 어머니가 된 후가 되면 대체로 성적 욕구가 적어지거나 거의 잊는 사람까지 있다는데 최근 듣기로 남자 문학가 선생님 중에는 종종 불타는 중년의 사랑을 하시는 모양입니다. 또 미성년자 남자나 60, 70세의 남자들까지도 젊은 여성에게 시시덕거리는 실례가 넘쳐납니다.

그러나 보기 드문 병적인 부인을 예로 들어 '여자는 육감적이고 육체적이다'라고 단정할 수 없듯이 남자도 전적으로 동물적이라고는 할 수 없습니다. 『이불』의 주인공 도키오 같은 사람 역시 병적인 남자의 특이한 예일 것입니다. 도대체 남녀의 구별이라는 것이 지금까지는 너무 표면적인 일부분만을 표준으로 해 오지 않았나요? 세상에는 여자 같은 외모, 피부, 목소리, 기질, 감정을 가진 남자가 있고, 똑같이 전부 남자 같은 성질을 지닌 여성도 있습니다. 즉 아이를 낳는 기능을 갖춘 남자도 있고 문학자, 교사, 농부, 철학자가 될 능력이 있는 여자도 꽤 있을 것으로 생각합니다. 여러 가지 학문 이론과 다양한 실험으로 조사한다면 남녀를 구별하기 위한 기준을

가슴을 엄습했다. 도키오는 그 이부자리를 깔고 잠옷을 걸치고 차갑고 더러워진 우단 옷깃에 얼굴을 파묻고 울었다. 어둑어둑한 방 밖에서는 바람이 거칠게 불고 있었다."

생식에만 두는 것은 잘못일지도 모릅니다. 그러면 남녀 중 어느 한쪽만 완전히 육감적이라는 말도 잘못되었겠지요. 육감적인 사람은 남녀 모두에게 일부 존재합니다. 그도 아니면 인간이 보편적으로 다소 육감적인 면이 존재하게 만들어져 있을지도 모릅니다. 그런 부분까지 학문 이론을 살피고 실제적인 관찰을 해서 소설을 쓰지 않으면 진보했다고 할 수는 없을 것입니다.

남자 작가는 진정한 여자에 대해 쓸 수 없을지도 모른다는 말들을 하는데 어떨까요? 여자가 아니면 이해할 수 없는 부분이 어느 정도 있다는 점은 앞에서 말한 대로일 것입니다. 하지만 여자 안에 존재하는 공통된 '인간적'인 부분을 남자들이 이해하지 못할 리 없습니다. 어쩌면 보통 남자들은 모를 수 있겠지요. 하지만 문학자라면 날카로운 관찰과 감수성으로 깨달아야 하지 않을까요? 여자가 아니면 이해할 수 없는 점조차도 문학자라면 알 수 있다고 저는 생각합니다. 죄인이 되어야 죄인의 마음을 알 수 있다면 문학자가 무슨 소용이 있겠습니까? 사막 안의 개는 20리 앞 사람의 냄새를 맡는다고 합니다.

그렇다고 여자 작가가 여자에 대해 쓴다고 그 진상을 잘 밝힐 수 있느냐고 한다면, 지금까지 일본의 여자 작가가 쓴 글 중에서는 그런 모습을 볼 수 없었습니다. 남자 묘사는 남자가 더 잘한다는 것은 말할 필요도 없고 여자가 쓴 남자는 물론 썩 좋지 않습니다. 히구치 이치요(樋口一葉, 1872~1896) 씨[89]의 소설에 등장하는 남자 등이 그 예입니다만, 여자가 쓰는 여자도 대부분 마찬가지로 허구의 여자나 다름 없고 남자 독자들이나 좋아하는 여자라고 생각합니다. 이치요 씨가 쓴 여자를 남자들이 무척 좋아한 것은 물론 뛰어난 문장 때문이지만 어느 정도는 예술적으로 조형된 여자가 쓰여 있기 때문일 것입니다.

여자는 오래전부터 필요에 따라 어느 정도 남자에게 가식적인 성정을 기르고 표면을 꾸미게 되어 있습니다. 그래서 자신의 아름다운 점도 추한 점도 숨기고 자연스럽게 가급적 남자의 마음에 드는 일을 남자가 가르쳐 준 대로 하는 경우가 있습니다. 여자가 하는 일의 과반이 모방일 수 있으나 이는 결코 여자의 본성이 아닙니다. 오랫동안 자신을 숨길 수밖에 없게 만든 습관이 제2의 성질이 되어 버린 것입니다. 문학을 쓸 때도 여자는 남자의 글을 본보기로 해서 남자의 마음에 들 만한 글이나 남자 시점의 글을 쓰려고 합니다. 여자는 남자들이 하는 것처럼 자기 자신을 발휘하여 작품을 창조하는 것을 사양하는 경향이 있습니다. 그래서 여자가 본 진정한 세태나 진정한 여자가 작품에 등장하지 않습니다. 이것을 오해해서 여자는 객관적인 묘사를 할 수 없고 소설을 쓸 수 없다고 말하는 사람이 있습니다.

---

89) 일본의 소설가이다. 다양한 여성들의 삶과 고뇌를 언어화했다. 대표작인 『키 재기』에서는 요시와라의 구시대적 활기와 메이지적인 어둠, 사치와 빈곤, 해학과 슬픔이 교차하는 세계에서 살아가는 소년 소녀들의 성장을 그렸다. 1896년 과로로 인한 폐결핵 악화로 24년간의 짧은 생을 마감했지만 죽기 전 1년 2개월 동안 『십삼야(十三夜)』, 『흐린 강(にごりえ)』 등의 주옥같은 작품을 남겼다. 비극적인 삶과 대조적으로 이치요는 사후 얼마 되지 않은 시기부터 당대 최고의 여성 소설가로 화려한 명성을 얻었으며 2003년 5000엔권 지폐의 모델이 되기도 했다.

하지만 도쿠가와시대부터 지금의 메이지시대까지는 제대로 된 여자 작가가 나오지 않았지만, 헤이안시대의 문학에서는[90] 남자들 모두 여자의 소설을 본받고 그것을 모방해 그에 미치지 못하는 것을 부끄러워합니다. 재능이 넘치는 여자가 진실로 자기 자신을 발휘한다면, 『겐지 모노가타리』 같은 능수능란한 작품이 앞으로 나오지 않으리라는 법은 없습니다. 무라사키 시키부가 쓴 여자들은 모두 당대 여자들의 모습 그대로일 것이라 여성이 봐도 재미있습니다. 여자의 추악한 방면도 상당히 묘사하고 있으니까요. 그래도 여전히 여자의 어두운 면을 『고콘초몬주(古今著聞集)』[91]나 『곤자쿠 모노가타리슈(今昔物語集)』[92]만큼 노골적으로 쓰지 않은 것은 당시의 본보기였던 중국 문학에 그런 종류가 없었던 탓도 있겠지요. 또 하나는 여자의 심하게 추악한 모습을 남자에게 보이지 않으려는 가식된 마음, 후세 도덕가의 말로 하자면 정숙한 마음 때문에 그렇게 쓰지

---

90) 도쿠가와시대는 흔히 에도시대라고 하며 1603~1868년까지를 말한다. 메이지시대는 1868~1912년, 헤이안시대는 794~1185년이다.

91) 1254년 성립된 헤이안 귀족의 교양이나 생활에 관련하여 개인적인 에피소드를 수록한 설화집이다. 작자는 다치바나노 나리스에(橘成季, 생몰년 미상)이다. 20권 30편으로 구성되어 있으며 형식면에서 가장 잘 정리된 중세 세속 설화집으로 평가받는다. 실용을 위한 기록뿐 아니라 오락을 위한 읽을거리로서의 성격도 띠고 있어, 30편 안에 수록된 704화에 달하는 이야기는 귀족에서 서민에 이르기까지 폭넓게 읽혔다.

92) 11세기 후반에 성립된 작자 미상의 설화집이다. 인도, 중국, 일본의 불교와 세속에 관한 설화를 수집하여 31권(현존 28권)으로 엮었다. 설화의 모두 부분은 "今は昔(지금은 이미 옛날 일이 되었지만)"로 시작된다. 헤이안시대 말기의 사회와 사상, 풍속 등을 잘 묘사하였다는 점에서 당시 불교는 물론 사회와 역사까지도 고찰할 수 있는 귀중한 문헌으로 평가된다. 일본 중세의 설화와 전쟁사 성립에 큰 영향을 끼쳤으며 문학에도 큰 영향을 끼쳤다.

않은 것이 아닐까요?

무라사키 시키부는 여자를 잘 썼지만 남자는 그 정도로 잘 쓰지 못했습니다. 『겐지 모노가타리』의 주인공 히카루겐지는 아무래도 이상적인 인물일 뿐, 당시의 역사를 읽은 사람이라면 이런 남자의 존재를 믿을 수 없습니다. 옛날부터 여자들이 남자 캐릭터를 만들기란 어려운 일이었을 것입니다. 극작가 지카마쓰 몬자에몬(近松門左衛門, 1653~1724)[93]이 쓴 여성 중에서 오타네(お種), 오사이(お才), 고하루(小春)와 오산(お三)[94] 등은 여자가 읽어도 고개가 끄덕여집니다. 하지만 정절이나 충의를 강조한 여자 캐릭터 따위는 인형이나 다름없습니다.

여성 소설가가 앞으로 성공하기 위해서는, 이제까지 해 온 것처럼 남자들의 소설을 모방하는 짓은 그만두고 세상에 여성스럽게 보이고자 하는 가식적인 마음을 내던져 자기 감정을 가다듬고, 자기 자

---

93) 에도시대를 대표하는 조루리(浄瑠璃) 작가이자 가부키(歌舞伎) 작가이다. 그의 대표작 『소네자키신주(曾根崎心中)』는 실제 사건을 극화한 것으로 큰 인기를 끌면서 사랑하는 남녀가 내세를 기약하며 동반자살하는 이른바 신주(心中)가 일본 전역에 유행할 정도로 사회적인 반향을 일으켰다.

94) 오타네는 「호리카와 나쓰미노 쓰스미(堀川波鼓)」의 여주인공으로 남편을 사랑하면서도 잠깐의 실수로 다른 사람의 아이를 가지게 되고 결국 자살하게 된다. 오사이는 「야리노곤자카사네카타비라(鑓の権三重帷子)」의 주인공으로 간통의 누명을 쓰지만 명예를 위해 남편의 칼에 죽는 역할이다. 고하루와 오산은 「신주텐노아미지마(心中天網島)」의 등장인물이다. 오산은 남편 지혜와 동반자살하려고 하는 고하루를 설득하고 고하루는 여자끼리의 의리를 지키기 위해 동반자살을 거절하고 변심한 척한다. 오산은 고하루를 집으로 받아들이려고 하지만 친정 아버지에게 들켜 이혼하게 되고 지혜는 원래 결심대로 고하루와 동반자살하지만 오산에 대한 의리 때문에 고하루를 먼저 죽이고 지혜는 다른 곳에서 목을 매달아 자살한다. 모두 강렬한 인상을 남기는 여성 캐릭터들이다.

신을 날카롭게 관찰하고, 여자의 마음씨를 거리낌 없고 진실되게 드러내는 것만이 최고의 방법이라고 생각합니다. 또 여자 작가가 이런 태도로 글을 쓰면 꼼꼼히 투철하게 여자의 진면목을 보여주는 것이니 여자의 아름다움과 추함을 남자들도 이해할 수 있게 되겠지요. 이러한 태도라면 여자들도 소설을 쓸 수 있다고 믿습니다. 이렇게 말하면 여자는 아주 어둡고 흥을 깨는 존재이고, 여자들이 저러한 태도로 기탄없이 글을 쓴다면 풍속을 어지럽힐 것이라고 생각하는 사람도 있겠지요. 하지만 여자 또한 사람입니다. 남자에 비해 유별나게 뒤떨어진 존재가 아니라, 어쩌면 아름다운 점은 남자보다 많고 추한 점은 남자보다 적을지도 모릅니다. 여자뿐만 아니라 남자들도 추악한 점을 아직 감추고 있는 것은 아닐까요.

『고사기』의 여자 시인들이나 오노노 고마치(小野小町, ?~?),95) 세이 쇼나곤(清少納言, 964?~1025),96) 이즈미 시키부(和泉式部, 978~?)97)

---

95) 헤이안시대 전기 9세기에 활약했던 여성 시인이다. 닌묘 천황(仁明, 810~850), 몬토쿠 천황(文徳, 827~858) 시대에 후궁에서 일했다. 아름다운 용모로 알려져 '고마치'는 미인이라는 뜻의 단어로 사용되고 있다. 많은 전설이 있으며 다양한 요곡과 가부키의 주제가 되었다.

96) 헤이안시대의 일본의 여성 작가이자 시인으로 궁인으로 활약했다. 궁정 생활에서 듣고 본 일이나 감상을 여성의 시각으로 경쾌하고 재치 있게 묘사한 수필집 『마쿠라노소시』의 저자로 이 작품은 『겐지 모노가타리』와 함께 헤이안시대를 대표하는 작품으로 손꼽히며 후대의 문학에도 많은 영향을 끼쳤다.

97) 헤이안시대 중기 여성 시인으로, 헤이안시대 여류 가인 중 가장 많은 시를 썼으며 『이즈미 시키부집(和泉式部集)』, 『이즈미 시키부 일기(和泉式部日記)』 등을 남겼다. 자유롭고 활달한 필치에 애수를 담은 감성, 자유자재의 용어 구사는 후세에 높은 평가를 받았다. 또한 애욕의 가인, 관능의 가인이라고도 불릴 만큼 한결같이 사랑의 애환을 노래하고 있다.

등의 시를 보면 여자가 주관이 뚜렷하고 섬세한 영탄을 남기고 있습니다만, 이러한 여자 문학자들은 비교적 가식적이지 않고 진솔하게 여자의 감정을 노래하고 있습니다. 나는 앞으로 소설가뿐만 아니라 새로운 여성 시인도 나오기를 기도하고 있습니다.

1909년 3월

산욕의 기록

　나는 아직도 병원 분만실에 누워 있다. 저녁이 되면 실내에서는 가스스토브를 켜는데 좋은 날씨가 매일 계속되고 있어서 해가 뜬 동안은 따뜻하다. 게다가 이 방은 남쪽을 바라보는 가장자리에 유리문이 있어서 장지문을 살짝 열어 두어도 바람이 스며들 염려는 없다. 다만 햇살이 눈 부셔서 간호사가 두 장짜리 작은 병풍을 장지문에 비스듬히 기대듯 세워 놓았다. 아직도 새것 냄새가 남아 있는 다다미 위에는 작은 탁자가 하나 있을 뿐 그 외에는 아무것도 없다. 탁자에는 묘화원(妙華園)98)의 온실에서 나온 꽃을 꽂은 유리 꽃병과 이번 달 새로운 잡지가 10권 정도 놓여 있다. 깨끗하고 정갈하고 조용한

---

98) 가와세 하루타로(河瀨春太郞)가 1985년에 개설한 연못, 온실이 있는 식물원, 동물원, 운동장, 매점 등이 있는 현대의 테마파크와 같은 곳이다. 1921년 폐원했다.

방이다.

간호사는 옆에 딸린 방에 대기하고 있다. 이 방에는 화로와 다기와 수건걸이, 세간을 넣어두는 벽장과 식기를 넣는 상자 등이 갖춰져 있다. 문병하러 온 사람들은 모두 여기서 모자나 코트나 외투를 벗는다. 그 사람들이 내 앞에 나타날 때는 모두 겉옷을 벗어 던진 모습이다. 새삼스레 멋들어진 하오리와 하카마를 갖춰 입은 사람은 적고 대개는 평상복 차림이다. 나체로 들어오는 것과 별반 다를 것이 없다. 장황하게 격려의 말을 늘어놓는 사람도 없다. 모두 "사모님, 건강은 어떠세요." 정도의 말을 하고 나중에는 제국 극장[99]에 관련된 소문이라든지 신간 소설의 평판 같은 소식을 잠시 나누고 돌아간다. 나는 그들이 주는 서먹하지 않고 허물없는 따뜻하고 진한 우정이 기쁘다.

그렇다고 그들이 서로만의 한정된 교제 범위 안에서만 살아가는 사람들은 아니다. 예술만 해도 먹고살 수 있는 시대에 사는 사람들도 아니다. 옆에 딸린 방으로 물러나자마자 어떤 사람은 대학모를 쓰고, 어떤 사람은 수달 모피를 옷깃에 붙인 외투를 걸치고, 어떤 사람은 변호사 시험에 응하기 위해 준비한 필기도구를 넣은 필통을 겨드랑이에 끼고 각자 돌아간다. 병원 문을 한 걸음만 나서면 벌써 보통 사람들과 섞여 거리를 걸어간다. 나는 몸상태 때문에 배웅하러

---

99) 제국극장은 1911년 3월 1일 개장된 프로시니엄(proscenium) 형태의 극장으로 도호(東宝)가 운영하고 있다.

나가지는 못하지만 굳이 보지 않아도 내 친구들이 각각 어떤 옷을 걸치고 이 병원 문을 통해 세상으로 나갈지, 어떤 '가면'을 쓰고, 어떤 삶을 살아갈지는 대개 상상이 간다. 어차피 군인은 될 수 없는 사람들이니까 조국에서 귀한 대접을 받을 수는 없을 것이다. 나는 이런 생각을 하며 혼자 슬며시 미소를 지었다.

딸린 방 앞은 복도가 이어져 있고 현관에서 여기까지 오려면 두세 번 꺾어서 40~43미터나 되는 긴 복도를 지나야 한다. 게다가 언덕 같은 지형을 이용해서 지어진 병실 복도라서 가파른 경사를 2, 3번이나 오르내려야 한다. 지나가는 사람은 모두 짚신을 신고 까치발을 들고 다닌다. 이곳은 소리를 싫어하는 나라다. '발소리는 정숙하게'라는 벽보가 여기저기 붙어 있다. 어느 병실 앞에는 '중증 환자가 있사오니 특히 발소리를 조용히 주의해주시길 바랍니다'라고 쓰여 있기까지 하다고 누군가 알려주었다.

그러나 병실에 누워 있는 몸으로서 말하자면 다들 꺼리는 그 '소리'가 무엇보다도 그립다. 우주니 인생이니 하는 것도 객관적으로 말하면 요컨대 선과 색과 소리가 복잡하게 얽혀 만들어진 것이다. 학문과 예술에 종사하는 사람은 그 복잡한 선과 색과 소리가 존재하는 미묘하고 위대한 조화를 읽고 일반 대중 앞에 표현하는 존재라고 할 수 있다. 물론 나는 그렇게 훌륭한 예술가도 아니고 특히나 지금의 나는 아이를 낳고 피로의 회복만 기다리며 천장을 바라보고 있는 '보통 여자'일 뿐이다. 그렇다 해도 이 병실에서 보는 선과 색이란 너무나 빈약하다. 소리라고는 옆방에서 쇠 주전자가 끓는 소리와 이따금 복도 앞 긴 세면장에서 의사와 간호사가 수도꼭지를 틀어서 손을 닦는 소리, 어디선가 간호사들이 사담을 나누는 소리, 간호사 대기실에서 나는 시계 소리 정도밖에 없다. 집에서는 늘 조용하기를 바랐던 나도 이 단조로움만은 참을 수가 없다. 2~3일 전까지만 해도 시계가 울리기를 기다렸다. 하지만 이제는 12시는 되었겠지 짐작했다가 겨우 초저녁 9시를 알리는 종소리에 실망해서 그 심술궂은 소리 따위는 안 들리는 게 좋다고 생각했다. 귀를 기울여 무언가 새로운 소리를 찾으려 해도 색다른 소리를 들을 수 없는 것은 고통이다.

가끔 복도 멀리서 희미한 신발 소리가 나고 그 소리가 내 방 앞에 멈췄을 때는 몹시 가슴이 뛴다. 기대가 도를 지나쳐 다른 병실의 문병객일 때는 비참한 기분마저 든다. 사람은 고립을 싫어한다. 동정받고 싶은 본능이 있나 보다.

매일 학교에서 돌아오는 길에 들르는 큰아들은 아무리 일러두어도 복도에서 소리를 낸다. 나는 신경이 쓰이면서도 어린애다운 발소리를 들으면 가슴이 두근거린다. 밤에 병문안을 와주는 남편은 조용히 복도에 서서 손가락 끝으로 두어 번 가볍게 딸린 방 입구의 장지문을 두드린다. 안에 있는 사람에게 자신이 왔다고 주의를 주는 것이리라. 아무것도 들리지 않는 고요함 속에서 울리는 손가락 소리는 몰래 숨어든 사랑하는 남자가 보내는 신호 같다. 그 순간 나는 10년 전에는 경험하지 못했던 젊은 기분을 새삼스럽게 느낀다.

간호사는 예의 바르고 과묵한 여자로 얇은 은선이 맞닿는 듯한

맑고 깨끗한 목소리로 명확하게 어미를 말한다. 감정을 얼굴에 드러내지 않고 의지가 굳은 성격은 야마구치현(山口縣) 출신의 여자들에게서 자주 볼 수 있다. 나는 괜히 의학박사인 원장님보다 이 간호사에게 더 신경이 쓰인다.

평소 같으면 출산을 한 뒤 5일째쯤부터는 붓을 잡았겠지만, 이번에는 병원에 입원해야 할 정도로 상태가 나빴고 그 후의 피로도 심했다. 게다가 심장도 상태가 좋지 않다. 미열도 계속되고 있다. 그래서 붓을 잡을 생각은 없지만 이렇게 누워 있으면 무수한 감상이 떠오른다. 좌선이라도 하는 기분으로 온갖 생각을 가라앉히려 노력해 보아도 오히려 고통스럽기만 하다. 그래서 그저 망상이 떠오르는 대로 내버려 둔다. 그중에서 소설이 2편 정도 나왔다. 하나는 20회 정도라 아직 미완이다. 그 부분은 외워서 잊지 않도록 하고 있지만, 시 형태로 떠오른 것은 간호사가 없는 시간을 틈타 남편에게 연필로 받아 적어 달라고 해서 미리 약속해둔 신문잡지에 보낸다. 방에 있는 잡지라도 읽고 싶지만, 원장님의 주의사항을 엄격하게 집행해야 하는 간호사를 생각해서 여성잡지나 『미쓰코시 타임즈(みつこしタイムス)』[100]의 사진을 훑어보는 정도를 낙으로 삼고 있다. 이런 의지가 강한 간호사가 곁에 붙어 있는 것은 정말이지 환자에게 도움이 된다고 생각한다.

---

100) 미쓰코시백화점이 포목점이었던 시절부터 부정기적으로 이름을 바꿔 간행하던 PR잡지를 전신으로 한 최초의 월간지 『시호(時好)』(1903~1908)의 이름을 바꾼 것이다. 1908년 6월 창간되었다.

출산 전에서 산후까지 7~8일간은 한숨도 자지 못했다. 출산 전 이틀 밤은 누우면 비행기처럼 생긴 것이 배에서 가슴으로 올라가는 것 같아 질식할 것처럼 숨쉬기가 어려웠다. 그럴 때면 똑바로 앉아 신음하며 문틈으로 빛이 스며들기를 기다렸다. 임신한 지 3개월째 부터 지난번 쌍둥이 때보다 훨씬 괴롭다. 위쪽에 있는 아이는 위치 가 나쁘다고 모리무네(森棟) 의사 선생님이 말했다. 그 아이가 내게 는 비행기 같은 물체로 느껴진다. 나는 신장염을 일으켜 전신에 부 종이 퍼졌다. 날이 갈수록 호흡이 힘들어지고 설 수도 누울 수도 없는 몸이 되었다. 나는 이 비행기 때문에 이번에는 죽음을 각오하 고 사카키(榊) 박사의 병원으로 왔다.

과연 살아서
돌아올 수 있을까 하는 마음으로
차를 타고 넘어서네 사형장 같은 병원 문

이것이 내 솔직한 심정이었다.

2월 초에 한 번 산기가 있어서 산파와 간호사가 급히 달려왔고 모리무네 선생님께서 집에 머물며 돌봐주시는 소동이 밤새도록 계 속되다가 아이가 태어나지 않고 잠잠해졌다. 요전의 출산 때도 같은 일이 있어서 한 달 정도 지나서야 태어났다. 그런 증상은 버릇이 된다고 하니 이번에도 3월이 되어 낳나 싶었다. 그런데 그렇게 늦어 지면 내 몸이 버틸 수 있을 것 같지 않다. 모리무네 선생님도 사카키 박사님도 인공적으로 분만을 해야 한다고 했다. 남편도 친척도 아이는 어떻든 좋으니 애 엄마를 구해달라고 한다. 나 자신도 그렇게 생각했다. 물론 죽음은 두렵지 않다. 죽을 때 닥칠 육신의 고통이 두려운지 묻는다면, 그런 점도 아예 없지는 않다. 하지만 이미 여러 번 출산으로 거친 물살에 시달렸던 나는, 남자들이 첫 출진하는 무사 같은 공포를 느끼는 정도로 두렵지는 않다. 좀 더 오래 살아서 이 나라를 위해 미력이나마 다하고 싶다거나 사회적인 명예니 뭐니 하는 무사태평한 욕망 때문은 더욱 아니다. 그저 남편과 이미 태어난 아이들을 위해 조금만 더 살고 싶은 마음뿐이다. 이렇게 절절할 때 '나'를 채우고 있는 알맹이는 남편과 아이들이 전부이다. 평소처럼 생각한다면 딱히 내가 없다고 남편이나 아이가 못 살 이유도 없다. 그런데 이런 때가 되니 내가 세상을 떠나는 순간 남편과 아이들이 완전히 아무것도 없는 상태로 돌아가 버릴 것만 같은 기분이 들어 견딜 수 없다. 사람은 어디까지나 이기적이다. 덕이 높은 선종 승려의 임종이 훌륭하다고 말하는데 무엇보다도 근저에 집착이 없기 때문이 아닐까.

나는 아이를 낳기 10일 전부터 이런 생각들 때문에 불안에 휩싸였고, 육신의 고통에 시달려 그 어느 때보다 신경이 예민하게 곤두섰다.

출산은 두 번째가 비교적 쉽고, 거듭할수록 초산 때와 같은 고통을 겪는다고 한다. 낳는 사람의 체질에 따라 달라지겠지만, 내가 경험한 바로는 그 말이 잘 들어맞는다. 지난번의 출산도 쉽지 않았지만, 이번은 더 어려웠다. 낳는 순간뿐만 아니라 출산 전후에 걸쳐 몹시 고통스러웠다. 다행히 2월 22일 새벽 3시, 인공적인 시술을 받지 않고 자연스럽게 산기가 와서 사카키 박사님이 입회하신 가운데 아이를 낳았다. 나는 이제껏 병원 신세를 진 적이 없었는데 병원에서 출산하니 경제적 사정만 허락하면 만사에 편리하다. 원장님께서 친절하게 맥을 짚어주시고 산파나 간호사가 대기하고 있어서 산모에게는 더없이 든든하다.

하지만 낳을 때의 고통은 줄지 않는다. 오히려 어느 때보다도 더 극심했다.

악독한 용 되어
괴로워하고 멧돼지가 되어
울지 않으면 사람을 낳기 어려운가

뱀의 새끼에게
태를 찢기는 뱀의 어미를
냉정하게도 시간이 바라보네

이렇게 생각하며 비명을 지를 수밖에 없었다. 먼저 태어난 아이는 생각보다 쉬웠지만 앞서 말한 비행기가 종횡으로 나를 괴롭혔다. 박사가 "수술합시다"라고 침착한 목소리로 작게 속삭였을 때 나는 새하얀 죽음의 벼랑 끝에 우뚝 서 있는 느낌이 들었다.

거꾸로 들어섰던 아이 비행기가 결국 죽어서 태어났다. 나중에

들자니 원장님께서 바로 인공호흡을 해주신 모양인데 보람이 없었
다.101)

그 어머니의
뼈다귀를 모조리 부수는
가책 속에 건장한 아이가 운다

배 속 아이는
엄마를 깨문다 조용히 침묵하는
귀신의 손을 흔들 때마다

약한 아이는
힘에 못 미쳐 배속에서 죽는다
엄마와 싸우고 언니와 싸우고

가엾기도 하다
죽어가는 엄마와 호흡하지 않는
아이와 함께 누워 있다 어두컴컴한 마루에

---

101) 1911년 2월, 아키코가 6번째 출산했을 때의 일을 다루고 있다. 1907년 세 번째
출산 때에는 셋째 딸 야쓰오와 넷째 딸 나나세 쌍둥이를 무사히 낳았지만, 이때는
상태가 좋지 않았는지 병원에 입원해야 했다. 사녀 우치코는 무사히 태어났지만
나머지 쌍둥이 한 명은 사산했다. 이때의 기억이 강렬했는지 「산욕의 기록」, 「산욕별
기」, 「미야코」에서 이때의 경험을 쓰고 있다.

산후의 통증이 유례없이 극심해서 하루 밤낮 계속되었다. 이렇게 나 극심한 고통의 원인은 훗배앓이 때문이라 좋은 징조라고 하는데 나는 그저 도깨비 새끼의 손톱 여러 개가 뱃속을 긁고 있는 것 같았다. 배에서 나와서도 나를 괴롭히는구나 하고 태어난 아이가 오롯이 미워서 견딜 수가 없었다. 부모 자식 사이의 애정이라는 것도 이런 경우에는 미처 싹트지 않았다. 생각해 보면 이상하다.

옆방에서 남편의 남동생과 『스바루』102) 발행소의 와가이(和貝) 씨103)가, 가능한 한 소리를 내지 않으려고 조심하며 죽은 아이의 관에 못을 박고 있다. 남편이 "한 번 봐 주지 않겠어? 이제까지 본 중 가장 아름다운 아이야"라고 말했지만, 나는 보고 싶은 마음이 들지 않았다. 산후의 극심한 통증과 피로로 죽은 아이에 대해 생각할 여유는 없었다.

그 어머니의

생명을 대신한 아이라도 그릇 같은

나무 상자에 들어간다

---

102) 『스바루(スバル)』는 1909년부터 1913년까지 간행된 낭만주의 월간 문예잡지이다. 문예지 『명성』의 폐간 후 모리 오가이, 요사노 뎃칸, 요사노 아키코 등이 협력하여 발행되었다. 이시카와 다쿠보쿠(石川啄木, 1886~1912), 기타하라 하쿠슈(北原白秋, 1888~1942) 등이 활약하였으며 반자연주의, 낭만주의 작품들을 다수 게재하며 후기 낭만주의를 주도했다.

103) 와가이 유시오(和貝夕潮, 1884~1965)를 가리킨다. 사토 하루오(佐藤春夫, 1892~ 1964)의 문학적 스승이며 요사노 부부와도 알고 지내던 사이였다. 『스바루』에 시를 발표하기도 했다.

허무를 낳나
죽음을 낳나 이런 큰일을
꿈과 현실의 경계에서 듣는다

이런 상황인데도 나는 내 아이가 죽어서 태어난 사건을 사발이나 밥그릇이 떨어져 부서진 정도의 일로만 생각했다. 기리가야(桐ヶ谷)의 화장터까지 배웅한 남동생은 아이를 끔찍하게 생각하는 성격이다. 남동생이 "귀여운 아이였는데 아쉽게 됐어요"라고 말하며 눈이 그렁그렁해졌을 때, 나도 처음으로 눈이 촉촉해졌다. 그것은 죽은 아이 때문에 운 것이 아니라 동생이 아이를 아껴서 흘리는 아름다운 눈물 때문에 나도 이끌려 울었다.

겨우 산후의 통증이 나아졌기 때문에, 꾸벅꾸벅 졸아보려 했지만, 눈을 감으면 온갖 불쾌한 환각에 빠진다. 내가 만난 적도 없는 올해 정월에 대역죄로 사형당한 오이시 세이노스케(大石誠之助, 1867~1911)[104]의 관 같은 것들이 머리맡에 늘어서는 환영을 보았다가 눈을 뜨면 곧 사라져 버렸다. 피로에 지친 몸은 졸려서 견딜 수 없지만 억지로 눈을 감으면 죽은 아기인가 싶은 것이 가는 손가락으로 계속

---

104) 일본의 사회주의자, 기독교 신자, 의사이다. 고토쿠 사건으로 사형 당한 12명 중 1명이다. 고토쿠 사건은 1910년 일본 천황을 암살하려고 했다는 죄목으로 고토쿠 슈스이(幸徳秋水, 1871~1911) 등 26명의 사회주의자들이 사형당하거나 감옥에 갇힌 사건이다. 이 사건으로 일본 사회주의 운동은 반국가적인 이념으로 여겨져서 1920년대까지 위축되었으며, 종교적인 사회운동인 기독교 사회주의가 성장하게 된다. 종전 후인 1963년 사건 관련자들에 의하여 재심이 청구되었다. 일본사학자들은 고토쿠 사건을 사회주의 탄압의 구실을 만들기 위한 날조 사건으로 본다.

눈꺼풀을 벗기려고 했다. 어쩔 수 없이 참고 눈을 뜨고 깨어 있는 시간이 또 하루 밤낮 정도 계속되었다. 이러한 환각을 본 것은 처음이다. 나의 이번 피로는 일방통행이 아니다.

날이 지나고 산후의 위험한 기간도 지나고 합병증도 낫고 몸도 마음도 점차 평소처럼 회복되어 가는 듯 하다. 어제부터 조금씩 실내를 걷는 것이 허락되었고 글도 짧은 것이라면 써도 좋다는 허락을 받았다.

내 눈에 닿지 않고 사라져 버린 죽은 아기는 출산의 고통이 없어진 지금 아무런 인상도 내게 남지 않아서 마치 남의 일 같다. 공허하고 허무하다. 단지 그 아이를 위해서 마련한 빨간 베개나 옷가지가 벽장에 쓸모없는 물건이 되어 남아 있는 것을 보면 어딘가 옅고 희미한 슬픔이 솟아난다. 역시 누군가와 이별한 것이 아니라 버려진 어머니 같은 쓸쓸한 기분이다.

간호사는 유리 꽃병에서 시든 헬리오트로프 꽃을 한 송이 뽑아 버리러 갔다.

나는 빨리 소란스러운 가운데 로쿠반초(六番町)105)에 있는 우리 집으로 돌아가고 싶다.

여성 문제를 논하는 남자분 중 여자의 체질을 애초부터 약한 것으로 보는 사람이 있는데 그것은 이상하다. 그렇게 말하는 사람에게

---

105) 요사노 가족은 1910년 8월부터 1911년 11월까지 고지마치쿠(麴町区) 로쿠반초 3번 지에 살았다(현재의 지요다구).

묻고 싶다. 남자의 체질은 출산 같은 고통을 견딜 수 있는가? 나는 이번에 6번째 출산을 해서 8명의 아이를 얻었고, 7명의 새로운 인간을 세계에 내놓았다. 남자는 이 정도의 고통을 여러 번 견뎌낼 수 있을까? 내가 적어도 일주일 넘게 한숨도 못 잔 정도의 인내를 보통 남자가 할 수 있을까?

여자의 체질이 풍만하고 아름답고 부드럽다고 할 수는 있다. 하지만 그것을 보고 약하고 여리다는 이론을 늘어놓는 것은 경솔한 일이 아닐까. 게다가 그 이론을 바탕으로 남자에게 종속되어야 할 존재라고 단정 짓는다면 논하는 사람 쪽의 불명예가 아니겠는가.

남자를 욕한다
그들은 아이를 낳지 않고 목숨 걸지 않네
한가로운 그들

나는 야만의 유물인 무사도는 싫다. 하지만 목숨을 걸고 새로운 인간을 세상에 증식시키는 부인도(婦道)는 영원히 눈부시게 빛날 것이다. 700~800여 년 동안 무사 가문이 휘두르는 폭력의 뿌리가 되어 황실과 국민을 괴롭혔던 '무사도=야만도'와는 반대로 인류의 행복은 이 부인도로부터 생긴다고 생각한다. 아이를 낳지 못하는 여자가 하는 빈말이 아니다, 내 태를 찢어 여덟 아이를 정화한 피로 써놓는다.

일본의 여자에게 유럽과 미국의 예를 들어 결혼을 피하는 풍조를 비난하며 훈계하는 사람이 있는데 이는 성급하기 짝이 없다. 일본 여자들은 모두 행복한 결혼을 원하고 있다. 강건한 자식을 낳겠다고 준비하고 있다.

1911년 2월

산욕별기

2월 23일, 계속해서 고통스러운 악몽을 꾸었다. 꿈속에 하얀빛이 찾아왔다. 시계가 6~7번 치는 동안 흰빛은 차츰 노랗게 변하다 주황색이 되었다. 의식해서 눈을 뜨고 있는 건지 감고 있는 건지 알 수 없었다. 간호사 오가와 씨가 방을 청소하는 동안 나는 무언가로 눈을 가리고 있었다. 그 후 양치질을 할 때까지 그것이 얼굴에 붙어 있는 줄로만 알았는데 그렇지 않았던 모양이다. 또 차가운 우유 같은 것이 서너 병은 위장으로 들어온 줄 알았는데 이것도 겨우 한 병뿐이었다고 오가와(小川) 씨가 말했다. 어젯밤 수면제를 먹고 잠들기 전의 기억이 조금씩 떠오른다. 어제는 몸이 아프긴 했어도 정신은 오늘과 다를 바 없을 정도로 또렷한 상태였다. 그런데 저녁에 회진하러 온 부원장이 통증이 너무 심하면 수면제를 먹이라고 하는 말을 들었다. 내가 9시쯤에 수면제를 먹겠다고 했다. 나는 그렇게

7~8일 연속으로 잠을 이루지 못한 분의 수면 부족을 보충하려 했다. 오가와 씨가 말렸다.

"수면제는 될 수 있으면 안 드시는 게 좋을 것 같지만요."

"그렇군요."

나는 그렇게 대답했다. 나중에 피로가 덜할 것이라 예상하고 수면제를 단념했는데, 오가와 씨는 내가 어떻게든 먹을 것으로 생각했는지 30분쯤 후에 가루약과 물을 가지고 왔다. 아마 나도 어떻게든 마실 생각이었던 모양이다. 입을 벌리고 약을 삼켰다. 그 후 잠시 후 에나미(江南) 씨와 가정부 마쓰(松) 씨와 작은 서생 간(簡) 씨가 함께 내 곁으로 다가오는 모습을 본 기억이 난다. 나는 에나미 씨의 얼굴을 보고 고개를 끄덕였던 것 같다. 악몽은 그때부터 지금까지 계속되고 있다. 모토조노초(元園町)의 후미코(文子) 씨가 아들 시게루(秀)와 딸 나나세(七瀬)를 데리고 와 주셨다. 가정부 모모(百)도 함께 왔다.

"축하드려요."

나나세가 바닥에 손을 짚고 절하며 말했다. 모모가 가르쳐 줬다는 듯 했다. 나는 보고 싶었던 이 아이의 얼굴을 오래도록 눈을 뜨고 보고 있을 수 없었다. 눈을 감은 채, 제자 후미코 씨가 아들 히카루가 배우고 있는 후지시마 선생님[106]의 화실에 대한 이야기를 하는 것

---

106) 후지시마 다케지(藤島武二, 1867~1943)는 일본의 화가이다. 메이지시대부터 쇼와 전반기까지 일본의 서양화 화단에 오랫동안 지도자적 역할을 한 중진이다. 낭만주의적 작품을 많이 남겼다. 1901년부터 『명성』의 표지와 삽화를 맡았으며 같은 해 발간

을 들었다. 저녁에 오사무(修) 씨가 왔고, 밤이 되자 남편이 왔다.
나는 말했다.

"오늘은 확실히 몸이 반쯤 죽어 있었어요. 아니 절반이 아니고
7할이나 8할쯤이요."

24일이다. 어제 기리가야 화장터로 보낸 아이의 뼈를 거두러 가겠
다며 남편이 아침 일찍 찾아왔다. 오늘은 시선을 위로 올려 툇마루
의 장지문을 볼 수 있었지만 두통이 심했다. 남편은 점심 무렵 돌아
왔다. 나를 위해 묘화원 온실의 꽃을 사들고 왔는데, 남편의 외롭고
쓸쓸한 표정을 나는 눈물이 그렁그렁한 눈으로 바라보았다. 방과
후 집에 가는 길에 들른 히카루는 오가와 씨가 잘라준 카스텔라를
먹으며 전철에 탔던 이야기를 재미있게 들려주었다. 기분 좋은 빨래
터 물소리가 하루 종일 들려왔다.

25일, 한밤중 내내 두통이 심하자 얼음을 대달라고 부탁했다. 그대
로 잠을 이루지 못하고 악몽이라고 해야 할지 고통스러운 환영이라

된 아키코의 대표작 『헝클어진 머리칼』의 표지도 담당했다. 『명성』은 요사노 아키코
의 정열적인 시로 대표되는 새로운 시대의 문예를 키워나갔을 뿐 아니라 표지 그림
이나 삽화 등을 통해 새로운 시각 이미지를 세상에 선보이고자 했다. 『헝클어진
머리칼』 서문에 "이 책의 디자인은 모두 후지시마 다케지 선생님에 의한 것이다.
그림 속 헝클어진 머리카락의 윤곽은 사랑의 화살을 맞은 하트 모양을 하고 있고
화살 끝에서 뿜어져 나오는 꽃은 시를 의미한다"라고 언급하고 있어 당시 무명이었
던 아키코보다 후지시마 다케지의 명성이 더 높았음을 짐작케 한다(〈그림 1〉 참조).
또 후지시마 다케지는 『헝클어진 머리칼』 외에도 아키코의 『작은 부채(小扇)』(1904)
와 요사노와 뎃칸의 공저인 『독풀(毒艸)』(1904)의 표지도 담당했다.

고 해야 할지 모를 것들에 둘러싸여 있었다. 가랑비가 내리고 꾀꼬리
가 울고 있다. 그것들 전부 나를 울적한 느낌에 젖게 할 뿐이었다.

"매서우운 겨우울도 어느덧 지나갔네요. 참말 봄이 되어서 기쁘
네요. 나는 너무 기쁘고 기뻐서 어쩔 줄 모르겠어요."

한 간호사가 복도에서 누군가에게
노래하고 있다. 이 사람의 목소리는 어
딘지 모르게 익살맞은 데가 있어서 봄
비 소리보다도 꾀꼬리 소리보다도 더
부드럽게 내 머릿속으로 스며들었다.
어젯밤 옆방에서 찬송가를 부르던 사
람이다. "10년 후에 구세군에 들어가서
사람들을 위해 일할 날이 기다려져요."
라고 말했다. 아이는 오늘부터 약간 떨
어진 곳에 있는 다른 병실로 옮겼다.

〈그림 12〉 잡지 『명성』의 표지와 삽화를
담당하고 아키코와 뎃칸의 책표지를 담당
하기도 했던 서양화가 후지시마 다케지

그리고 입원했을 때부터 나를 돌봐주었던 간호사 야시키(八數) 씨가
아이를 돌보게 되었다. 죽을 먹어도 좋다는데 조금도 식욕이 없다.
낮은 베개가 좋다고 했더니 남편이 집에서 흰 베개를 보자기에 싸서
가져와 주었다.

26일, 별실에서 이따금 울어대는 아기 소리가 신경 쓰여 어젯밤은
조금도 잠들지 못했다. 10시쯤에 남편이 와서 히카루는 방금 후지시
마 씨에게 갔다고 전했다. 오후에 가네코 씨[107)]의 시 모임에 갔다가

돌아오는 길에 들르마 약속하고 돌아갔다. 시게루가 사관학교의 요네(米) 씨와 함께 왔다. 금색과 붉은색의 견장은 너무 색이 강렬해서 피로에 찌든 내 뇌는 그런 것마저 고통스러웠다. 히카루는 후지시마 씨네서 할아버지 인형을 그리고 왔다. 그리는 법이 조금 건성이었다. 이것도 인형을 그린 것이라 인형이 입은 기모노 등에 강한 색이 사용되어서 나는 또 머리가 아팠다. 하카마를 입은 남편은 저녁에 모임에서 돌아왔다. 모리(森) 선생님을 만났는데, 사카키 박사에게 듣기로는 신장염이라 그리 걱정하지 않아도 된다고 나에 대해 말씀하셨다고 한다.

"남편분, 선생님께서 잠시 하실 말씀이 있다고 하십니다. 의국으로 와주시겠어요?"

오가와 씨가 말했다. 남편은 곧장 원장님을 만난 후 바로 집으로 가겠다고 말하고 나갔다.

27일, 전날 밤 원장님과 했을 이야기가 너무 신경 쓰였다. 비둘기가 몇 마리씩 연이어서 날갯짓하며 뒷마당으로 내려온다. 이치가야 하치만구(市谷八幡宮) 신사의 비둘기다. 원장님의 이야기는 조금 더 오래 입원해야 한다는 것뿐이라고 남편은 말했다. 나는 그 이야기를 자세히 듣고 싶지 않았다. 그리고 쓸쓸한 마음으로 두서없이 삶과

---

107) 가네코 모토오미(金子元臣, 1869~1944)는 일본의 국문학자이자 시인이다. 1892년 『가학(歌学)』, 1915년 『새벽(あけぼの)』을 창간, 주재했다.

죽음에 대해 생각했다. 세 칸 정도 복도를 걷고 나는 인사불성이 되었다. 다시 살아났을 때의 내 목소리를 나는 들었다. 그것은 총알에 맞은 사슴의 울음소리 같았다. 그리고 그 장소가 어디인지 생각해 봤지만 나는 알 수 없었다. 침대로 돌아와 포도주를 청해 마시고 나는 몇 시간 동안 잠들었다.

히카루가 와서 잠에서 깬 나는 이 작고 동정심이 넘치는 아이에게 방금 전 있었던 일을 이야기했다. 에나미 씨가 와서 미쓰코시 백화점에서 쇼핑을 하고 왔다며 실용적인 옷가지 등을 보여주었다. 나는 그 사이즈가 신경이 쓰였다. 두 번째로 남편이 와서 에나미 씨와 가벼운 이야기를 나누는 것을 듣고 있자니 잠시나마 병의 고통을 잊었다. 법과대학의 구리야마(栗山) 씨도 와주셨다. 가끔 옆방으로 가서 담배를 피우고 오셨다. 고단한 밤이다. 전등에서 검은 기름이 똑똑 떨어지는 것 같았다.

28일, 날씨가 포근하다. 열이 높은 나는 이곳에 온 날 저녁의 모습 따위를 떠올리며 조용히 울고 있었다.

"다녀오세요."

현관에서 말하던 아이들의 목소리가 지금도 귓가에 울려 퍼지는 것 같다. 야시키 씨가 아기를 안아 보여주러 왔다. 이 아이의 아름다운 눈망울이 내 마음을 위로하는 듯했다. 후미코 씨가 왔다. 나는,

"몸이 나으면 나도 바로 후지시마 씨에게 그림을 배우러 갈 거예요."

라고 생각한 것을 말했다. 죽음에 대한 두려움 따위는 더 이상 생각하지 않는다. 집에서는 모두 선반을 준비해서 히나 인형을 장식했다고 한다. 남편은 하굣길의 히카루와 함께 이제부터 히나마쓰리 때 먹을 과자를 사러 간다며 돌아갔다.

나는 그때부터 혼자서 어린 시절에 있었던 온갖 일들을 떠올렸다. 빗자루를 샤미센(三味線) 삼아 떠돌이 악사 흉내를 내며 집 안을 돌아다니고, 일터 근처에 가서 '버들잎을 좋아하는 수선화, 수선화가 좋아하는 버들잎, 황매화 꽃은 경박하고 뚱땅뚱땅' 하고 노래 부르고는 했다.

그러다 넘어져 우동가루 통에 떨어져 하얗게 질려 울었던 일도 있었더랬다. 편지가 두 통 왔다. 미야케 세이코(三宅誠子) 씨와 여동생의 편지였다. 여동생은 내가 입원하기 전에 쓴 편지를 보고 매일 울고 있다고 한다. 여동생도 병을 앓고 있다고 했다.

3월 1일. 나는 오늘 처음 푸른 선, 붉은 선으로 구불구불 산길 같은 경과표를 손에 쥐었다. 붉은 선은 평범한 산 모양이고 심장이 좋지 않은 나의 맥박을 나타내는 푸른 선은 묘기를 보는 듯 오르락내리락했다. 박사는 아직 한 번도 이 방에서 내 상태가 좋다느니 나쁘다느니 하는 말을 한 적이 없다. 회진 때 선생님을 따라 오는 의사 선생님은 함께 걷는 이세의 사부로(三郎)108) 같은 사람처럼 보

---

108) 이세 요시모리(伊勢義盛, 헤이안시대 말기~가마쿠라시대 초기)를 가리킨다. 일본

여서 혼자 속으로 웃었다. 퇴원이 먼 훗날의 일처럼 느껴졌지만 오늘은 죽음 따위는 조금도 떠오르지 않았다. 나나세가 여기에서 밥을 먹었다. 나는 병아리가 밥을 먹는 것 같아서 바라보고 있었다.

"새장 안의 새라는 말이 있지만 우리는 유리장 안의 새라고 할 수 있겠네요."

복도 유리창 옆에 서서 이렇게 말하는 것은 앞서 말한 그 간호사이다. 그날 이후로 매일 노래를 부른다.

"매서우운 겨우울도 어느덧 지나갔네요."

지난번에 들었던 노래가 또 들려온다. 묘화원의 꽃들도 점점 시들어 버렸기 때문에 지금은 하얀 들국화 같은 꽃만 남았다. 여동생에게 편지를 썼다. 글씨가 이 일기처럼 이쪽으로 삐뚤어지기도 하고 저쪽으로 삐뚤어지기도 하고 큰 것도 있고 작은 것도 있다. 나는 산후라서 아픈 것이니 시간이 지나면 나아지겠지만 너의 병은 그렇지 않으니 조심하라는 등 편지에 썼다. 나는 합병증이 두 개나 왔다는 것을 알면서도 이렇게 썼다. 그렇게 쓰지 않으면 여동생이 울 것 같아서 어쩔 수 없었다. 밤이 되자 남편은 에나미 씨와 와가이 씨와 함께 셋이 왔다. 오늘 저녁에는 나도 조금 이야기를 나눴다. 남편이 집을 비운 밤에 도둑이 왔다고 에나미 씨를 깨우자 에나미 씨는 집 안을 둘러보더니 도둑이 오면 내가 소름 끼치게 웃어준다느

의 무사로 미나모토노 요시쓰네(源義経, 1159~1189)의 측근이다. 이세 사부로라는 이름으로 알려져 있다. 『아즈마카가미(吾妻鏡)』에서는 후지와라노 요시노리(藤原能盛)라고 표시되어 있다. 미나모토노 요시쓰네 4천왕 중 한 명이다.

니 뭔가 이상한 짓을 해주겠다느니 하는 이야기를 했다. 지금 다롄 (大連)의 병원에서 XX 씨가 죽어서 유령이 왔을지도 모른다는 등 그런 말을 하기도 했다. 남편이 한참을 이야기하고 돌아간 것 같은 데 시계는 아직도 9시를 가리키고 있다.

1911년 2월

미야코

　온몸이 부어 버선도 신을 수 없을 정도다. 미야코(宮子)는 쥐색 시지라 천[109]을 바른 지요다조리(千代田草履)[110]를 신은 창백한 맨발을 바라보다가 시모카와(下川) 병원 입구에 도착하자 차에서 내렸다. 차 안에서 눈을 감고 있던 미야코는 병원이 북향인지 서향인지조차 알 수 없었다. 집안일을 해주는 하루(春)가 문을 밀어 주어서 고개를 숙이고 들어갔다. 넉살 좋은 미야코의 남편 오키(大木) 씨는 현관에 서 있다가 아내에게 말을 걸었다.

---

109) 직물에서 세로와 가로의 실을 수축시켜 직물 표면에 생긴 미세한 수축 주름. 또한, 그러한 직조 방식과 직물을 가리킨다.

110) 지요다조리(千代田草履)는 메이지시대 말기부터 다이쇼시대 초기에 유행한 저렴한 조리를 말한다. 겉을 화려하게 염색한 벨벳으로 꾸미고, 안감에는 베를 사용했다. 용수철처럼 지지대 안쪽을 공기가 들어 있는 것처럼 만들어 공기조리라고도 했다. 여성이나 아이들이 주로 신었다.

"어서 와."

네다섯 명의 간호사가 후다닥 마중을 나왔다. 정면의 넓은 복도에는 노을이 아름답게 비쳐들어 오고 있다.

"어디로 가야 해요, 여보?"

"지금 와지마(和島) 군이 안내해 줄 거야."

오키 씨가 어딘가 불안해 보이는 아내에게 대답하자 왼쪽 복도에서 안경을 쓴 문하생 와지마 씨가 나왔다.

"어서 오세요. 차로 오시는 건 괜찮으셨어요?"

"네."

현관에 서 있던 7~8명의 사람이 복도 왼쪽으로 걸어갔다.

"넓은 계단으로 올라오시는 편이 좋을 것 같아요."

간호사 중 한 명이 말했다.

"제 어깨를 붙잡으세요."

옆에 있던 또 다른 간호사가 말했다.

"괜찮아요."

미야코는 그렇게 말하고 계단을 오르기 시작했다. 하지만 중간쯤 올라가자 숨을 헐떡이며 멈춰 서야 했다.

"너무 서두르니까 그렇지, 힘들 테니까 천천히 올라가."

뒤따라온 오키 씨가 말했다. 바로 앞에 있는 창문 아래로 시내를 지나는 전철이 슬픈 소리를 냈다. 미야코를 위해 마련된 방은 올라온 계단을 오른쪽으로 꺾어 다시 올라가는 복도 정면에 다다미 8장 넓이의 방으로 정갈한 한 칸짜리 마루가 딸린 일본식 방이었다. 짚을 넣고 누빈 이불을 두 겹으로 겹친 침상 옆에는 금박으로 장식한 종이로 만든 두 장짜리 병풍이 세워져 있었다.

"벌써 진통이 시작되셨나요?"

간호사 중 한 명이 미야코에게 붉은 실이 들어간 요네류(米流)[111]로 만든 잠옷으로 갈아 입혀주며 물었다.

"아니요."

미야코의 얼굴이 조금 붉어졌다.

"뭐, 아직 언제 태어날지 모르는 상태예요."

화로 옆에서 오키 씨가 말했다. 미야코는 옅은 회록색의 요시노 하부타에(羽二重)[112] 옷자락을 앞으로 잡아당겨 묶고 침상 위에 누웠다.

"이제야 안심이 되네요. 집사람은 어젯밤에 잠을 한숨도 자지 못했으니까요. 충분히 누워 있질 못했어요. 지금은 신기하게도 저렇게 잘 자네요."

간호사들이 나간 후 오키 씨는 와지마 씨에게 이렇게 말했다. 미야코가 눈을 떴을 때는 베갯머리에 희미한 전등이 켜져 있었다. 미야코는 불빛을 보자 갑자기 집에 대한 일들이 떠올랐다. 열 살이 된 큰아들과 여덟 살이 된 둘째, 그리고 다섯 살짜리 여자아이가

---

111) 요네자와 류큐 쓰무기(米沢琉球紬)의 약칭. 야마가타현 나가이시 아라토 부근에서 생산하는 비단 직물로 실용적인 옷감으로 날실에는 쌍고치실을 사용하고 씨실에는 명주나 쌍고치실을 사용한다.

112) 하부타에(羽二重)는 견직물의 일종으로 얇고 부드러우며 윤이 나는 순백색 비단이다.

다다미방 화로 옆에 모여 있는 모습이 눈에 선했다. 아이들이 즐거운 목소리로 입을 모아 말했다.

"다녀오세요."

그 말을 현관에서 들었을 때의 감정을 서글프게 떠올리고 있었다. 불투명한 유리 장지문이 스르륵 열리고, 와지마 씨와 마찬가지로 오키 씨의 문하생이자 대학 문과생인 오에(大江) 씨의 얼굴이 보였다.

"갑작스럽게 입원하게 돼서 말이야."

오키 씨가 그렇게 말했다.

"그렇다고 들었어요."

그렇게 말하면서 오에 씨는 미야코의 침대 곁으로 왔다.

"요전번 그 원고를 다 써버렸어요. 그래서 다른 원고를 대여섯 장 정도 더 썼어요."

"그렇군."

그렇게 말하는 오에 씨의 얼굴을 보고 미야코는 고개를 끄덕였다. 오키 씨의 수많은 제자 중에서도 미야코는 이 사람과 가장 친하다. 마치 남매처럼 생각하고 있는 것이다.

"집에 들르셨던 거죠? 다들 어쩌고 있어요?"

"다들 아무 생각 없어요. 모토조노초의 숙부님에게도 이야기를 들었더라고요."

오에 씨가 대답했다.

"하루야, 내일 아침부터 요시에(芳枝)를 데리고 와줘."

미야코는 침상 뒤쪽에서 벗어놓은 기모노를 개서 버드나무 줄기로 만든 가방에 넣고 있는 하루에게 말했다.

"지로(次郎) 도련님은 어떻게 할까요?"

"어쩌지, 지로도 오고 싶다고 하면 데려와도 괜찮아."

미야코가 다시 말했다.

"어떨지 모르겠어. 얌전히 있을 수 있을까?"

오키 씨가 그렇게 말하며 아내 곁으로 다가왔다.

"어젯밤만큼 고통스럽지는 않아요."

"분만실은 여기가 아니야. 훨씬 안쪽으로 들어가야 한다는군."

"그래요?"

"그때 옆에서 도와줄 간호사를 불러와야겠어."

"하아, 부탁해요."

그대로 오키 씨는 유리문을 열고 복도로 나갔다. 와지마 씨와 오에 씨는 잡지에 실린 소설에 관한 소문에 대해 이야기하기 시작했다. 이곳은 넓은 병원의 가장 왼쪽 구석에 가까운 방이라 사람 발소리도 잘 들리지 않는다. 오키 씨가 돌아오고 얼마 지나지 않아 부원장의 회진이 있었는데 음식은 우유만 하루에 1리터 정도 먹을 수 있다고 전했다. 우유가 싫다는 말도 못 하고, 숨이 차 힘들다는 말도 하지 않고 그저 누워서 참고 있다고 생각하니 오키 씨는 아내가 안쓰럽기만 하다. 오키 씨 스물네 살, 미야코 씨 열여덟 살에 부부가 된 후 햇수로 11년 동안 두 사람은 말다툼 한번 한 적 없는 사이좋은 부부다. 지금도 풋풋한 모습이 사라지지 않는 아내를 열 살짜리 아이의 엄마라고 생각할 때는 많지 않고 늘 스무 살 전후의 젊은 아내라고 생각했다.

"이제 집에 가 봐도 될까?"

"하아."

"애들이 걱정되니까 말이야."

"이만 가보셔도 상관없어요."

미야코의 눈에서 뜨거운 눈물이 주르륵 흘러내렸다.

"외롭겠지만."

"돌아가 주세요. 내일 보러 와주세요."

"당연히 와야지. 간호사에게 부탁해뒀는데, 한밤중이라도 산기가 오면 사람을 보내달라고 부탁해뒀어."

"하아."

미야코는 계속 흘러내리는 눈물을 소매로 닦으며 남편의 얼굴을 가만히 바라보았다. 얼굴이 통통 부은 것이 확연히 티가 나고 아름다운 눈동자가 윗눈꺼풀 아래로 쳐져 낯설어 보이는 눈가도 통통 부어 있었다. 네 사람의 발소리가 계단 밑으로 사라졌을 때 6시를 알리는 시계 종소리가 울렸다.

"오늘부터 사모님을 모시게 된 야스이(安井)라고 합니다."

그리고 얼마 지나지 않아 애교가 넘치는 얼굴의 이십 대로 보이는 간호사가 왔다. 미야코는 이 친근해 보이는 간호사에게 만족해하며 우유와 약을 부탁했다.

"저요, 어젯밤에 출산하는 곳에 다녀왔어요. 6시에 가서 아침 7시 무렵에나 출산이 끝났으니 정말 죄송하지만 되겠지만 오늘 밤만 일찍 잘게요. 일이 있어 부르시면 바로 일어나겠어요."

잠시 후 야스이 씨는 미안한 듯이 미야코에게 말했다.

"당연히 괜찮지요. 빨리 주무세요."

미야코가 그렇게 말했다. 야스이 씨는 미야코가 덮은 것과는 다른 얇은 이불을 하나 덮고 바로 누웠다. 8시가 되자 미야코는 너무 고통스러워서 더 이상 누워 있을 수 없었다. 그래서 야스이 씨가 깨지 않도록 조용히 바닥에 앉아 가쁜 숨을 몰아쉬었다. 미야코는 어젯밤 이 시간쯤에도 그저께 이 시간쯤에도 남편의 서류가 놓여 있는 고타츠에 몸을 기대고는,

"나 너무 괴롭고, 괴로워."라고 괴롭다는 말만 반복했다.

"무슨 일이세요, 사모님."

야스이 씨가 눈을 뜨고 말했다.

"누워 있으면 숨쉬기가 힘들어서 견딜 수가 없네요."

미야코는 괴로워하며 말했다.

"마사지해 드릴게요."

"그래요? 그럼 역시 누울게요."

그렇게 말하고 미야코는 벽을 향해 누웠다. 벽에 하나 있는 큰 창문의 커튼 옆으로 정원 하나를 사이에 둔 맞은편 병실이 보인다. 그 병실의 전등도 보이고, 간호사도 보인다. 미야코는 집에 있는 아이들은 이미 모두 잠들었겠거니 했다.

"이제 좋아졌어요. 잘 수 있을 것 같아요."

그렇게 말하고 이십 분쯤 후에 야스이 씨에게 자도록 했다. 장지

문 소리가 들리더니 하루와 15세가 된 서생 하시야(橋屋)가 함께 들어왔다.

"주인 어르신께서 한 번 더 사모님의 안부를 살펴보고 오라고 하셨습니다."

침대 옆으로 와 예쁘게 묶은 머리를 숙이며 하루가 말했다.

"별반 다르지 않네. 아이들도 모두 잠들었겠지?"

"네, 조금 전에 모두 잠이 들었어요."

"내가 없으니 떼를 쓰지는 않아?"

"아니요, 그렇지 않아요. 사모님 집안일은 조금도 걱정하지 않으셔도 돼요."

그렇게 하루가 말하자 야스이 씨가 다시 잠에서 깼다.

"어머 이런, 실례했습니다. 누가 오신지 전혀 몰랐어요."

"늦은 시간에 와서 죄송합니다."

하루는 야스이 씨에게 정중하게 고개를 숙였다.

"그럼 더 늦기 전에 돌아가 봐요. 하시야 씨도 애들한테 신경 좀 써주세요."

미야코는 하루의 뒤쪽에 움츠리고 앉아 있는 서생을 보며 말했다.

"네, 그러지요. 사모님 몸조리 잘 하세요."

"그럼, 내일 아침 일찍 오겠습니다."

두 사람은 그렇게 말하고 돌아갔다. 미야코는 눈을 감으면 아이와 남편을 생각하고, 눈을 뜨면 맞은편 방의 창백한 불빛이 몸에 스며드는 듯 해 쓸쓸한 기분에 젖어 1시 반의 시계 종소리를 들었다.

"야스이 씨, 야스이 씨. 저 산기가 오기 시작했어요. 야스이 씨."

별안간 미야코가 날카로운 목소리로 간호사를 불렀다.

"그러세요?"

야스이 씨는 자리를 박차고 일어났다.

"산파에게 전화를 걸어 주세요. 바로요."

"네."

그렇게 말하고 야스이 씨는 복도로 나갔다. 이 병원에도 물론 산파가 몇 명이나 있지만 예전부터 당당했던 사람이 좋을 테니 산기가 오면 병원 측에서 연락해서 불러주기로 되어 있었다. 10분 남짓 지나도 야스이 씨는 돌아오지 않았다. 미야코는 침대 위에 놓인 호출벨을 3번 정도 눌렀다. 복도에서 달려오는 발소리가 들리더니 간호사 4~5명이 왔다.

"저기요. 저를 분만실로 데려가 줘요."

처음 들어온 사람에게 미야코가 말했다.

"가실 수 있겠어요?"

"갈 수 있어요."

"그럼 바로 가실게요."

미야코는 침대에서 내려와 바로 유리문 옆으로 다가갔다.

"정말 걸으실 수 있으시겠어요?"

신발을 준비해주면서 그 사람은 염려스러운 듯 다시 물었다,

"갈 수 있어요. 어느 쪽이에요?"

"이쪽이에요."

네다섯 명의 여자가 미야코의 앞뒤에 붙어 계단을 내려갔다. 모두 키가 작았다. 하얀 간호사복이 희미한 어둠 속에서는 쥐색으로 보였다. 미야코는 꼭 동화에 나오는 마궁의 복도를 엄지공주에게 안내받아 걷는 것 같다고 생각하며 발걸음을 옮겼다. 또 넓은 계단을 올라 30~40미터 왔을 무렵에는 미야코의 진통이 한층 심해진 상태였다.

"어디예요? 더, 더 가야 하나요?"

"아니요. 여기예요."

그렇게 말하고 옆에 있던 사람 중 하나가 가리키는 곳은 동굴 같은 복도 안쪽에 딱 하나 불이 켜져 있는 곳이었다.

"괴로워요."

"그러실 거예요. 제 어깨를 꼭 붙잡으세요."

그렇게 말하고 지금까지 미야코의 손을 잡고 있던 사람이 몸을 미야코의 옆에 바짝 붙이고 키가 큰 사람을 업는 듯한 자세로 걸어가기 시작했다. 불이 켜진 곳은 아직 멀었다. 미야코는 지금까지 여성의 궁극의 목적은 남성을 위해 헌신하는 것이고, 남성은 여성을 위해 헌신하는 것이라고만 생각했다. 그래서 여자가 여자에게 친절하게 대하는 것은 겉치레일 뿐이라고 생각했다. 하지만 이번만큼은,

"당신은 여자인 저에게 그렇게 친절하게 대해 주시는군요."

자신을 도와주는 간호사에게 볼을 부비고 싶은 마음마저 들었다. 두 개의 병실이 이어진 병실 안쪽에는 분만용 침대가 갖추어져 있었다. 이 병실에 대기하고 있던 간호사도 4, 5명은 되었다. 야스이 씨는 여전히 보이질 않았다.

"야스이 씨한테 우리 집에 사람을 보내 알려 달라고 말씀해 주세요."

미야코는 침상 위에서 몸을 받쳐주는 간호사 중 한 명에게 말했다.

"원장님도 와주시겠지요?"

잠시 후 미야코가 다시 물었다.

"오시고 말고요."

야스이 씨가 왔다고 한다. 산파는 병원 쪽 사람으로 잘 부탁한다느니 하는 말이 미야코의 귀에 들렸다. 미야코가 눈을 떠보니 시모카와 박사가 어느새 침상 끄트머리에 앉아 있었다. 조수도 2명 정도 베갯머리에 서 있는 것 같았다. 미야코는 눈을 감고 삼십 분 후 네 번째 아이를 낳았다. 아기 울음소리가 금방 들렸다.

"나는 이제부터 수술복을 입어야겠군."

그렇게 말한 것은 시모카와 박사였다. 안도의 한숨을 내쉬던 미야코에게 이 말은 표현할 수 없는 불안감을 안겨주었다. 복도에서 오키 씨의 목소리가 들렸다. 또다시 이전보다 극심한 통증이 찾아왔다. 미야코는 오키 씨가 머리맡에 온 것을 알고는 종종 울음을 터뜨렸다.

"조금 전까지만 해도 그렇게 강하셨으면서요."

산파의 말을 듣고 미야코는 자신이 남편에게 어리광을 부리고 있다는 것을 깨달았지만 도저히 울음을 참을 수가 없었다. 삼십 분후 다섯 번째 아이가 태어났다. 그러나 아이는 울음소리조차 내지 못했다.

"이제 다 끝났어."

오키 씨는 이마에 흐르는 땀을 닦으며 아내의 귓가에 속삭였다.

"역시 쌍둥이구나."

"그래."

"이제 태반도 다 나왔나요. 더 없나요?"

"다 끝났어."

"잘됐네요, 여보."

"그래."

아까부터 간호사 중 한 명이 미야코의 머리를 안고 계속 환자용 약병에 담긴 약을 미야코의 입에 넣어주다가 물었다.

"물 한 잔 드릴까요?"

"아니요, 아무것도 필요 없어요."

미야코는 피곤해서 더 이상 말을 하지 않았다.

"태반이 먼저 나와버렸어요. 태반이 떨어져 나갔었던 모양입니다. 아까부터 여러 가지를 시도해 봤지만 소용이 없네요."

시모카와 박사가 오키 씨에게 이렇게 말했다.

"한 명이라도 무사히 출산한 것은 전적으로 선생님 덕분입니다."

오키 씨의 그 말이 지친 미야코의 귀에 들렸을 때 미야코는 묘한 슬픔에 휩싸였다.

"여보."

"왜 그래."

오키 씨는 부드럽게 말하면서 아내의 곁으로 얼굴을 가까이 가져 갔다.

"아들이야, 딸이야."

"아직 모르겠어."

"한 명은 죽었어."

"한 명은 죽었지만 다행이잖아. 네가 살았으니까."

미야코는 남편의 얼굴을 뚫어지게 바라보며 고개를 끄덕였다. 어제 오후에 전화를 걸어온 후지야마 학사가 말했다.

"아무래도 이상 분만인 것 같아요. 그쪽 분야의 대가에게 진찰을 받아보시는 것이 좋겠어요. 가까운 곳에 시모카와 박사님 같은 분이 계시니까요."

그 말을 들었을 때부터 내 안에 도사리고 있던 내 생명에 대한 모든 불안감이 박사의 탁월한 솜씨로 인해 사라졌다는 실감과 함께 깊은 감사의 마음이 솟았다. 태어난 것은 여자아이였다. 지하실에서는 빨래가 시작되었다. 기분 좋은 물소리를 들으면 미야코는 몸이 깨끗해지는 것 같아 기분이 좋아졌다. 새벽이 되자 오키 씨는 잠시 집으로 돌아갔다. 얼마 지나지 않아 모토조노초에 사는 남동생 유타카(豊) 씨가 찾아왔다.

"축하드려요. 이제야 안심입니다. 정말 걱정 많이 했어요."

"고마워. 꿈만 같아요. 숨쉬기 힘들었던 것도 많이 나아졌어요."

"아프지는 않나요?"

"아프기는 아프지만, 이건 이제 이틀만 더 참으면 되니까요."

그렇게 말하던 미야코가 오키 씨의 얼굴이 보이기만 하면,

"아파, 아파요, 출산할 때보다 더 아파요."

라며 소리를 내어 울었다. 죽은 아이는 유타카 씨와 와지마 씨가

기리가야의 화장터로 보내기로 했다.

"죽은 아이가 더 예쁜 아이야."

"그렇네요. 안타까운 일이네요."

오키 씨와 남동생은 이런 대화들을 나누고 있었다.

"죽은 아이를 보겠어?"

오키 씨는 아내에게 말했다.

"보지 않으시는 편이 좋을 것 같아요."

야스이 씨가 말했다.

"안 볼래요."

"그것도 좋겠군."

그렇게 말하고 오키 씨는 저만치 가버렸다. 하루가 집에서 왔다.

"사모님, 축하드려요."

"한 명은 죽었는걸."

아직 어린 하루 이런 때 무슨 인사말을 해야 할지 몰라 입을 다물었다.

"아이들이 억지를 부리거나 하지 않았어?"

"아니요, 모두 어른이 다 되셨어요. 아기가 태어났다고 너무나 기뻐하고 계셔요."

"그래요. 오늘은 데리고 와도 나는 힘들 테니 내일 데리고 와줘요."

"네."

"오늘은 토요일이니까 큰 애를 하시야에게 데리고 와달라고 해."

옆방에서 오키 씨가 말했다.

"큰 애만 데려오는 건 괜찮으니까."

미야코도 말했다. 서점 주인인 하마오(濱尾) 씨가 미쓰코시에서 좌식 등받이 의자를 사서 가져왔다.

"아직 아이가 안 태어난 줄 알고, 괴로우실 테니까 오늘 아침 일어나자마자 미쓰코시 백화점에 가서 출산을 앞둔 분이 앉을 거라고 말했더니 그러면 송죽매 무늬가 좋다고 해서 고른 거예요."

하마오 씨는 오사카 사투리가 짙게 묻어나는 말투로 말하면서 가져온 의자를 여러 가지 모양으로 조립하여 오키 씨에게 보여주었다.

"내가 빌려서 책상 앞에 놓고 써도 좋겠어."

오키 씨는 웃으며 말했다. 작은 관을 들고 아이의 삼촌은 와지마 씨와 함께 기리가야로 향했다. 미야코가 애타게 기다리는 미쓰루(満)는 2시가 되어도 오지 않았다. 오키 씨도 이 아이가 오기만을 손꼽아 기다린다.

"하루가 미쓰루에게 오라고 말하는 것을 잊어버린 게 아닐까?"

오키 씨가 그렇게 말하고 있을 때,

"아버지, 어머니, 아기는요?"

하고 귀여운 목소리로 말하며 미쓰루가 방으로 들어왔다.

"왜 밥 먹고 바로 오지 않았어?"

오키 씨가 말했다.

"그렇지만 토요일이 그림 그리는 날이라서 하시야와 함께 간다(神田)에 색연필을 사러 갔는걸요."

"색연필은 있었어?"

미야코는 아름다운 아들의 얼굴을 보고 기쁜 듯 말했다. 미쓰루는 그림에 소질이 있어 반년쯤 전부터 센다기의 시마바라 선생님을 찾아가 주말마다 연필화를 배우고 있다.

"없어요, 엄마. 모두 내가 가지고 있는 것뿐이야. 나 한 자루도 안 사고 돌아왔어요. 재미없었어."

"이제 열두 가지 색깔 정도는 있을 것 같구나. 물어보지, XX당이나 ○○ 같은 곳에."

"다 갔는데 없었어요. 미쓰코시에만 있대요."

"그래, 미쓰코시에는 60가지 색이 있다고 그러더라."

"그치만 어머니 비싸대요."

미쓰루가 걱정스러운 표정으로 말했다.

"참, 그런 소리를 애한테 왜 하는지. 누가 그런 말을 했어?"

"연필 가게 아저씨가 그랬어요."

"그건 거짓말이에요. 애들은 그런 돈 따위는 생각 안 해도 돼요."

그렇게 말한 미야코는 이런 아이에게 괜한 소리를 한 상인이 밉게 느껴졌다.

"60색 색연필 사주마. 어머니가 무사히 살아온 것을 축하하는 의미로."

오키 씨는 그렇게 말하며 아들의 손을 잡았다.

1911년

요사노 아키코의 실제와 딜레마

아키코의 일생과 작품을 함께 살펴보면 본인이 느꼈을 딜레마를 발견할 수 있게 되는데 나는 그것이야말로 요사노 아키코라는 인간의 매력이라고 생각한다. 첫 번째는 『헝클어진 머리칼』에서 보여주는 관능적인 여성상과 정조관과의 괴리이다. 아키코는 '젖가슴', '살결', '헝클어진 머리칼' 등 관능적이고 과감한 시어를 쓰고, '입을 맞춘다', '가슴 누르며' 등 능동적인 표현으로 정열을 표현했다. 하지만 「나의 정조관」 등의 평론에서는 통해 여성이 가진 성욕을 의심하고 부정하며 자신이 정조를 잘 지키는 여성임을 강조한다. 시인으로서의 자아와 사상가로서의 자아가 다른 것은 자연스러운 현상일지 모르지만 지나치게 '순결을 소중히 여기는 마음을 가진 나'를 강조하는 느낌이 있다. 만약 2000년대에 태어났다면 훨씬 과감하고 대담한 행보를 보일 수 있을지도 모르겠다.

그리고 두 번째로 느끼는 괴리도 첫 번째와 관계가 있다. 다소

가십을 다루는 것 같은 기분이 들지만, 어쨌든 아키코가 뎃칸과 처음 만났을 때 뎃칸에게는 아내가 있었다. 뎃칸은 원래부터 여자문제가 복잡한 편이었다. 첫 번째 아내였던 아사다 사다코(浅田信子)와 결혼했다가 이혼했고, 아키코를 만났을 때는 사립 여학교의 교사였을 때 당시 연애 관계였던 제자 하야시 다키노(林滝野)와 결혼한 상태였다. 1900년, 둘째 부인과의 사

〈그림 13〉 젊은 시절의 아키코

이에서는 아들 아쓰무(萃)도 태어났고『명성』을 창간했을 때 자금을 원조한 것이 하야시 가문이었다. 게다가 다키노는 초기 편집 발행인 중 1명이었다. 그러나 이 시기에 아키코는 뎃칸에게 열렬한 연심을 품었고 둘은 불륜관계에 빠졌다. 결국 1901년에는 뎃칸은 이혼하고 아키코와 재혼했다. 심지어 아키코와 맺어지기 전에도 아키코의 친우였던 야마카와 도미코(山川登美子, 1879~1909)와 삼각관계이기도 했다. 당시에 이 셋이 주고받은 정열적인 연애시는『명성』에 고스란히 실렸다. 야마카와 도미코가 집안에서 정해준 혼약자와 결혼하게 되면서 자연스럽게 아키코와 뎃칸은 이어지게 되었지만, 뎃칸은 결혼 후에도 종종 여자문제가 있

〈그림 14〉 아키코와 삼각관계에 있던 야마카와 도미코

었다. 뎃칸은 스스로를 헤이안시대의 바람
둥이로 유명한 아리와라노 나리히라(在原
業平)로 칭하는 시를 읊을 만큼 멋진 예술
가에게는 사랑이 많은 것이 당연하다고 생
각하는 사람이었다. 물론 둘은 결국 죽을
때까지 부부였고 일과 가정의 거의 모든
일들을 함께 했다. 「산욕별기」 등에서 뎃
칸은 아픈 아내를 위해 꽃을 사다주는 다
정한 모습으로 등장하고, 「미야코」에서 뎃
칸의 모습을 투영한 듯한 오키도 죽은 아
이보다는 아내를 소중하게 여기고 사랑하

〈그림 15〉 아키코와 도미코의 공저
『연의(恋衣)』(1905) 표지

는 성격 좋은 남편으로 등장한다. 아키코
의 사랑이 그만큼 컸는지 아니면 진실이었
는지 알 수 없는 일이다. 아키코는 종종 평
론에서 바람기에 대해 강력히 비판하는 입
장을 취했고, 남자들도 정조를 지켜야 한
다고 주장했다. 하지만 자신과 뎃칸의 문
제가 되면 아키코는 방어적인 입장을 고수
했다.

〈그림 16〉 후지시마 다케지가 그린
『묘조』 13호 표지(1901)

마지막으로 아키코는 모두가 결혼을 할
필요도, 아이를 낳을 필요도 없다는 진보적
인 입장을 취했지만 본인은 11번의 출산을

했다. 모성보호논쟁의 핵심인 여성의 경제적 자립은 틀림없이 이루어졌다. 뎃칸의 슬럼프로 인해 생활비도 거의 혼자서 감당해야 했기 때문이다. 하지만 아버지와 어머니가 똑같이 아이를 사랑하고 돌봐야 하며, 경제적으로도 상부상조해야 한다고 주장한 것에 비하면 성적 자기결정권, 부부의 상부상조 등의 면에서 완전한 이상을 실현하지는 못한 것으로 보인다. 11명의 아이를 키우면서 집안의 경제를 책임져야 했던 아키코야말로 국가의 모성보호가 절실한 여성이 아니었을까?

또 「산실 이야기」, 「산욕의 기록」, 「산욕별기」, 「첫 번째 진통」 등의 작품에는 출산하는 것이 얼마나 어렵고 고통스러운 일인지 자세히 기록되어 있는데 아이를 낳을 때면 남자가 미워지고, 낳는 성의 중요함에 대해 하는 말들이 듣기 싫다고 하면서도 마지막에는 아이를 낳는 기쁨에 대해 언급하며 보수적으로 마무리하고 있다. 물론 아키코는 모성에 대해 말한 많은 평론에서 자신이 모성을 경시하지 않는다고 말하고 있으며 실제로 교육관은 방임주의에 가까웠지만 아이들에게 좋은 교육을 받을 수 있도록 마음을 쏟았고 사이도 좋았다. 1912년 슬럼프에 빠져 유럽행을 택한 남편 뎃칸을 따라 파리로 향했을 때도 부부는 유럽에서 아이들 앞으로 기차표와 물감, 비행기를 선물로 사서 돌아가는 것 등을 적은 엽서를 많이 보내고 있다. 「산욕별기」와 「미야코」에는 자식을 바라보는 아키코의 다정한 시선을 엿볼 수도 있다.

딜레마라는 거창한 말을 내걸었지만, 결론적으로 아키코는 전력으로 신념을 실천하기 위한 삶을 살았다. 원래 인생이란 뜻대로 되지 않는 법이고 시대 상황도 현재와 달랐다. 아키코는 '욕망을 존중하고 충실하게 이행할 것'을 권장했고 본인도 그러한 삶을 살았다. 아키코가 활동하던 시절과 지금은 많은 것이 달라졌지만 남녀를 떠나 인간성에 몰두하고 욕망에 충실하고 그 욕망이 무엇인지 사유하고 그것을 실천할 것. 그것이 아키코의 내부에 꽉 차 있었다.

번역을 마치고 나니 요사노 아키코라는 인간의 삶을 속속들이 여행한 기분이고, 100년의 시간을 뛰어넘은 친근감을 느꼈다. 또 그가 100년 후인 현재를 살아간다면 어떠한 선택을 하고 어떠한 선택을 할지 궁금해졌다. 관능적이면서도 강인하고 냉정하면서도 부드러운 한 여성의 삶과 사상가로서의 면모를 소개할 기회를 얻게 되어 무척이나 기쁘고 뿌듯하다.

마지막으로 책을 기획하는 데 도움을 주신 김정례 교수님과 편집과 출판에 힘써 주신 경진출판 양정섭 대표님께 진심으로 감사드린다.

2024년 8월 조아라

요사노 아키코의 생애

요사노 아키코는 일본의 시인, 소설가, 동화작가, 평론가, 사상가이다.

요사노 아키코는 1878년 12월 7일 사카이현(현 오사카 부 사카이 시)에 자리한 전통과자점 스루가야(駿河屋)를 운영하는 아버지 호 소시치(鳳宗七)와 어머니 쓰네(津祢) 사이에서 셋째 딸로 태어났다. 9세 때부터 한학을 배우고 샤미센 등의 악기도 배웠다. 사카이 여학교에 입학하여 『겐지 모노가타리』 등의 고전을 즐겨 읽었다. 이 시절 12세 무렵부터는 히구치 이치요, 고다 로한(幸田露伴, 1867~1947) 등의 소설을 탐독했다. 20세 무렵에는 시(和歌)를 잡지에 투고하기 시작했고 1899년 나니와 청년문학회(훗날의 간사이 청년문학회) 사카이 지회에 가입하여 새로운 단카(短歌)를 짓기 시작했다. 이 무렵 단가혁신운동의 주역이던 요사노 뎃칸을 만나 사랑에 빠진다. 요사노 뎃칸은 당시 유부남으로 불륜관계를 지속하다 1년

후 아내와 헤어지고 아키코와 정식으로 결혼하게 된다. 이후 두 사람 사이에는 12명의 아이가 태어난다(1명 요절).

뎃칸은 1899년 문학결사 신시사를 창설하고 잡지 『명성』을 창간하는데 아키코는 주로 이 잡지에 단카를 발표했다. 특히 1901년 8월 발표된 『헝클어진 머리칼』은 여성의 솔직한 욕망과 관능을 대담하게 묘사한 시집으로, 평단의 혹평에도 불구하고, 대중적으로는 큰 인기를 얻게 하였고, 아키코를 낭만주의 시인으로서 중요한 위치에 오르게 했다.

1904년에는 남동생을 위해 지은 시 「님이여 죽지 말지어다」를 발표하여 전쟁을 비판했다는 이유로 세간의 비난을 받으며 반향을 일으킨다. 1911년에는 최초로 여성이 주도하는 문예지 『세이토』가 창간되었고 아키코는 찬조인 7명 중 1명으로 창간호에 「두서없는 말」을 게재했다.

1912년에는 남편 뎃칸을 따라 파리로 건너가 영국, 독일, 네덜란드, 벨기에를 방문한다. 이때 뎃칸과 함께 쓴 기행문이 바로 『파리에서(巴里より)』이다. 이때 유럽에서 체험한 것들이 많은 평론에 녹아 들어 있다.

1918~1919년에는 아키코가 쓴 여성의 경제적 자립에 대한 평론으로 인해 일본 여성사의 중요한 사건인 '모성보호논쟁'이 일어났다.

1921년에는 뎃칸을 비롯한 몇 명의 인물들과 함께 일본 최초의 남녀공학인 문화학원을 설립하고 남녀평등교육의 이상을 실현하려 했다. 아키코는 학감으로 취임했으며 훗날 1930년에는 여학부장이 된다. 1923년 관동대지진이 일어나 문화학원에 보관하던 『겐지 모노가타리』완역 원고 수천장이 문화학원과 함께 소실되어 큰 절망에 빠지지만 강한 의지로 다시 집필에 몰두한다.

1935년 평생의 동반자였던 남편 뎃칸이 세상을 떠난다. 1937년에는 개조사판 『신 만엽집(新万葉集)』의 유일한 여성 선자가 되고 1938년 7월 『요사노 아키코집(与謝野晶子集)』 간행하며, 같은 해10월 『신신역 겐지 모노가타리(新新訳源氏物語)』 간행을 개시하는 등 왕성한 활동을 지속한다.

그리고 1942년 1월 협심증을 일으켰고 5월 29일, 요독증 합병증으로 세상을 떠나 남편 뎃칸의 묘 옆에 묻힌다.

요사노 덴칸은 1873년 교토 시 사쿄구 (左京区)에서 승려이자 시인이었던 요사노 레이곤(与謝野礼厳)과 교토 상인 가문 출신 의 하쓰에(初枝)의 4남으로 태어났다. 덴칸 은 10세 때 오사카 안요지(安養寺)에 있던 안도 슈조(安藤秀乗)의 양자가 되었고, 1889 년 17세의 나이로 도쿠야마 고등여학교에 서 교직 생활을 했다. 이때 포교 기관지인  『야마구치현 적선회잡지(山口県積善会雑誌)』를 편집했고 1890년부터 자신의 호인 덴칸(鉄幹)을 처음으로 쓰기 시작했다.

1892년에는 교토로 돌아와 가인이자 국문학자인 오치아이 나오 부미(落合直文, 1861~1903) 문하로 들어간다. 그리고 1894년 22세 때 부터 시집인 『망국의 소리(亡国の音)』를 시작으로, 시집 『동서남북 (東西南北)』 등을 연달아 발표하였다. 1900년 4월에는 시를 중심으로 간행하는 월간 문예지인 『명성(明星)』을 창간하였다. 『명성』은 1900

~1908년에 걸쳐 1차 간행되었고, 그 뒤 1921~1927년에 2차 간행되었다. 1차 간행 당시에는 요시이 이사무(吉井勇, 1886~1960), 이시카와 다쿠보쿠(石川啄木, 1886~1912), 기타하라 하쿠슈(北原白秋, 1888~1942) 등 많은 시인들을 배출하면서 일본 근대 낭만주의 신시대를 열었다.

1901년 당시 무명의 시인이었던 아키코와의 불륜이 문제시되었고 비난도 받았지만, 아키코의 걸출한 재능을 꿰뚫어 본 뎃칸은 아키코의 시집 『헝클어진 머리칼』을 프로듀스했다. 결국 전처와 이혼 후 아키코와 재혼하여 6남 6녀를 낳았다. 뎃칸은 아키코와 결혼 전 두 번이나 결혼했고 결혼 후에도 여자 문제가 있었지만 마지막까지 일에서도 가정에서도 평생의 동반자가 되었다.

1911년 시 창작 활동을 위해 부인 아키코와 함께 프랑스, 런던, 빈, 베를린 등을 다녔다. 그 사이 뎃칸은 재기를 노리고 번역 시집인 『리라의 꽃(リラの花)』을 출간하였지만 성공을 거두지 못했다. 이 여행을 통해 창작 활동이 왕성해진 것은 오히려 아키코 쪽이었으며 뎃칸은 명성이 높아져만 가는 아내의 그늘에서 고뇌했다. 방황 끝에 1915년에 제12회 총선에 무소속으로 출마했지만 낙선하기도 한다.

1919년부터 1932년까지 게이오(慶應) 대학 문학부 교수로 재임하면서 미나카미 다키로(水上瀧太郎, 1887~1940), 사토 하루오(佐藤春夫, 1892~1964) 등 많은 인재를 육성했다. 1921년에는 건축가인 니시무라 이사쿠(西村伊作, 1884~1963), 화가인 이시이 하쿠테이(石井柏亭, 1882~1958) 그리고 아내 아키코와 함께 문화학원을 창설한다. 1927

년에 『명성』이 다시 폐간되지만 1930년 『동백(冬柏)』을 창간하고 1932년에는 제1회 상해사변을 취재해서 쓴 「폭탄 세 용사의 시가(爆弾三勇士の歌)」 1등으로 입선한다.

1935년 기관지염으로 게이오 대학병원에서 향년 62세의 나이로 사망한다. 이때 아키코가 읊은 추도시에서 오랜 동반자인 남편을 잃은 슬픔을 절절히 느낄 수 있다.

붓, 벼루, 담배
아끼는 물건을 아이들이 관에 넣는다
말로는 못 했지만 관에 넣어주어야 하는 건 바로 나

사카이 시절

1878년(1세)

- 12월 7일 본명은 호 쇼(鳳志ょう), 오사카 사카이 현(堺県) 이즈미노구니(和泉国)[113]의 화과자점 스루가야(駿河屋)에서 아버지 호 소시치(鳳宗七)와 어머니 쓰네(津祢)의 삼녀로 태어남. 위로는 이복 언니 두 명과 동복 오빠인 히데타로(鳳秀太郎)가 있음. 생후 얼마 안 되어 이모에게 맡겨짐.

1880년(2세)

- 8월 남동생 주사부로 태어남.

1883년(5세)

- 5월 여동생 사토 태어남.

1884년(6세)

---

113) 현재의 오사카 사카이시 남서부.

• 4월 슈쿠인(縮院) 심상소학교 입학.

1888년(10세)

• 슈쿠인(宿院) 심상소학교 졸업. 슈쿠인 심상소학교 고등과 입학했지만 훗날 신설 사카이 여학교로 전학.

1889년(11세)

• 고전과 역사 관계 서적에 몰두하기 시작.

1892년(13세)

• 사카이여학교 졸업, 동교 보습과 입학.

1894년(16세)

• 사카이여학교 보습과 졸업.

1895년(17세)

• 9월 『문예구락부(文芸倶楽部)』에 호 아키호 이름으로 단카 게재.

1896년(18세)

• 5월 사카이 시키시마회(敷島会)에 가입. 『사카이 시키시마회 가집(堺敷島会歌集)』 제3집에 호 아키코(鳳晶子) 명의로 단카를 게재. 이후 동 잡지에 지속적으로 단카 발표.

1897년(19세)

• 사카이 시키시마회 탈퇴.

1898년(20세)

• 4월 '요미우리 신문'에서 처음으로 요사노 뎃칸의 단카를 알게 되고 흥미를 느낌.

1899년(21세)

• 2월 나니와 청년문학회(浪華青年文学会, 현재의 간사이 청년문학회) 사카이 지회 입회. 『요시아시구사(よしあし草)』 11월호에 신체시 「춘월」을 호 쇼슈(鳳小舟) 명의로 발표.

꽃 피우는 낭만주의

1900년(22세)
• 1월 간사이 청년 문학회 사카이지회의 신년회에서 고노 데쓰난(河野鉄南)과 첫 만남.
• 4월 도쿄신시사(東京新詩社) 기관지 『명성(明星)』 창간. 도쿄신시사 사우가 됨.
• 5월 『명성』 제2호에 「꽃바구니(花がたみ)」라는 제목으로 단카 6수가 실리다. 이후 『명성』은 아키코의 주요 활약 무대가 됨.
• 8월 오사카 문학 강연회에서 뎃칸과 첫 만남. 사카이 하마데라 (堺浜寺寿命館)에서 개최된 시회에서 아키코는, 히로시, 고노 데쓰난, 야마카와 도미코 등과 함께 참가.
• 11월 뎃칸, 야마카와 도미코와 셋이서 교토 난젠지의 단풍을 감상. 『명성』 8호 발매 금지.

1901년(23세)
• 1월 뎃칸과 만나 구리타산을 다시 방문한 것으로 알려짐.
• 3월 뎃칸을 비방하는 '문단조마경(文壇照魔鏡)' 사건 일어남.
• 6월 사카이를 나와 도쿄로 상경. 뎃칸과 함께 생활 시작.

- 8월호 아키코의 이름으로 가집 『헝클어진 머리칼』 간행.
- 9월 뎃칸 전처인 하야시 다키노(林滝野)와 이혼.
- 10월 아키노와 뎃칸 정식으로 결혼.

1902년(24세)
- 11월 장남 히카루(光) 출산.

1903년(25세)
- 9월 아버지 소시치 타계.

1904년(26세)
- 1월 가집 『작은 부채(小扇)』 간행.
- 5월 뎃칸과의 공저 가집 『독풀(毒草)』 간행.
- 7월 차남 시게루(秀) 출산.
- 9월 『명성』에 시 「님이여 죽지 말지어다」 발표.
- 10월 『태양(太陽)』 10권 13호 오마치 게이게쓰(大町桂月)가 「님이여 죽지 말지어다」를 맹렬히 비판.
- 11월 오마치 게이게쓰가 『태양(太陽)』에 아키코의 시 「님이여 죽지 말지어다」를 비판한 것에 대해 아키코가 『명성』에 반론 게재.

1905년(27세)
- 야미카와 도미코, 마스다 마사코(増田雅子)와 함께 시가집 『연의(恋衣)』 간행.

1906년(28세)
- 1월 가집 『무희(舞姫)』 간행.
- 9월 가집 『꿈의 꽃(夢之華)』 간행.

1907년(29세)

- 1월 선가집 『검은 머리카락(黑髮)』 간행.

- 2월 어머니 쓰네 타계.

- 3월 장녀 야쓰오(八峰)와 차녀 나나세(七瀬) 쌍둥이 자매 출산.

- 6월 바바 고초(馬場孤蝶), 이쿠타 조코(生田長江)와 함께 규수문학회(閨秀文学会)의 강사 임명 수락.

문화 활동의 전환기

1908년(30세)

- 1월 동화집 『그림책 옛날이야기(絵本お伽噺)』 간행.

- 7월 가집 『패랭이꽃(常夏)』 간행.

- 11월 『명성』 100호로 폐간.

1909년(31세)

- 1월 뎃칸, 아키코 그 외의 문인들과 함께 『스바루(スバル)』 창간.

- 3월 삼남 린(麟) 출산.

- 4월 야마카와 도미코 타계.

- 5월 아키코를 편집 및 발행인으로 시가 잡지 『도키하기(ドキハギ)』 창간. 가집 『사호히메(佐保姫)』 간행.

- 9월 고바야시 마사하루(小林政治)의 권유로 『겐지 모노가타리(源氏物語)』 구어역 집필. 뎃칸과 함께 『겐지 모노가타리』 강의 시작.

1910년(32세)

- 2월 삼녀 사호코(佐保子) 출산.
- 4월 서간 예문집 『여자의 편지(女子のふみ)』 간행.
- 9월 동화집 『옛날 이야기 소년소녀(おとぎばなし少年少女)』 간행.

1911년(33세)

- 1월 가집 『춘니집(春泥集)』 간행.
- 2월 쌍둥이 사녀 우치코(宇智子) 출산(한 명 사산).
- 7월 평론집 『어떤 생각에서(一隅より)』 간행. 뎃칸의 여행경비를 마련하기 위해 시 병풍, 피족자 등의 배포를 계획하다.
- 9월 히라쓰카 라이초를 주축으로 세이토사(靑鞜社)가 창립되고 아키코는 찬조회원이 됨. 『세이토』 창간호에 시 「두서없는 말(そぞろごと)」 발표.
- 11월 뎃칸이 유럽으로 떠남.

1912년(34세)

- 1월 가집 『세이가이하(靑海波)』 간행.
- 2월 『신역 겐지 모노가타리(新訳源氏物語)』 간행 시작.
- 5월 남편 뒤를 쫓아 유럽으로 떠남. 소설집 『구름 이모저모(雲のいろいろ)』 간행.
- 10월 아키코 홀로 귀국.

1913년(35세)

- 1월 뎃칸 귀국.
- 4월 사남 아우구스트(훗날 이쿠뵤로 개명) 출산.
- 6월부터 9월까지 『아사히 신문(朝日新聞)』에 장편소설 『밝은 곳으로

(明るみへ)』연재.

1914년(36세)

• 1월 시가집 『여름에서 가을로(夏より秋へ)』 간행.

• 5월 뎃칸과 공저한 기행시문집 『파리에서(巴里より)』 간행.

• 6월 동화집 『여덟 번의 밤』 간행.

• 7월 『신역 에이가모노가타리(新訳栄華物語)』 간행 시작.

  제1차 세계대전 시작.

1915년(37세)

• 1월 뎃칸과 공저로 『이즈키시키부 가집(和泉式部歌集)』 간행.

  『태양(太陽)』에 「부인계평론(婦人界評論)」 연재 시작.

• 3월 오녀 엘렌 출산. 시가집 『앵초(さくら草)』, 『신역 에이가모노가타

  리(新訳栄華物語)』 하권 간행.

• 5월 평론감상집 『잡기장(雑記帳)』 간행.

• 9월 동화 『구불구불 강(うねうね川)』 간행.

• 12월 가론서 『단카 짓는 법(歌の作りやう)』 간행.

1916년(38세)

• 1월 소설 『환한 곳으로(明るみへ)』 가집 『주엽집(朱葉集)』 간행.

• 2월 가론서 『단카 삼백강(短歌三百講)』 간행.

• 3월 오남 겐(健) 출산.

• 4월 평론집 『사람이자 여자로서(人及び女として)』 간행.

• 5월 시가집 『무복(舞ごろも)』 간행.

• 7월 『신역 무라사키시키부 일기(新訳紫式部日記)』, 『신역 이즈미시키

부일기(新訳泉式部日記)』 간행.

- 11월 『신역 쓰레즈레구사(新訳徒然草)』 간행.

1917년(39세)

- 평론집 『우리는 무엇을 바라는가(我等何を求むるか)』, 가집 『아키코 신집(晶子新集)』 간행.

- 9월 육남 손(寸) 출산, 이틀 후 사망.

- 10월 평론집 『사랑, 이성 및 용기(愛、理性及び勇気)』 간행.

1918년(40세)

- 5월 평론집 『어린 벗들에게(若き友へ)』 간행.

- 6월부터 히라쓰카 라이초와 모성보호 논쟁 전개.

- 8월 미곡 소동 일어나자 시베리아 출병 선언. 이 해에 고바야시 마사하루 덴유사(天佑社) 창립되었으며, 뎃칸과 아키코는 기획으로 참가.

1919년(41세)

- 1월 평론집 『심두잡초(心頭雑草)』 간행.

- 3월 육녀 후지코(藤子) 출산.

- 4월 뎃칸 게이오 기주쿠 대학 문학부 교수로 취임.

- 5월 동화집 『다녀오겠습니다(行って参ります)』 간행.

- 8월 평론집 『격동 속을 가다(激動の中を行く)』와 가집 『불새(火の鳥)』 간행.

- 10월 가론서 『아키코 시 이야기(晶子歌話)』 간행.

  『아키코 단카 전집(晶子短歌全集)』 간행 개시(다음해 10월까지).

1920년(42세)

- 5월 평론집 『여인창조(女人創造)』 간행.

제2차 『명성』과 『동백(冬柏)』 시대

1921년(43세)
- 1월 가집 『태양과 장미(太陽と薔薇)』 간행.
- 3월 시평론집 『인간예배(人間礼拝)』 간행.
- 4월 니시무라 이사쿠(西村伊作), 이시이 하쿠테이(石井柏亭), 가와사키 나쓰(河崎なつ), 뎃칸과 함께 문화학원을 설립. 아키코는 문화학원 학감으로 취임.
- 11월 제2차 『명성』 창간.

1922년(44세)
- 9월 가집 『풀의 꿈(草の夢)』 간행.

1923년(45세)
- 1월 『아키코 연가초(晶子恋歌抄)』 간행.
- 2월 뎃칸 만 50세 탄생축하회 개최.
- 4월 평론집 『사랑의 창작(愛の創作)』 간행.
- 9월 1일 간토 대지진이 일어나 자택은 화재를 피했으나 문화학원에 보관하던 『겐지 모노가타리』 완역 원고 수천 장이 문화학원과 함께 소실.

1924년(46세)
- 5월 시집 『유성의 길(流星の道)』 간행.

- 12월 부인참정권 획득조성 동맹회 창립위원으로 참가.

1925년(47세)

- 1월 가집 『유리빛(瑠璃光)』 간행.
- 4월 문화학원에 대학부 설치되고 뎃칸이 문화확원 본과장으로 취임.
- 7월 평론집 『모래에 적다(砂に書く)』 간행.
- 9월 자선(自選) 가집 『인간왕래적(人間往来迪)』 간행.
- 10월 뎃칸과 함께 『일본고전전집(日本古典全集)』의 편자가 됨.
- 11월 동화 『후지타로의 여행(藤太郎の旅)』 간행.

1926년(48세)

- 6월 평론집 『요사노아키코 논문집(与謝野晶子論文集)』 중국어역 간행.
- 10월 차녀 나나세 결혼.

1927년(49세)

- 4월 제2차 『명성』 사실상 폐간.

1928년(50세)

- 4월 장남 히카루, 고바야시 마사하루의 삼녀 미치코(迪子)와 결혼.
- 5월 뎃칸과 만주, 몽골 여행.
- 6월 가집 『마음의 원경(心の遠景)』 간행.
- 7월 평론집 『빛나는 구름(光る雲)』 간행.

1929년(51세)

- 1월 시집 『아키코 시편전집(晶子詩編全集)』 간행.
- 2월 『신 여자 작문 강의(女子作文新講)』 간행 개시(1931년까지).
- 9월 『현대일본문학전집(現代日本文学全集)』 38권, 요사노 레이곤(礼

嚴), 뎃칸, 아키코 수록.

- 10월 『요사노 뎃칸, 요사노 아키코집(与謝野寛集·与謝野晶子集)』(개조사 『현대단카집』 5권) 간행.
- 12월 뎃칸과 공저 가집 『기리시마의 노래(霧島の歌)』 간행. 아키코의 만 50세 탄생축하회 개최.

1930년(52세)

- 3월 뎃칸 문화학원 퇴직. 잡지 『동백(冬柏)』 창간.
- 4월 문화학원 여학부장으로 취임. 「부선의 노래(婦選の歌)」, 제1회 일본부선대회에 출석.
- 5월 뎃칸과의 공저 단카문집 『만몽 여행기(滿蒙遊記)』 간행.

1931년(53세)

- 2월 평론집 『가두에 보내다(街頭に送る)』 간행.
- 9월 만주사변. 오빠 호 히데타로 타계.

1932년(54세)

- 3월 뎃칸 게이오기주쿠 대학 퇴직. 「폭탄 3용사의 노래(爆弾三勇士の歌)」가 『오사카 마이니치 신문』, 『도쿄 일일신문』의 현상에 당선.

1933년(55세)

- 2월 뎃칸 만 60세 탄생축하회 개최하다. 동인으로부터 축하가집 『매화집(梅花集)』 헌정. 뎃칸과 아키코의 저서 전람회 개최. 『요사노 뎃칸 단카집전집(与謝野寛短歌全集)』 간행.
- 9월 개조사판 『요사노 아키코 전집(与謝野晶子全集)』 간행 개시(1934년 9월까지).

1934년(56세)

• 1월 아키코 협심증 발작.

• 2월 평론집 『우승자가 되어라(優勝者となれ)』 간행.

1935년(57세)

• 3월 급성폐렴으로 뎃칸 타계.

• 5월 『요사노 뎃칸 유고시집(与謝野寛遺稿歌集)』(요사노 히카루 편) 간행.

• 11월 차남 시게루 결혼. 이 해 『헝클어진 머리칼(みだれ髪)』을 보스톤 에서 간행.

1936년(58세)

• 3월 뎃칸의 1주기 법요.

• 10월 『단카문학전집 요사노 아키코 편(短歌文学全集·与謝野晶子篇)』 간행. 4남 이쿠 결혼.

1937년(59세)

• 3월 뎃칸의 3회주기 법요. 5녀 엘렌 결혼.

• 8월 고야산 하기 대학(高野山夏期大学) 강사 취임. 『신만엽집(新万葉集)』 (개조사판)의 유일한 여성 선자가 됨.

1938년(60세)

• 4월 맹장염 수술로 입원.

• 5월 교토 구라마데라(京都鞍馬寺)에 뎃칸의 시비 건립.

• 7월 『요사노 아키코집(与謝野晶子集)』 간행.

• 10월 『신신역 겐지 모노가타리(新新訳源氏物語)』 간행 개시(다음 해 9월). 폐렴으로 입원.

1939년(61세)

- 7월 4녀 우치코 결혼.
- 10월 『신신역 겐지이야기(新新訳源氏物語)』 완성 축하회 개최.

1940년(62세)

- 3월 5남 겐 결혼.
- 5월 뇌일혈로 쓰러져 오른쪽 반신불수가 됨.
- 9월 세례 받음.
- 10월 6녀 후지코, 장녀 야쓰오 결혼.

1941년(63세)

- 3월 엔가구지(円覚寺)에서 뎃칸 7주기 법요 아키코 불참.
- 5월 구라마데라에서 뎃칸 7주기 법요 아키코 불참.
- 12월 63회 탄신 축하회 개최. 태평양전쟁 발발.

1942년(64세)

- 1월 협심증 발작 및 악화.
- 5월 요독증 합병증, 29일 타계.
- 6월 고별식, 다마레이엔(多磨霊園)의 뎃칸 묘 옆에 매장.
- 7월 『동백』 13권 2호에 발표한 「산봉우리의 구름(峰の雲)」이 마지막 시가 됨.
- 9월 유고 시집 『백앵집(白桜集)』 간행.
- 11월 시문집 『낙화초(落花抄)』 간행.

参考문헌

与謝野晶子 著, 鹿野政直·香内信子 編(1985), 『与謝野晶子評論集』, 岩波
　　文庫.

与謝野晶子 著, 松村由利子 編(2023), 『愛と理性の言葉』, ディスカヴァー·
　　トゥエンティワン.

与謝野晶子 外(1912), 『閨秀小説十二編』, 博文館.

与謝野晶子(1911), 『一隅より』, 金尾文淵堂.

与謝野晶子(1916), 『舞ごろも』, 天弦堂.

与謝野晶子(1918), 『若き友へ』, 白水社.

与謝野晶子(1985), 『与謝野晶子評論集』, 岩波書店.

与謝野晶子(1993), 『愛·理性及び勇気』, 講談社.

요사노 아키코 저, 김화영 역(2019), 『일본 근현대 여성문학 선집2: 요사노
　　아키코(1)』, 어문학사.

요사노 아키코 저, 엄인경 역(2019), 『일본 근현대 여성문학 선집3: 요사노
　　아키코(2)』, 어문학사.

요사노 아키코 저, 박지영 역(2022), 『원서발췌 헝클어진 머리칼』, 지식을

만드는지식.

이와부치 히로코·기타다 사치에 편저, 이상복·최은경 역(2008), 『처음
　　배우는 일본여성문학사 근현대편』, 어문학사.

*참고논문

김화영(2010), 「요사노 아키코(与謝野晶子)의 '성'담론」, 『일본문화연구』
　　제33호, 동아시아일본학회.

손순옥(2006), 「요사노 아키코(與謝野晶子)의 『헝클어진 머리(みだれ髮)』
　　에 나타난 연애」, 『일본근대문학: 연구와 비평』, 한국일본근대문학회.

송명희(2016), 「나혜석과 요사노 아키코의 모성이데올로기 비판과 여성
　　적 글쓰기」, 『인문사회과학연구』 제17권 제3호, 부경대학교 인문사
　　회과학연구소.

최정아(2015), 「동아시아 문학과 여성: 나혜석, 요사노 아키코, 장아이링
　　을 중심으로」, 『인문논총』 72권 1호, 서울대학교 인문학연구원.

*참고 사이트

http://www.aozora.gr.jp/(아오조라 문고)

https://www.ndl.go.jp/portrait/datas/347/ (근대 일본인의 초상－국립국
　　회도서관)

http://www.yosanoakiko-club.com/html/history.html (요사노 아키코 구
　　락부)

지은이 요사노 아키코(與謝野晶子, 1878~1942)

일본의 시인이자, 작가, 사상가이다.

1901년, 스승이자 훗날 남편이 된 시인 요사노 뎃칸과의 연애, 갈등, 성애를 주제로 한 시집 『헝클어진 머리칼』을 발표했다. 근대 신여성의 욕망과 투쟁을 관능미 넘치는 언어로 노래한 이 시집을 계기로 당시 젊은이들의 선풍적인 대중의 인기를 얻었고 일약 일본 낭만주의 문학의 중심적인 인물이 되었다. 평생 약 5만 수의 시와 15권의 사회평론집, 고전소설 『겐지 모노가타리』의 현대어 번역, 동화 집필 등 다채로운 작품 활동을 했다. 1904년 러일전쟁에 출전하는 남동생을 위해 쓴 시 「님이여 죽지 말지어다」는 일본의 대표적인 반전시로 꼽힌다.

우리나라에서는 주로 시인으로만 알려져 있으나 남녀평등에 입각한 여성 교육, 여성의 경제적 자립, 여성의 정치 참여 요구 등 다양한 여성 의제에 대해 적극적으로 발언한 여성운동가이자 사상가이기도 했다.

편역자 조아라

　전남대학교 일어일문학과 강의교수. 전남대학교 일어일문학과를 졸업하고 동 대학 대학원 석사 및 박사과정을 졸업했다. 일본문학 속에 나타난 여성의 모습에 천착한 「일본 고전문학에 나타난 악녀 상(惡女像) 연구」로 문학박사학위를 취득했으며 현재 번역가로 활동하고 있다. 주요 저역서로 『일본여성작가선』(공저), 『프랑켄슈타인 콤플렉스』(공역)가 있다.